U0950820

中国文学的理论与创新思维研究

马春明 ◎ 著

北京工业大学出版社

图书在版编目（CIP）数据

中国文学的理论与创新思维研究 / 马春明著. — 北京：北京工业大学出版社，2018.12（2021.5 重印）

ISBN 978-7-5639-6556-4

Ⅰ. ①中… Ⅱ. ①马… Ⅲ. ①中国文学—文学研究 Ⅳ. ①I206

中国版本图书馆 CIP 数据核字（2019）第 022897 号

中国文学的理论与创新思维研究

著　　者： 马春明
责任编辑： 刘子阳
封面设计： 晟　熙
出版发行： 北京工业大学出版社
（北京市朝阳区平乐园 100 号　邮编：100124）
010-67391722（传真）　bgdcbs@sina.com
出 版 人： 郝　勇
经销单位： 全国各地新华书店
承印单位： 三河市明华印务有限公司
开　　本： 787 毫米 ×1092 毫米　1/16
印　　张： 9.75
字　　数： 210 千字
版　　次： 2018 年 12 月第 1 版
印　　次： 2021 年 5 月第 2 次印刷
标准书号： ISBN 978-7-5639-6556-4
定　　价： 48.00 元

前 言

文学理论是大学中文专业教育中一门重要的基础性理论课程。它能够提供科学认识文学活动的系统思想和多元方法，达到对文学现象进行审美性认识和理论把握的目的，在中文专业的知识学习和文学研究中具有主导性甚至是奠基性的作用。

文明发展的动力之一，就是不断地提升和发展人类认识自我、社会及自然现象的能力。从历史源头看，早期人类对各种文化现象的理性思考，已形成了古代丰富多彩的思想流派及理论形态。伴随人类自身的发展和文学现象的变化，文学理论也不断建立起多样的类型与形态。文学研究从较早时期的“诗学”“诗艺”类型，发展到作为文艺学分支之一的文学理论，标志着这一学科现代形态的不断完善和成熟。概要地说，文学理论是一门综合性学科，它可以借助人文学科、社会及自然科学中的多种思想、理论和方法，尤其是以哲学方法论为总的指导，从理论的高度和宏观视野上审视文学现象，探讨和认识文学活动中带有规律性的问题。

从大学设置文学理论的教育目的来看，文学理论不仅包括使学生获得对文学活动相关知识的系统了解和认识，从审美功能方面完善学生的艺术感受力，发展其审美判断力，提高其分析和解决问题的能力等。更为重要的是，积极地致力于恢复和践行文学理论的实践品格，发挥文学理论在文化创造中的生成功能，以及对人的整体理论素养的自觉建构和不断完善，则是本教材在观念确立与内容构成方面，要深入思考和重点探讨的核心问题。

目前通用的文学理论教材，对与其相关的知识构成及编写内容的理解，学界已有相当一致的认识，本教材也充分吸收了诸多教材中的有益成果。在这一基础上，编著者又有自己的创新。如第二章将传统的“文学本质”转换为“文学属性”，从“文化属性”“意识属性”“审美属性”“语符属性”四个层面展开论述，展现了编著者新的理论视角。

最后，由于时间仓促和篇幅所限，本书还存在不少疏漏和欠妥之处，真诚希望得到广大读者和同人的批评指正。

目　录

第一章　文学的起源和发展

关于文学起源的理论有很多，历史上影响较大的理论主要有模仿说、巫术说、游戏说、心灵表现说、劳动说等。这些理论都有其合理的成分，都从某一方面对人类的这种精神活动进行了探讨和追寻。但它们大多对文学起源的因素仅作了较为单一的处理和解释，而没有从根本上考虑文学起源的复杂多元性。我们认为，文学起源于以劳动为中心的人类生存活动。文学的发展归根结底受一定社会经济基础的制约，上层建筑其他部分如政治、道德、哲学、宗教等，也都在一定程度和范围里从不同角度对文学产生影响。同时，文学还有自身发展的历史规律。例如，从各个时代文学之间的关系来看，文学发展有继承和革新的规律；从不同民族文学之间的关系来看，又有互相影响和互相促进的规律。文学是用语言反映社会生活、表达主体审美意识的文化形态，是在社会实践中逐步形成和发展的，它是审美的无功利性与为读者大众服务的功利性的统一，是内容、风格的多样化与思想情感高尚性的统一，是开放性和创造性的统一。在高科技迅猛发展的知识经济时代，文学又出现了一些新的发展和变化。

第一节　文学艺术的起源

任何事物都有一个发生和发展的过程，任何理论也都有它的历史和逻辑的起点。对于文学的起源也需要从发生学的角度加以研究，从文学的萌芽状态去探讨它、把握它，用历史的观点去认识它。

一、研究文学艺术起源的主要途径

一是借助考古学。19 世纪末以来，随着史前艺术遗迹的不断发现，史前文物的大量出土，为艺术起源研究提供了可靠的资料和佐证。1879 年，西班牙一个名叫马塞利诺·特·索特乌拉的工程师在采集化石标本时，无意中发现了保存大量原始绘画的阿尔塔米拉洞穴。据考古学家研究，这是距今一万年以上的旧石器时代晚期的作品。此后，世界各地相继发现许许多多的原始艺术遗址。这些原始艺术遗址的发现，为研究文学艺术的起源提供了最直接、最有力的证据。

二是借助文化人类学。世界著名人类学家 D. 霍姆斯和瓦纳·帕里斯认为，人类学是研究从史前时代到当代人类的体质和文化发展的一门学问，它关系到文学、音乐和舞蹈，以及价值观念和哲学体系诸问题。在史前艺术遗迹大多已经消失的情况下，对现代残存的原始部落进行人类学研究，可以为我们探索艺术的起源提供重要的参照。1877年，美国人类学家摩尔根出版的《古代社会》一书，1899年普列汉诺夫发表的《没有地址的信》，都是借助人类学研究现存原始部落文化和艺术起源的名著，取得了很多有价值的理论成果，但这种研究和分析带有一定的推测性质。

三是借助儿童艺术心理学的研究。原始人的心理和思维与儿童有许多相似之处。法国学者列维•布留尔在《原始思维》中指出："与社会的儿童和成年人的思维比较，'野蛮人'的智力更像儿童的智力。"瑞士著名心理学家皮亚杰在1926年出版的《儿童对世界观的看法》中，对儿童心理与原始人心理进行了许多相似的比较分析。但是当今的儿童与远古的原始人所处的时代和社会条件有很大差别，因而，这种途径只能在对文学起源的探讨中起间接的辅助作用。

二、文学艺术起源的几种主要学说

（一）模仿说

我们知道，模仿说是一种最为古老的认识文学的方式。在这里，我们还要指出的是，模仿说也是最为古老的有关文艺起源的理论。它认为艺术源于对自然和社会现象的模仿。最早提出此说的是古希腊哲学家德谟克里特。德谟克里特认为，艺术是对自然的模仿："从蜘蛛身上我们学会织布和缝补；从燕子身上学会了造房子；从天鹅和黄莺等歌唱的鸟身上学会了唱歌。"这是具有唯物主义倾向的模仿说。而柏拉图则提出了客观唯心主义的"模仿说"，他认为现实是对"理念"的模仿，文艺是对现实的模仿，因此，文艺是模仿的模仿，是不真实的。亚里士多德在批判柏拉图唯心主义模仿说的基础上，重新使模仿说获得了唯物主义的性质，他说："一般来说，诗的起源有两个原因，都是出于人的天性。人从孩提的时候起就有模仿的本能，人和禽兽的区别之一，就在于人最善于模仿。他们最初验证了这样一点，事物本身看上去尽管引起了痛感，但惟妙惟肖的图像看上去却能引起我们的快感，例如尸体或最可鄙的动物形象。"这就是说，艺术产生于人的"模仿的本能"和"从模仿的作品获得快感"。这肯定了文艺起源于客观的自然界和人类社会，包含了朴素的唯物论思想。但是亚里士多德把模仿归结为人的"天性"和"本能"，没有从社会实践的角度来阐明模仿的动机，也没有区分出人的模仿与其他动物在本质上有什么不同，这是其认识上的局限。

（二）巫术说

这是20世纪在西方比较流行的艺术起源理论，其主要的依据来自英国著名人类学家爱德华•泰勒和弗雷泽关于原始文化的学说。泰勒最早奠定了巫术说的理论基础。他认为，"野蛮人的世界观就是给一切现象凭空加上无所不在的人格化神灵的任性作用……古代的野蛮人让这些幻想来塞满自己的住宅、周围的环境、广大的地面和天空"。这就是原始人思维中的“万物有灵论”和巫术信仰，他们不能区分客观与主观，凡是他们所经历之事，如感觉、思想、梦幻甚至记忆，他们都认为是实在的、客观的，整个原始文化包括原始艺术活动皆受制于这种思维。

英国人类学家弗雷泽在其著名的《金枝》一书中，对原始巫术活动作了详尽而细致的研究，认为原始初民相信巫术有几种作用，“第一是‘同类相生’或果必同因；第二是‘物体一经互相接触，在中断实体接触后还会继续远距离互相作用’。前者可称之为‘相似律’，后者可称作‘接触律’或‘触染律’。巫师根据第一原则即‘相似律’引申出，他能够仅仅通过模仿就实现任何他想做的事；从第二个原则出发，他断定，他能通过一个物体对一个人施加影响，只要该物体曾被那个人接触过，不论该物体是否为该人身体之一部分。基于相似律的法术叫作‘顺势巫术’或‘模拟巫术’；基于接触律或触染律的法术叫作‘接触巫术’”。这几种巫术在原始初民中普遍存在，并被不少人类学家解释为艺术的起源，如索尔蒙•雷纳克首先提出艺术起源于狩猎巫术的理论，并且在解释史前壁画方面取得了重要成就。其有力证据就是许多洞穴壁画画于洞穴深处。例如，著名的“黑厅”壁画在深入洞穴 800 米的地方；而法国的冯特・高姆洞穴中的犀牛图，画在只有人平躺在地上方能看到的岩石缝隙上。这些壁画显然有着某种神秘的巫术目的，有的画还被一画再画。如拉斯科克斯洞穴的一处壁画前后被重叠三次，据推测：这幅画被认为可以给狩猎者带来好运，所以格外受到重视。他们由此推断，原始人的一切创作活动都包含着巫术的意义，都是原始巫术的直接表现，因此巫术的思维法则的推动促成了艺术的诞生。

（三）游戏说

游戏说认为文学艺术产生于游戏。这种说法最早见于意大利哲学家马佐尼的《〈神曲〉的辩护》中，他谈道：“诗按照三种不同的观点来看，可以有三种定义，这就是把诗看作模仿单纯的游戏，还有须受社会的功能制约的游戏。”后来康德认为，模仿并不是艺术产生的真正动机，在模仿冲动的背后，还有推动模仿产生的原动力，这种原动力就是游戏。但马佐尼和康德没有具体谈到艺术的起源问题，明确提出和系统阐述这一理论的是席勒和斯宾塞。

席勒认为，人们生活在现实世界中，受到物质和精神两方面的束缚，往往得不到自由。因此，人们总想利用剩余的精力，创造一个自由的天地，这就是游戏，也许这就是艺术产生的动因。席勒所说的游戏，不同于我们一般所说的玩耍嬉戏之类，也不是想入非非的懒散的幻想活动，而是指人在摆脱了物质欲望的束缚和道德必然性的强制之后所从事的一种真正自由的活动。英国哲学家斯宾塞从心理学的角度延伸了席勒的观点，在他看来，人是一种高等动物，机体内积聚着一些要求出路的剩余力量，游戏和艺术都是剩余力量的发泄，是非功利性的生命活动；美感起源于游戏的冲动，艺术实际上也是一种游戏。游戏说提出后，不少赞同者从不同方面加以修正、补充和发展。如德国生物学家谷鲁斯认为，游戏并非无目的的活动，而是为未来的工作作准备。例如，女孩抱木偶是练习将来做母亲。由此，他推出结论：游戏先于劳动，劳动是游戏的产儿。

（四）心灵表现说

我们知道，表现说产生于19世纪初欧洲浪漫主义文学思潮中，作为文学起源学说之一，心灵表现说认为，文学艺术起源于人们渴望表现自己心灵、感情的本能。人类从孩童起，就有自由表达感情的本能。比如，高兴就笑、痛苦就哭等。这种本能感情的表达由一定的媒介表现出来，就形成文学艺术。后来，弗洛伊德把文艺的起源归根于“潜意识”的本能和欲望的变相表现，提出“艺术即做梦”。与弗洛伊德把艺术看作个人无意识的象征表现不同，荣格主张艺术起源于人类的集体无意识，他提出“不是歌德创造了《浮士德》，而是《浮士德》创造了歌德”。其意思就是，《浮士德》不过是集体无意识的象征表现，后者是艺术产生的动力和源泉。

心灵表现说在一定程度上揭示了人的心理欲求对文学生成的影响，有其合理性的一面。不过表现情感尽管是艺术起源的直接动因之一，但不能将其看作基本起因和终极原因。人只能是社会中的人，离开了人类生存活动的背景，也就无所谓“心灵表现”。

（五）劳动说

劳动说作为一种艺术起源理论，是马克思主义文学理论的一个重要组成部分，在20世纪我国文艺学领域曾一度占据优势地位。这一理论认为艺术起源于人类的物质生产劳动。如沃拉斯切克认为，集体劳动促进了原始人在歌唱和舞蹈中对节奏的恪守不渝。同时，音乐的节奏感又有效地增进了原始人在战斗和劳动中的协作。毕歇尔在考察劳动与节奏的关系时得出以下结论：在原始部落里，每种劳动都有自己的歌，歌的拍子十分精确地适应这种劳动所特有的生产动作的节奏，乐器是劳动工具演变的结果。普列汉诺夫是劳动说的主要代表，他全面系统地阐述了艺术起源于劳动的理论，认为原始艺术是适应劳动的需要并在劳动实践过程中产生的，与原始人的劳动生活和生产斗争有着非常密切的联系，最初的艺术是劳动的产物。中华人民共和国成立后，我国多数学者倾向于文艺起源于劳动的观点。

上述五种艺术起源的理论，基本上可分为两类。其中，巫术说、游戏说、心灵表现说主要从生物学或心理学的角度来解释文艺的起源，强调人的主体方面，如心理、本能的因素；模仿说和劳动说则立足于朴素唯物主义或历史唯物主义的观点，偏重于从作为客体的外部世界和人的劳动实践方面来探讨艺术的起源。所有这些理论都从某一方面接触到了文艺起源的一些关键问题，但共同的不足之处就在于，它们对艺术起源的复杂多元因素只作了较为单一的处理和解释，不能涵盖原始艺术现象的丰富性和复杂性。

三、文学艺术起源于以劳动为中心的人类生存活动

对于这个问题，我们可以从以下几个方面来认识：

（一）文艺的起源与人类生产活动的关系

一是原始人的生产活动为文艺的产生创造了物质前提。人类通过生产活动一方面满足了基本生存需要，在劳动过程中把前肢变成双手，另一方面学会了使用和制造工具。由于

大脑逐渐发达，表达意识、情感的语言随之产生，欣赏音乐的耳朵、感觉形式美的眼睛等各种感觉器官也都在劳动中逐渐形成和完善。没有劳动，就没有文学艺术产生的生理条件与心理基础。

二是原始艺术与劳动生活关系密切，两者经常交织在一起。原始艺术是作为劳动的一个组成部分伴随着劳动产生的。普列汉诺夫根据人类学家、旅行家的考察和研究，提出了很有价值的见解："人的觉察节奏和欣赏节奏的能力，使原始社会的生产者在自己劳动的过程中乐意按照一定的拍子，并且在生产动作上以均匀的唱的声音和挂在身上的各种东西发出有节奏的响声。"这就是最早的音乐节奏的来源。这种节奏对于诗歌的产生同样具有重要意义。原始人为了辅助劳动、协调运作、提高效率、减轻疲劳，自然而然学会按一定劳动节奏发出一种劳动呼声。这种类似劳动号子的劳动呼声，就是诗歌产生的重要渊源。而我国最古老的诗歌《弹歌》所吟唱的内容"断竹，续竹；飞土，逐肉"，实际上就是描写原始人劳动的场面。人类在艺术考察中还发现了一种有趣的现象：在狩猎部落的绘画、雕刻、舞蹈题材中，没有植物，只有人和动物。澳洲土著人住在遍地鲜花的地方，却从未用鲜花来装饰自己。这说明，原始艺术是有着一定的功利目的的。狩猎民族的生产方式，决定了他们所记录下的无非是他们狩猎的劳动生活。只有当人类进入农耕时期之后，才逐渐产生了有关耕作和植物的文艺作品。这表明，原始艺术的内容与当时的劳动生活、生产对象紧密相关。

（二）文艺的起源与人类其他生存活动的联系

原始艺术所反映和表现的不仅仅是劳动生活，还包括了更广泛的社会生活内容。20世纪初，芬兰艺术学家希尔恩用社会学、心理学、人类学相结合的综合研究方法，以当时原始民族的各种艺术材料为素材，全面深入地研究了艺术起源问题。他认为，导致艺术起源的最基本的人类活动大致有六种：知识传达、经验保存、恋爱、劳动、战争、巫术。希尔恩找到的六种因素，的确是原始人生活中最重要的因素。按照希尔恩的看法，除了劳动这种最根本的因素外，还有巫术和其他几种因素与原始艺术相联系。其一，原始部落中每一种低级的文艺形式都是作为一种相互交流思想、传达信息的手段而存在的，这就是知识的传达。其二，经验的保存。原始人需要把他们的经验知识加以保存，以便传给后代，这就促进了原始诗歌与造型艺术的产生。其三，战争。原始部落经常发生战争，他们需要用音乐、舞蹈、歌曲来调动军队、鼓舞士气，或者用装饰、面具去吓唬敌人。其四，恋爱。两性关系在原始人生活中占据重要的位置。希尔恩指出："就其对于异性特点的强调而言，艺术活动必然对异性产生一种吸引性影响。"这在古代神话与诗歌中都可找到以两性关系为题材的作品来证明。

（三）文艺的起源与原始思维的联系

原始思维的特殊性是艺术产生的主要心理基础。原始思维具有如下三个特征：其一，原始思维是一种表象性思维，具有非常鲜明的形象性特征。原始初民还不善于对事物进行概括、归纳，抽象思维尚不发达。例如，澳大利亚某些土著居民中没有树、鱼、鸟等属名，但却有关于树、鱼、鸟的专门用语，如鲷鱼、鲈鱼、鲻鱼等，区别很清楚。他们不能抽象地表现硬、软、热、冷、圆、长、短等事物的特性，只能用石头、大腿、月亮等物来替代，而且说话总要伴以手势，力图用动作把他们想要用声音表达出来的东西传到对方的眼睛中去。其二，原始思维是一种我向性思维。原始初民真诚地把各种事物、现象都想象成有生命的东西，如看到大自然雷电交加就以为冥冥之中有威力无比的神灵存在，这反映了原始人是将幻想当作事实来感受，把世界纳入人本位的主观图式的，其思维具有我向性特点。其三，原始思维是一种原逻辑思维，它是逻辑思维的源头，同时又是非逻辑、非理性的。列维•布留尔认为，“在原始人思维的集体表象中，客体、存在物、现象能够以我们不可思议的方式存在，同时是它们自身，又是其他什么东西。它们也以差不多同样不可思议的方式发出和接受那些在它们之外被感觉的，继续留在它们里面的神秘力量、能力、性质、作用”。它们完全不顾逻辑及其基本规律，从而呈现为荒诞的具象世界、超现实的意象和画面，以及变形的人物和非理性的情节等。以上这些特点表明，原始思维是一种不自觉的艺术思维，本质上是形象的幻想式的思维。人类学关于原始思维的研究，为我们进入原始艺术的精神天地打开了一道大门。可以肯定地说，在人类审美意识的发生与原始文艺的创造中，原始思维起了十分关键的作用。

第二节　文学发展的社会动因

一、社会历史变化对文学发展的影响

文学发展总是伴随着社会历史的变化而变化发展的。随着人类历史的不断演变，文学的性质、内容与形式也必然会发生变化，这是不以人的意志为转移的客观规律。

我国古代一些文论家早就注意到了文学发展和社会发展的关系。刘勰在《文心雕龙•时序》中根据他对先秦至宋齐间文学演变的考察，提出“歌谣文理，与世推移”“文变染乎世情，兴废系乎时序”的观点；韩愈通过对先秦作家作品的研究，指出“周之衰，孔子之徒鸣之”，“秦之兴，李斯鸣之”，“楚大国也，其亡也，以屈原鸣之”。李贽在为《水浒传》写序时，更是把司马迁的“发愤著书”说和文学的时代性结合起来。他说：“《水浒传》者，发愤之所作也。盖自宋室不竞，冠屦倒施，大贤处下，不肖处上。”故“水浒出焉”。

在欧洲，18、19 世纪，一些美学家和文艺学家看到了文学艺术与社会存在的关系，但他们往往更多地从地理环境、气候条件、种族特征等角度入手来解释文学现象。这种文学观点最早由法国文论家斯达尔夫人倡导，她在《从文学与社会制度的关系论文学》等著述中，把西欧分为南北两方，认为南北两方的不同气候形成各自居民特有的精神面貌，直接导致其文学的鲜明差别：南方文学比较普遍地反映民族意识和时代精神，而北方文学较多地表现个人性格。后来，法国文艺评论家丹纳又进一步发展了这种观点。他在《艺术哲

学》《〈英国文学史〉序》中提出“种族、环境、时代”三要素，认为这是决定各种时代性质和发展状态的主要力量。加拿大原型批评家弗莱根据一年四季中春夏秋冬的气候特征，把文学史上的作品类型对应划分为喜剧、传奇、悲剧和讽刺文学。另外，还有一部分理论家否定文学与社会存在的联系，往往在一种完全封闭的状态下来研究文学。如俄国形式主义文论家普洛普以为文学只是其固有因素的不同组合引起其形态变化，他在 1928 年出版的《民间故事的形态学》一书中对 100 多个俄罗斯神话与民间故事甄别后发现，这些叙事作品都可用 31 种功能中的某些功能来概括，任一故事都不可能具备全部 31 种功能，各个不同的民间故事无非是这 31 种功能在不同组合下呈现的不同样式。

对于文学发展变化的原因，学术界有种种不同的看法。影响较大的主要有个人决定论、理念决定论和自然条件决定论。个人决定论，就是把文学的发展看作偶然孤立的事件，归结为少数天才个人随意创造的结果。例如，康德就认为“天才是天生的心灵禀赋，通过它自然给艺术制定法规”；叔本华也认为天才所产生的艺术、诗歌或哲学著作不过是天才对世界持“纯粹的客观的”观照态度，“按照一定的技术规律精心经营的结果或结晶”。中国的胡适也把“五四”时期的白话文学运动看作个人偶然的事件，他说：“‘文学革命’的口号，就是那个夏天我们乱谈出来的。”这种理论肯定了个人和偶然性事件在社会历史及文学发展中的促进作用，但它的错误之处在于夸大了这种作用。实际上天才或伟大的人物也是时代社会的产物，把个人与时代社会相分离，把偶然性绝对化是不能科学地解释文学的发展的。

理念决定论就是认为决定文学发展的因素是理念，即绝对精神。认为艺术的各个阶段和类型，不过是理念这个统一体的各种特殊表现而已。理念决定论的代表人物是黑格尔。黑格尔把美定义为“理念的感性显现”，由此出发，他认为艺术发展的不同阶段是由理念显现的不同程度决定的。当感性的物质表现形式压倒理念精神的内容时，为象征艺术阶段；当精神的内容与物质形式达到高度的平衡或统一时，为古典主义艺术阶段；当精神内容压倒物质形式时，则为浪漫主义艺术阶段。黑格尔把艺术看作辩证运动的过程，并从内容与形式、精神与物质的关系中来区分艺术的发展阶段和类型，确实具有一定的合理性和启发意义。但他把精神看作独立于现实物质世界之外的客观存在，看作艺术发展的决定因素，则无疑是颠倒心物关系的唯心主义的解释。

自然条件决定论，主要是由 19 世纪法国著名的文艺评论家丹纳提出来的。他认为艺术的发展受制于种族、环境、时代三要素，但他实际上是从自然环境、地理气候、种族特征等自然条件方面入手来解释艺术的发展的。丹纳的文学发展的三要素中包括了社会的因素，并看到了影响文学发展的多种因素，这是值得肯定的。但是他偏重于自然因素，忽视社会因素，更没有看到经济在文学发展中的重要作用，则很难科学地解释文学的发展。

我们认为，无论是从理论上来看，还是从文学发展的实际来考察，文学都是随着社会生活的发展而发展的。在理论上，我们可以从以下几个方面来理解：其一，从文学在整个社会结构中的位置及其关系来看，在社会结构的经济基础和上层建筑两大部分中，文学属于上层建筑中的社会意识形态之一，处于由经济基础、上层建筑如法律、政治制度及其他各种意识形态等各个大小系统组成的网络之中，是整个社会结构系统中的一个组成部分，所以文学不是游离于社会之外的孤立偶然的现象。由此，整个社会的变化和发展影响到它的变化和发展。其二，从社会存在与社会意识的根本关系来看，社会存在决定社会意识，社会存在的变化和发展不可能不引起作为社会意识形态之一的文学的变化和发展。其三，从文学反映生活的基本属性来看，文学是作家对社会生活能动反映的产物。没有作家大脑的加工改造，就不可能有文学的产生，而作家是社会生活中的一分子，他本身就是一个社会角色。社会时代的变化和发展必然会引起作家思想情感的变化和发展，也必然会导致文学的变化和发展。

从文学发展的实际来看，文学的内容和形式是随着社会生活的变迁而发展变化的。社会生活制约着文学表现的内容。例如，文学史上任何一种新的文学主题的出现，都可以从它产生的时代找到促使它出现的原因。如我国从汉末到魏晋时期突然出现了一大批具有很强的主体意识的诗作。它们有的表现出对个体生命的珍视与对美好爱情的向往（如古诗十九首）；有的表现出用个人奋斗去创造历史的豪情与自信（如曹操的诗作）；有的表现出对世俗名利的蔑视与对个性自由的追求（如阮籍等人的诗作）。在中国文学史上，这是一个现代意义的文学观念觉醒的时期，对于以后中国文学的发展产生了巨大的影响。这种文学创作上的质的飞跃，与当时儒学的衰萎、文人主体意识的觉醒、哲学思想的活跃以及传统价值观念受到怀疑与冲击等，有直接联系。另外，李白诗歌的大气磅礴得益于盛唐社会的繁荣以及人们由之而产生的强烈的自信心态；明代以话本小说与戏剧为代表的市民文艺的蓬勃发展，是当时城市工商业发展以及市民阶层兴起的结果；而“五四”时期辉煌的文学创作实绩，则与中国社会由传统向现代转型时各种思潮的激烈交锋与碰撞有直接的关系。

社会生活的变化发展引起文学内容的变化发展，但要反映新的内容，就必须有与之相适应的新形式。在文学史上，文学形式在社会生活变化发展的推动下，经历了一个由少到多、由简到繁、由初步到成熟的发展过程。例如，中国诗歌的发展就充分表现了这一过程。在文学艺术诞生的初期，诗、乐、舞是三位一体的。与原始社会人类集体性劳作和单一简单的社会生活相适应，诗歌的语言形式也多以四言为主，其结构简单、节奏明快、语助词较多且多重叠反复。随着社会生活的日益丰富，艺术的体裁形式也逐步由单一变为多样，诗歌也由四言发展到汉魏的五言，再到唐代的七言。五四运动时期白话文、自由诗体兴起，也是由于旧体诗的形式已不足以反映新的生活和思想情感的缘故。

在讨论社会生活的发展与文学形式的关系问题时，有两种倾向应当避免。一种是 20 世纪西方形式主义和结构主义文学理论，完全否定文学的发展同社会生活的联系，希望在对文学的封闭式研究中寻找文学形式演变的原因。另一种是庸俗社会学文学研究，认为文学的发展与社会的发展产生直接的对应关系。实际上，社会生活对文学形式的影响必须通过审美意识这一中间环节。而审美意识的变化是潜移默化的，并不与社会生活的变化同步进行，各种文学形式具有无可置疑的连续性。片面强调问题的一个方面，而忽视另一个方面，是错误的。

二、经济对文学发展的影响

马克思主义文学理论家从物质资料的生产方式以及与之相应的社会经济制度着眼来揭示文学艺术产生和发展的原因。马克思把整个社会比喻为一座建筑物，他把由一定的生产力所决定并反映着生产力发展水平的生产关系的总和所构成的经济制度，看作制约种种社会现象的基础；而把一个社会的政治、法律制度，以及与这些制度相适应的政治、法律观点和宗教、道德、哲学、文学艺术等社会意识形态看作整个社会的上层建筑，它们建立在经济基础上，并归根结底由经济基础所决定。马克思指出："人们首先必须吃、喝、住、穿，然后才能从事政治、科学、艺术、宗教，等等。""物质生活的生产方式制约着整个社会生活、政治生活和精神生活的过程。"

经济基础对文学发展的影响主要表现在以下几个方面：

首先，经济发展导致了物质生产和精神生产的分工，对文学艺术的发展产生了深刻的影响。在原始社会，由于生产力极为低下，必须人人劳动才能维持人类的生存。那时，还不可能有脱离生产劳动而专门从事文学艺术创作的人。劳动者就是艺术创造者。文学生产的全民性特征，也必然使其发展受到社会实践的制约，反映着原始人共同的生活，表现他们共同的认识、情感和幻想，不带阶级色彩。随后私有制的出现导致社会分裂与国家的诞生，相应地出现了不同经济基础之上的不同性质的文艺。对此，恩格斯说："只有奴隶制才使农业与工业之间更大规模的分工成为可能，从而为古代文化的繁荣，即为希腊文化创造了条件。没有奴隶制，就没有希腊国家，就没有希腊的艺术和科学。"物质生产和精神生产的分工对文学的影响具体表现在两个方面：第一，它极大地促进了艺术的独立发展和繁荣。由于物质生产与精神生产的分工，社会上出现了专门从事文学艺术创造的艺术家。他们逐渐摆脱了劳动等生存实践活动对艺术的直接规定和制约，使艺术生产成了独立的部门。"由于分工，艺术天才完全集中到个别人身上"，出现了艺术才能特别突出的文学艺术家，他们专心致志地从事艺术的研究和创作，从而极大地促进了艺术的发展和繁荣。正如恩格斯所说："当人的劳动生产率还非常低，除了必需的生活资料只能提供微小的剩余的时候，生产力的提高、交换的扩大、国家和法律的发展、艺术和科学的创立，都只有通过更大的分工才有可能。"第二，社会分工使广大劳动群众的艺术天才受到压抑，使文学艺术家的艺术才能受到某种限制。由于分工，劳动者要承担繁重的体力劳动，处于受压迫、受剥削和被奴役的地位，丧失了受教育、掌握文化的机会。因此他们的个性和才能的发展受到严重的压制。劳动者被异化为单纯的劳动的机器，甚至对最美丽的景色都无动于衷。另外，由于艺术与劳动的分离，精神文化为少数人所垄断，也往往导致精神文化创造的贵族化倾向。

其次，经济基础决定文学的社会属性及其变化发展。任何时代的文学都不是凭空产生的，它是一定社会生活的反映。社会生活不是抽象的，而是具体的，它的属性和特点是由社会的经济基础决定的。由于不同社会形态的经济基础不同，社会发展的每一历史阶段，都具有各自不同的社会生活内容。文学要对此做出反映，也就必然具有不同的社会属性。

原始社会的文学艺术主要表现的是人与自然的斗争，不表现出阶级性，这是由原始社会的经济基础所决定的；奴隶社会产生了分工，有了阶级的出现，文学也就具有了阶级性；当封建制的经济取代奴隶制的经济时，曾灿烂一时的古希腊、罗马的文化就逐渐为中世纪的封建教会文化所代替；欧洲爆发的反对中世纪封建文化的文艺复兴运动，则是新兴资产阶级为适应资本主义新的生产关系而产生的思想解放运动；18 世纪以来，资本主义有了进一步发展，资产阶级为了迫切掌握政权以巩固新的生产关系，于是产生了为之制造舆论的启蒙主义文学；而活跃在 18、19 世纪之交的浪漫主义文学和其后的批判现实主义文学，则可以看成资本主义生产关系形成和取得统治地位而开始暴露出自身痼疾和矛盾的体现。这些都说明经济基础对文学的最终决定作用。

最后，经济为文学的发展创造了社会条件和物质基础。原始神话为什么只产生在人类尚无力征服自然的上古时代？这是因为原始经济状况还不足以提供人类科学地认识自然的社会条件，而只能借助于幻想的力量来支配自然。又如，话本、章回小说、杂剧等新的文学形式之所以出现和兴盛于中国封建社会的中后期，就与当时商品经济的发展，手工业、运输业、商业的发达，以及城市经济的繁荣密切相关。这一经济状况造就了一个前所未有的广大的市民社会，为多个文学形式的存在和发展创造了相应的文化环境和读者群。

由此可见，经济对文学的影响深刻，它是文学发展的最后决定因素。

但是，物质生产与艺术生产之间往往会出现发展不平衡现象。马克思在 1857 年就曾论述过这个问题，他说：“关于艺术，大家知道，它的一定的繁盛时期绝不是同社会的一般发展成比例的，因而也绝不是同仿佛是社会组织的骨骼的物质基础的一般发展成比例的。”这里有两种情况，一是“在艺术本身的领域内”，不同艺术种类和样式的发展有不平衡现象，如古希腊的神话和史诗这样重要的文学样式，只有在社会发展的不发达阶段才有可能产生。二是文学艺术的发展与社会物质生产发展不是成比例的，这里也有两种情况：从纵向来看，社会发展的低级阶段，在生产力发展水平较低的情况下，也可能出现文学艺术的繁荣，如古希腊在氏族社会向奴隶社会过渡时期和奴隶制初期，出现了文学艺术的繁荣，我国春秋战国时代也是如此；从横向来看，经济落后的国家的文学艺术的繁荣也可能超过经济发达的国家，如 18 世纪德国在经济上比英、法落后，但当时的欧洲文学却是以德国的歌德和席勒为代表的。19 世纪的俄国在经济上也远远落后于西方资本主义各国，但其文学的繁荣和发展却居于欧洲文学的领先地位。

艺术生产与物质生产之间出现不平衡现象，其根本原因在于文学是一种特殊的社会意识形态，它与哲学、宗教等同属于“观念的上层建筑”，是“更高地悬浮于空中的思想领域”。它们与经济基础的联系，不像政治、法律那样直接。文学在同物质生产劳动分离后，它的发展便具有自己的相对独立性。而且经济基础并不是文学发展的唯一决定因素，正如恩格斯所指出的:“政治、法律、哲学、宗教、文学、艺术等的发展是以经济发展为基础的。但是，它们又相互影响并对经济基础发生影响。并不是只有经济状况才是原因，才是积极的，而其余一切都不过是消极的结果。这是在归根结底不断为自己开辟道路的经济必然性基础上的互相作用。”

另外，经济对文学发展的作用，往往不是直接的。作为“更高的即更远离物质经济基础的意识形态”的文学，它与经济基础的关系不是直接的，而是间接的，其中要经过一些“中间环节”，即政治、法律制度及其他社会意识形态等，否则就不能解释复杂的文学现象。这正如普列汉诺夫所说的:“应该记住，远不是一切‘上层建筑’都是直接从经济基础上成长起来的：艺术同经济基础发生联系只是间接的。因此，在探讨艺术的时候必须考虑到中间的环节。”文学的发展变化也并非随着经济基础的发展变化而立即发生的。一般说来，当经济基础变更后，上层建筑中的政治、法律制度等会随之迅速发生变化。但与之相比，文学的变化则要缓慢得多。这一方面是因为，一种意识形态一经形成便具有了一种相对独立性和稳定性；另一方面是因为文学与经济基础的关系，不像政治、法律制度那样直接，它远离经济基础，其变化也相对缓慢。因此，当旧的经济基础消失后，与之相适应的文学并不会马上消失，还可能继续发生并在一段相当长的时期内存在。因而，在新的经济基础上的旧文学的清理和新文学的建设都是一项长期而艰巨复杂的任务。

三、其他意识形态对文学发展的影响

文学除了受到社会条件和经济基础的制约外，还受政治、哲学、道德、宗教等意识形态的影响。

政治对文学的影响。文学与政治同属于上层建筑范畴，但它们与经济基础的关系不是等距离的。政治是上层建筑领域中最活跃的因素，起着主导作用。文学与政治相比，是更高地悬浮于经济基础之上的社会意识形态，它与经济的关系不是直接的，有时要经过政治这一中介，才能对经济发生作用。文学与政治在上层建筑领域中地位和作用的不同，决定了政治对文学的影响:第一，政治作为政权机构，要求文学与它保持一致，与它有所配合，组成一个与之相应的文化管理系统。如果文学与之发生对抗，它会运用自己的权力予以改造，使之弱化，或动用暴力予以消灭。因而，进步的政治、开明的政策，会促进文学的繁荣和发展；反动的政治、保守的政策，将导致文学的衰落与凋零。这样的例证，在中外文学史上不胜枚举。第二，从政治对社会斗争、战争的作用来看，它经常自觉或不自觉地把大批作家卷到斗争的潮流中去，使其顺应或反抗某种政治倾向，从而影响其创作。如第二次世界大战，造就了一大批优秀的作家作品。如雷马克的《西线无战事》、海明威的《丧钟为谁而鸣》、肖洛霍夫的《一个人的遭遇》，等等。第三，政治作为一种社会理想和思潮必将在文学作品中得到广泛的反映。如陶渊明、李白、杜甫、白居易、柳宗元、欧阳修、王安石、苏轼、李清照、辛弃疾、文天祥等人的诗词，无不关怀着国家、民族的命运，充溢着博大的爱和追求理想的忧思。19、20世纪的外国作家，如雨果、惠特曼、马克•吐温、托马斯•曼、罗曼•罗兰、高尔基、肖洛霍夫等，都以不同的方式和艺术形式显示出对社会理想的追求和向往。第四，不少作家本人就是政治家、思想家、革命家，他们的政治理想和观点直接影响其文学创作。

哲学对文学的影响。文学与哲学在思维方式和表达方式上各不相同，哲学着重阐明世界和人的处境及人生的意义，文学则重在感受世界、领悟人生。但是，人从哪里来，又到哪里去，往往成了哲学和文学共同探索的主题。因此哲学与文学始终保持一种深刻的内在联系，并且哲学往往是文学的基础。17 世纪古典主义文学与笛卡儿的唯理论，18 世纪启蒙主义文学与洛克 · 狄德罗的唯物主义哲学，19 世纪浪漫主义与空想社会主义、德国古典哲学，以及批判现实主义文学与黑格尔的辩证法、费尔巴哈的人本主义唯物论，20 世纪现代派文学与非理性主义哲学，社会主义现实主义文学与马克思主义哲学等，它们之间的对应关系和互渗作用表明，当一种哲学成为一种社会思潮时，它将影响一定时期文学的面貌，使作家的思想和创作方法被某种世界观所支配。而且哲学思潮的相互消长往往左右着文学的发展，影响文学发展的面貌。20 世纪西方形成了两大哲学思潮，这就是以非理性主义为特点的现代人本主义和以实证主义为基础的现代科学主义，它们对中国文学的影响很大。在 20 世纪初，西方传统的科学主义占上风，而人本主义在抑制中变异、改造和发展，但不占主导地位；与之相对应，中国传统的玄学也只是作为一种学术观念在延缓，而没有与实际的学术运动、思潮发生直接的联系，占主要地位的是中国传统实用理性精神和西方自文艺复兴以来的理性主义的人本主义精神的结合。“五四”时期文学对人性解放的呼唤，对人的价值的肯定，对人的潜意识心理的揭示，对人的合理欲望的表现，也没有把人的非理性强调到人的本体的高度。所以现实主义文学在后来成为一种占绝对优势的大潮，其中科学主义哲学思想的深层作用是一个很重要的原因。五四运动之后，中国文学发展演变的深隐层次也循着这种基本的哲学思路在嬗变。20 世纪 80 年代以来，西方现代人本主义和科学主义思潮再次以强盛势头传到中国，由于此时中国社会诸多方面都发生了重大变化，因而这两大哲学思潮的影响与以前极不相同。以非理性主义为特点的西方人本主义思潮，与中国新的历史气氛、思想意识有着自然的契合，它适应了历史转型时期的某些社会心理，因而对于中国当代文学的影响似乎更为重要。

道德对文学的影响。道德主要用于调节人与人之间的关系，是人们在共同的社会生活中所遵循的行为规范。随着社会生活的发展，道德将不断突破狭小的个人关系，而深入发展到整个社会背景之上，涵盖一切社会关系。正如恩格斯所言，历史上“每一次革命的胜利都引起了道德上和精神上的巨大高涨”。它促使以描写人为中心、以社会生活为表现对象的文学作品，在塑造形象、表达审美理想、评价社会生活的时候，把人物的行为和情感放到道德的天平上，导致各个时代的道德观念深入文学中，成为文学中一种根深蒂固、无法消除的现象。如在欧洲，各个时期都有自己的道德观。在古希腊的英雄时代，《荷马史诗》中记载的最受人称颂的道德就是尚武勇敢，就是人的智慧。柏拉图在《理想国》中，提出统治者要有理智、智慧，武士要有意志、勇敢，生产者要有欲望、节制的道德观念。中世纪盛行先知摩西的十戒，提出宗教道德，勿抗恶、原罪、赎罪等。文艺复兴时期反禁欲主义，提倡世俗的、感性主义的道德观。以后又出现了利己主义、利他主义和合理的利己主义道德观。这些道德观无不深深地影响着同时代的作家。20 世纪 90 年代的中国，有些有才华的年轻作家，因没有克服自我的最大欲望以完成道德理性的升华，没有完全正确解决个人道德与公众道德的矛盾，所以尽管他们灵气十足，写出了一些个人化风格的作品，但不能十分冷静地看待纷繁驳杂的社会生活，坚持严肃的批判精神，因而难以担当这个变革时代的“书记员”记录中国这段现实主义历史的重任。

宗教对文学的影响。文学与宗教，较之文学与哲学、道德的关系来说，有着更为特殊的关系。这种特殊性在于两者在把握世界的方式上有着惊人的一致之处。比如，宗教的教义主要是通过丰富的幻想建立自己的形象系统，并通过生动的描述表现出来。这里同样有文学的动之以情、潜移默化，而且在世界各国文学中，宗教的内容和形式对文学的影响和渗透都很大。在欧洲中世纪，只知道一种意识形态即宗教神学，文学也就处在宗教神学的统辖之下。作为宗教，对中国文学影响最大的是佛教，这又集中地表现为一种出世文化精神的形成：佛教宣扬人生皆苦，苦海无边，生老病死，轮回不已，四大皆空，这是一种回避现实的出世思想。儒家思想原是入世的，于是佛教思想在儒家身上产生了一种奇妙的组合，形成入世出世互补的文化心态，这些都无不渗入中国作家的创作中去。如韩愈辟佛，情绪十分激烈，但当仕途受挫，就悟到佛理之妙，赞颂起佛家的生活情趣来。王维仕途受阻，就去佛教中寻找慰藉：“一生几许伤心事，不向空门何处销。”他的诗作不仅提供了闲、空、寂的悠然自得的田园境界，而且走向了象征主义。宗教对文学的体裁、表现方法、语言等方面都有较深的影响。如流行于魏晋到隋唐时期的变文，原是寺院僧侣向听众作通俗佛教宣传的韵散夹杂的文体，后来文人用以讲唱民间故事和传说，为文学开创了散韵结合的新文体，这特别明显地表现在弹词、评剧、戏曲等新形式的创造上。

四、社会心理对文学发展的影响

文学的发展必然受制于社会生活的方方面面，除了以上各种因素对文学产生影响外，社会心理对文学发展的影响也是明显而持久的。

社会心理是社会群体在相互交往中形成的不定型的、自发的、共同的社会意识，是在特定情境中形成的人们的社会性知觉、情绪、愿望、需要、兴趣、时尚等的总和，具有原始性、群体性、易变性和无意识性的特征。马克思主义认为，上层建筑包括社会意识形态和社会心理两个层次，“在生存的社会条件上，耸立着由各种不同情感、幻想、思想方式和世界观构成的整个上层建筑”。情感、幻想即社会心理，它具体表现在大众中广泛流行的情绪、心态、情趣、习惯、爱好等方面。它和意识形态比起来，对文学发展的影响更为直接。普列汉诺夫曾经指出：“所有的意识形态都有一个共同的根源：这个时代的心理。”

认为“艺术最直接地受社会人的心理的制约和决定。”各种社会意识形态对文学艺术产生影响，作品的哲理、伦理内涵和政治、宗教倾向反作用于社会意识形态，都要通过社会心理这个中介。社会心理对文学艺术的影响，具体表现在以下方面：

（一）社会心理影响着创作主体

作家和所有的人一样，都生活于社会关系中，在其现实性上也是社会关系的总和。他们作为社会成员中最敏感的一部分，对业已形成的社会心理感受最为深刻，所作出的反应也最为迅速。当社会心理适应了作家的文化心理结构时，就内化为作家的一种概括化、言语化、简缩化的“情结”，并深深地影响他们的创作。例如，当前流行的一种社会心理是“金钱万能”“拜金主义”，有些作家为迎合这种社会心理，创作了一些鼓吹“钱能通神”的作品，《曼哈顿的中国女人》就是最典型的一部。当然，作家对流行的社会心理也有抗拒的一面。如沈从文写《边城》的年代，社会时尚是“唯实唯利”，这种时尚又以当时的大城市表现得最为明显。沈从文对当时的社会心理是抗拒的，这种抗拒就促使他创作出一部充满田园牧歌情调的表现另外一种人生形式的小说《边城》。

（二）社会心理影响着文学的艺术形式

按照普列汉诺夫的观点，文学艺术从严格的意义上说是社会心理的反映。那么作家对社会心理的感受，就是获取创作题材的途径。也就是说，社会心理中蕴含着丰富的创作素材。作为题材的社会心理一旦被作家掌握，他们就产生创作的冲动，这时，他们感受到的社会心理就会急切地吁求某种艺术形式，催促作品的诞生。例如，在抗日战争时期，抗日救国成为普遍的社会心理。在这种社会心理的影响下，许多作家纷纷走出书斋，走向抗战的前沿阵地，他们为抗日救亡呼吁。这样的社会心理必然需要一种新的艺术形式，于是，“街头诗”“街头剧”这类形式灵活、富有战斗力的大众化文艺形式便应运而生，并出现了“好一计鞭子”那样优秀的文艺作品。

（三）社会心理影响着艺术趣味，特别是影响群体的艺术趣味

群体艺术趣味是指社会某一时期，某一阶级、阶层、集团共享的艺术趣味。社会心理总是这样或那样地制约着群体的趣味。例如，在新时期刚开始的时候，要求改变过去的“以阶级斗争为纲”，要求解放思想，要求平反冤假错案，要求发展经济、解决温饱问题等，成为人们共同的心理趋向，于是在一段时间里，所谓“伤痕文学”“反思文学”“改革文学”成为大家感兴趣的作品，形成了共同的群体趣味。但是，随着时代和社会心理的变化，这种沉重的艺术虽然可以在历史上占一席之地，却不再成为大家的群体趣味了。同时群体趣味也可以培育社会心理，它们之间的关系是相互的。

（四）社会心理影响着文学思潮

在文学史上，文学思潮不断出现。每一次文学思潮的兴衰都会在文学史上留下深深的痕迹，标志着文学的发展又揭开了新的一页。这里的原因是多方面的，但与一定历史时期

社会心理的关系尤为密切。比如浪漫主义文学思潮的出现就与当时人们的审美理想、审美趣味及其背后的社会心理密切相关。在经过了文艺复兴以后约三个世纪的科学发展和最初的工业化以及资本的发展后，人们发现科学和工业化也不是一切都好，最初的科学是原子论、机械论，科学把宇宙和世界都看成机器——可以拆卸，也可以安装。一切都可以是碎片，有的哲学家甚至宣称：人也是机器。自然的有机的整体性失去了；同时，那时的工业化也是原始的，原本洁净的乡村变成了被污染得乱糟糟的城市，生活的宁静失去了。原本以为人征服自然是有意义的，这时人们也产生了怀疑。在工业化过程中建立起来的复杂的社会关系给人类带来许多问题。这样，人们就产生了一种要梳理近代文明的心理，要从大自然和人类社会中寻找意义和美的心理。正是在这样一种社会心理的支配下，人们的审美理想、审美趣味也发生了变化。过去觉得能逼真地模仿自然和社会，就是最高形式的美，现在不同了，觉得人自身感情的流露才是美的。这就出现了由再现论到表现论的转化，浪漫主义文学思潮便得以诞生和流行起来。

第三节　文学发展中的继承与革新

继承与革新，是文学发展的内在规律。文学发展的历史，也就是既继承民族优秀文学传统又革新创造的历史，文学的价值和意义正是在这一历史过程中逐步得到实现。

一、文学发展中的历史继承性

所谓文学发展的历史继承性，是指任何时代的文学发展都是以以往的文学遗产为基础的，必然受到业已形成的文学惯例和传统的影响，始终处于与以往文学传统的历史联系之中。文学发展中的历史继承性，是文学发展中客观存在的必然规律，是文学自律性的重要表现之一。

文学的发展之所以具有历史继承性，是因为：

第一，历史的继承性是社会事物发展的最一般的规律。马克思说：“人们自己创造自己的历史，但是他们并不是随心所欲地创造，并不是在他们自己选定的条件下创造，而是在直接碰到的、既定的、从过去承继下来的条件下创造。”文学的发展也必然遵循事物发展的这一普遍规律。任何一个时代的文学，都必然受到传统文化、文学的影响，如刘勰在《文心雕龙·通变》中说：“楚之骚文，矩式周人；汉之赋颂，应写楚世；魏之策制，顾慕汉风；晋之辞章，瞻望魏采。”他认为文学创作是有所继承、有所发展的。前代的文学经典是后继者的一种先验的规范，后继者的美学趣味、想象力甚至语言表达能力都要受到文学经典和传统的训练与影响。

第二，文学发展的历史继承性是由文学意识形态的特殊性所决定的。恩格斯在谈到哲学的发展时说：“每一个时代的哲学作为分工的一个特定的领域，都具有由它的先驱传给它，而它便由此出发的特定的思想资料作为前提。”文学作为反映社会生活的特殊形式，它与经济基础的联系不是直接的，而是间接的，它是一种“更高地悬浮于空中”的意识形态。因此，文学不像政治、法律制度那样随着一定社会的经济基础消亡而马上消亡。而它以审美的方式反映社会生活的特殊性，又使它不像哲学那样只能作为思想资料供后人研究。文学作为一种特殊的社会意识形态，它不仅有认识和教育作用，而且有审美价值。作为一种美的存在形态，它必然为后世人们所欣赏。其永久的艺术魅力、审美价值和创造经验，必然为后世人们所瞻仰、所揣摩、所借鉴。因而文学的发展是无法摆脱历史流传下来的文学遗产的影响和作用的。

第三，文学发展的历史继承性为文学发展的实际所充分证明。这不但表现在思想内容上，而且表现在艺术形式上和理论探讨上。明代前后七子提出了“文必秦汉，诗必盛唐”的口号，认为秦汉之文和盛唐之诗是诗文的最高典范，诗文创作的基本法则都包含在这些经典的诗文中，后世文人写作应该遵循这些古法。他们的目的在于通过学习古代最优秀的作家作品以改变明代文坛沉闷的气氛，是借古人法式来表现现实内容，为现实服务。这种做法虽然有着复古主义倾向，因而受到公安派的批评，但是从文学发展的实际状况来看，他们的观点也有一定的合理性。每一个时代的文学，都要从过去时代的文学中接受思想上或艺术上的影响。这从我国历史上一些有较深刻思想意义和社会影响的事件，常常成为历代文学家喜爱的题材而常写常新的文学现象中可得到证明。例如，“昭君出塞”这个历史事件，就受到历代文学家的青睐。宋代王安石写了诗歌《明妃曲》，元代马致远将它写成戏剧作品《汉宫秋》，“五四”时期的郭沫若又写了戏剧《王昭君》，中华人民共和国成立后，剧作家曹禺又将它改写。虽然他们对这个历史事件的观照方式不同，所表现的主题不同，但仍然可以看到这些作品在题材上的一脉相承关系。清代文论家叶燮在论及中国诗歌传统的继承关系时，曾形象地把它比作一棵历经千年的参天大树：“三百篇，则其根；苏、李诗，则其萌芽由蘖；建安诗，则生长至于拱把；六朝诗，则其枝叶；唐诗，则枝叶垂荫；宋诗则能开花。”“上下三千馀年间，诗之质文、体裁、格律、声调、辞句，递嬗升降不同，而要之诗有源必有流，有本必达末……乃知诗之为道，未有一日不相续相禅而或息者也。”（《原诗·内篇》）叶燮在这里指出了中国诗歌发展中的继承关系，即没有前面的成果为基础，中国诗歌的每一步发展都是不可能的。

二、继承文学遗产的原则

在对待文学遗产的问题上，马克思主义经典作家为我们做出了表率。列宁在《共青团的任务》一文中，倡导将马克思对待文化遗产的态度作为共青团学习的楷模。他说：“凡是人类社会所创造的一切，他都用批判的态度加以审查，任何一点也没有忽略过去。凡是人类思想所建树的一切，他都重新探讨过、批判过，在工人运动中检验过。”在怎样正确对待文学遗产问题上，鲁迅提出了有名的“拿来主义”的主张。他把文学遗产形象地比喻成一所祖传的大宅子，把继承者比喻成一个穷青年。鲁迅认为，对待这座祖传的大宅子，无论是“徘徊不敢走进门”，或“放一把火烧光”，还是欣然“接受一切”的做法，都是错误的，而应采取“拿来主义”的态度，先“占有”，后“挑选”，分别采取“或使用、或存放、或毁灭”的办法才是正确的。毛泽东同志在《在延安文艺座谈会上的讲话》中也明确地提出：“我们必须继承一切优秀的文学艺术遗产，批判地吸收其中一切有益的东西，作为我们从此时此地的人民生活中的文学艺术原料创造作品时候的借鉴。”毛泽东主张“批判地吸收”，他把这种态度概括为“去其糟粕，取其精华”。他说：“一切外来的东西，如同我们对于食物一样，必须经过自己的口腔咀嚼和肠胃运动，把它分解为精华与糟粕两部分，然后排泄其糟粕、吸取其精华才能有益于我们的身体，决不能生吞活剥地毫无批判地吸收。”毛泽东在这里形象通俗地为我们指明了正确对待文学遗产的态度。

对于文学遗产，包括民族文学传统和外来文化，我们应该做到以下几点：

第一，我们要批判文学上的民族虚无主义和排外主义两种极端倾向。民族虚无主义是一种全盘否定民族的文化传统，要求全盘西化的主张。排外主义则是一种完全拒绝外来文化、封闭保守的文学态度。近代以来，中国思想界对这些问题曾有过激烈的争论。“五四”时期，以林纾为代表的复古派就曾公开反对以借鉴欧洲文学为起点的新文化运动，主张旧有的文学之体不可变。而胡适等人在倡导新文学的时候，则对中国古典文学传统基本上采取了漠视的态度，认为“中国文学的方法，实在不完备，不够做我们的模范”。而事实证明，在对待民族文学传统和外来文化的态度上，守其一端排斥另一端的做法是行不通的。

第二，坚持“古为今用”，对文学遗产采取分析与批判的态度。一切文学遗产都是特定历史时期社会生活的反映，为特定的社会经济基础所决定并为之服务的。它与变化了的经济基础和发展了的社会，必然有矛盾或不相适应的一面。即使是在历史上具有人民性或有进步意义的文学，也不一定适应新的历史时代文学发展的实际需要。因此，要根据现代文学发展的需要来选择和继承，这也就是毛泽东所说的“古为今用”。我们选择继承的必须是对我们今天文学的发展有用、有益的那部分文学遗产。这就需要我们在清理文学遗产时，在认识文学作品的人民性和其进步意义的基础上，进一步分析研究它在今天的现实意义和文学价值。不加分析与批判地全盘接受一种文学传统或全盘否定一种文学传统，对于文学的发展同样有害。

第三，对于文学遗产，我们在批判的时候，不应当求全责备，而应当用历史的眼光去看待它们，给它们一个比较客观的评价。优秀的文学遗产也有它自己的特点，有它自己赖以产生的特定社会条件和文化背景。完全抛开文学传统产生的历史条件去对它进行评价，往往会得出看似有理、实则虚妄的结论。比如，我们说《红楼梦》这部小说具有反封建色彩，是因为曹雪芹作为一个封建时代的文人，能够表现出对女性的尊重，并对建立在两情相悦基础上的爱情持肯定态度，而不是说曹雪芹的思想已经达到了现代人的高度。我们在评价巴尔扎克小说的时候，不能因为他是一个代表贵族利益的保皇党员，并且在小说中表现出对封建贵族阶级的同情而否认其小说的整体批判价值和文学价值。历史地看待文学遗产，将使我们对文学遗产的吸收与借鉴更具建设性和科学性。

三、文学发展中的革新与创造

文学发展中的继承性是由文学活动自身的规律决定的，文学发展中的革新与创造同样由文学活动自身的规律所决定。只有通过革新与创造，文学才能有所进步和发展，这是文学发展自律性的又一个方面。文学的发展之所以离不开革新与创造，是因为：

第一，革新与创造是一切事物发展的普遍规律，文学的发展必然要遵循这一普遍规律。毛泽东指出："新陈代谢是宇宙间普遍的永不可抗拒的规律。"任何事物的发展都是一个不断运动的过程，只有在继承的基础上，通过革新创造，一个时代的文学才能具有不同于以往时代文学的独特性，才能与时俱进，才能发展进步。

第二，文学的革新与创造是由社会生活的发展变化决定的。文学的对象是处于不断运动变化中的社会生活。新的时代的社会生活必然要求有与之相适应的新文学来反映，并为之服务，这就要求作家敢于突破旧文学的束缚，敢于革新和创造。我国"五四"时期的文学革命运动就是明显的例证。当时许多文化名人都极力倡导改变文学的语言形式，变文言文为白话文，其内在的推动力就是当代社会生活的发展变化。这正如周作人所说的："我们反对古文，大半原为他晦涩难解，养成国民笼统的心思，使得表现力与理解力都不发达。但另一方面，实又因为他内中的思想荒谬，于人有害的缘故。"虽然"五四"时期反对文言文中不免有片面化的倾向，但旧的文学毕竟有不适应新的社会生活的一面，所以文学的革新和创造势在必行，否则就不可能有新文学的诞生，不可能有文学的发展。

第三，人们审美意识的发展变化也要求文学不断革新创造。文学是为读者服务的，而读者的审美意识是随着社会生活的变化而变化的。要不断满足读者变化了的审美需要，就必须有革新和创造，否则就会丧失读者，丧失文学的社会功能，自然也就谈不上文学的发展了。文学作为美的一种存在形态，必须有独特的审美价值以满足读者的审美需要，而独特审美价值的获得就在于革新和创造。许多作家就是通过革新和创造，才使自己的作品具有了不同凡响的独特之处，给读者以极大的审美享受的。

文学的继承与革新创造是一对相互依存的矛盾。为了正确地解决继承与革新的矛盾问题，毛泽东提出了"推陈出新"的方针。列宁在谈到旧艺术时，也曾说过："即使美术品是'旧'的，我们也应当保留它，把它作为一个范例，推陈出新。为什么只是因为它'旧'，我们就要撇开真正美的东西，抛弃它，不把它当作进一步发展的出发点呢？"伟人们的共识，科学地揭示了文学发展中继承与革新创造的辩证统一关系。所谓"推陈"，是指扬弃文学遗产中一切陈旧的东西，继承其精华；所谓"出新"，是指在继承基础上的革新创造，推陈出新就是要通过继承与革新，促进文学的繁荣和发展。中外文学史的实践表明：文学发展的过程，就是不断推陈出新的过程。一个作家在创作中，既要推陈，又要出新，才能创作出好的作品来；一个时代的文学，只有当推陈出新的辩证统一关系得到正确的认识和处理时，才能获得健康的发展。从具体作家来看，曹雪芹可谓推陈出新的大师。他在《红楼梦》创作中，对于文学传统既有批判，也有继承。对于过去文学中的消极方面，他有清醒的认识、尖锐的批判。例如，他在《红楼梦》第一回中便借青埂峰下顽石之口，批判了过去好些开口文君、满篇子建、千部一腔、千人一面的才子佳人小说和那种“淫秽污臭，最易坏人子弟”的“风月笔墨”。同时，他继承了前代文学的现实主义优良传统，借鉴和吸收了历代诗歌、散文、戏剧以及《金瓶梅》之类小说中的优秀成分，并在思想内容和艺术形式方面都进行了大胆的革新创造。就思想内容而言，他通过看似平常的青年男女的爱情悲剧，显示了人物包含新精神的叛逆性格，表现出时代的特色，真实、全面地反映了封建社会的生活面貌。在艺术的表现形式上，他也不为说书的传统手法所限制，不去刻意追求故事性，不以曲折惊险的故事情节取胜，而以对日常生活的精确逼真描绘见长，做到“离合悲欢，兴衰际遇，俱是按迹循踪，不敢稍加穿凿，至失其真”。正由于推陈出新，曹雪芹完成了自己伟大的创造，使《红楼梦》成为文学史上的不朽之作。所以，“推陈出新”是文学在继承传统时的必然选择。再从我国把古代名著改编成电视剧的情况来看，在把中国四大古典名著改编成电视剧的过程中，编导者没有完全让自己停留在原著的思想和艺术水平上，而是尽量将原著中那些不合时宜的思想与审美观念加以改造，以适应当代观众。如《水浒传》改编过程中对潘金莲这一人物的处理，《红楼梦》改编过程中对后四十回的处理，《三国演义》改编过程中对曹操这个人物的重新定位，都体现了编导者的这一意图。如果没有推陈出新，仅仅在前人的水平上去复制原作，就不可能产生巨大的社会效应。当然，在名著的改编中怎样推陈出新也是一个值得探讨的新课题。比如，电视剧《水浒传》对潘金莲这一人物的处理，导演的本意是想避开原作中“女人是祸水”的思想，适当表现这一人物的悲剧性命运。然而，由于电视剧与原作的差距较大，有人批评说，在电视剧中“西门庆不坏，潘金莲可爱，倒是武松有点怪”。但大多数观众对电视剧中的处理还是持肯定态度的。这就启示我们，推陈出新无论是在内容上还是形式上，都必须尊重文学艺术自身的特点和规律，是在继承传统（或原作）基础上的革新和创造。

第四节　全球化语境下文学的未来

一、各民族文学的借鉴与融合

各民族文学之间的相互借鉴、影响与融合，是中外文学发展史上的客观事实，也是文学发展的内部规律之一。一个民族的文学艺术总要吸收其他民族文学艺术的营养才能有所创造，有所前进。一般来说，一个民族的文学艺术在吸取外来文学艺术营养时，要经历以下过程：第一步，把外来文学艺术原封不动地“拿来”；第二步，鉴别外来文学艺术的精华与糟粕，吸取精华，抛弃糟粕；第三步，把外来文学艺术与本民族的文学艺术有机地结合起来，从而创造出新的文学艺术作品。

各民族文学相互影响的发展趋势是文学的一般共性与民族特色的有机融合。在各民族文学艺术相互影响的发展过程中，文学的内容与形式、风格与流派、创作方法与艺术思潮，会逐渐形成一些共性。随着各民族文学相互影响的日渐频繁，这种趋势还会发展和加强。文学发展的共性会不会磨灭掉各民族文学的特色呢？当然不会。因为各民族社会生活的特色是永恒的，因而各民族文学的特色也是永恒的。有人企图否认各民族文学艺术的特色，把某一民族的文学艺术说成一切民族文学艺术的唯一形式，那只是一种主观妄想，而不是客观规律。

在资本主义社会出现以前，由于自给自足的经济状况限制了人们的眼界，人们不知道甚至也不想知道“世界”是什么。与此相对应，各民族文学艺术的交流和影响，在地域和时间上也受到限制。资本主义改变了人们心目中的“世界”。资本主义的商品要销售到世界上每一个角落，资本主义生产所使用的原料要来自世界上每一个角落。随着麦哲伦、哥伦布的冒险远征和殖民地的开拓，一个崭新的世界交往的时代到来了。马克思、恩格斯在《共产党宣言》中指出：“资产阶级，由于开拓了世界市场，使一切国家的生产和消费都成为世界性的了……过去那种地方的和民族的自给自足和闭关自守状态，被各民族在各方面的互相往来和各方面的互相依赖代替了。物质的生产是如此，精神的生产也是如此。各民族的精神产品成了公共的财产。民族的片面性和局限性日益成为不可能，于是由许多种民族的和地方的文学形成了一种世界的文学。”马克思、恩格斯明确提出“世界的文学”这个概念。随着自给自足的民族经济走向世界，各民族的文学艺术也走向世界，构成了世界的文学艺术。

事实证实了马克思、恩格斯的科学论断。资本主义经济拓宽了人们狭窄的眼界，东西方的文学艺术家几乎同时睁大惊奇的眼睛，看到了过去引以为傲的本民族文学艺术是那么黯然失色，世界文学艺术是那样光彩夺目。

在东西方的碰撞中，西方的坚船利炮打破了中国的闭关自守局面，惊醒了先进的中国人。康有为大声疾呼：“如仍守旧不变，则中国画学应遂灭绝。”张大千叹道：“中国绘画发展史，简直是一部民族活力衰退史！中国艺术的出路只有一条：向西方学习。”陈独秀说：“改良中国画，断不能不采用洋画写实的精神。”这时，西方艺术在中国人眼中不再是“阴阳脸”，而是气象万千、大气磅礴的壮丽画卷。于是中国艺术史上空前的壮举发生了：一大批有为的艺术家满怀对知识的渴求西渡欧洲向世界艺术学习。文学同样如此。中国现代文学在艺术形式上发生过一次脱胎换骨的变化，在这一艺术形式的现代化进程中，西方文学的影响是不容忽视的。例如，俄国文学对中国现代文学的跨文化作用就不可低估。19世纪俄国文坛人才辈出、著作如林，普希金、果戈理、屠格涅夫、冈察洛夫、陀思妥耶夫斯基、托尔斯泰、契诃夫等作家的作品，无不显示出俄罗斯文学的艺术魅力。“五四”时期，正在进行艺术探索的中国作家把眼光投向俄国，诚挚地称俄国作家为自己的重要老师。鲁迅就受到如果戈理、契诃夫、安德烈耶夫等俄国作家的重要影响，巴金受到屠格涅夫的重要影响，茅盾受过托尔斯泰的重要影响，作为革命诗人的普希金对中国现代左翼作家胡风等人都产生过重要影响。如果没有俄苏文学的融入，没有西方浪漫主义和象征主义文学的融入，中国现代文学的现代性将会大大地打上一个折扣。

就在中国艺术家、文学家放眼世界的时候，欧美艺术家、文学家也逐渐摆脱了“西方中心论”的狭隘眼光，看到了欧美之外的五光十色的文学艺术世界。他们在哀叹求真写实的传统艺术逐渐没落的同时，赞叹东方艺术的勃勃生机。我国《红楼梦》译本在法国出版后，人们好像突然发现了塞万提斯和莎士比亚。美国诗人庞德曾极力称许中国古典诗歌的简约风格，认为中国诗歌没有欧洲浪漫主义诗歌的“滥情主义”和“装腔作势”，主张现代诗歌应当追求一种像中国诗那样的“超越比喻的语言”以表达现代诗人自己的现代感受和现代体验。庞德还盛赞中国诗歌中的意象，主张借鉴中国古典诗学思想以建构反象征主义的美国现代诗学。

总之，各民族文学从来就是相互借鉴和相互融合的，这是世界文学共同的发展规律。诚然，文学的相互影响是非常复杂的现象，我们在借鉴外来文学传统时，要本着“洋为中用”的原则，大胆吸取外来文学的精华，为繁荣我们的社会主义文学事业服务。同时，我们也要积极参与世界文学艺术的交往和交流，为西方作家提供借鉴，也使我们的文学在一个更为广阔的世界文学背景下有新的发展。

二、全球化语境下文学的未来

全球化是席卷世界的一股汹涌浪潮，也是一种世界化的意识形态。沃特斯认为，“全球化”现象呈现三种可能：一是“全球化”可能早已开始，它与启蒙历史同步；二是其出现时间可能稍晚，与现代化、资本主义的发展相伴而来；三是“全球化”是一种新现象，是在后工业化、后现代化以及资本主义的解体与冲突中产生的。全球化在社会生活的三个领域得以呈现：一是经济领域，进行的是生产、交换、分配和消费；二是政治领域，涉及权力的集中和运动、权威的构造与外交政策的实施；三是文化领域，关系到意义、信仰、嗜好、趣味、价值观等象征符号的生产交换和表达。

全球化是在人类社会生产力极大发展的基础上，随着国际交往和世界市场的扩大而出现的世界社会运动的自然历史过程。广为流行的全球化概念着重描述的正是这样一个历史过程，在这个过程中，各种社会因素和关系在空间上不断扩展，人的行为方式、思想观念以及社会力量的作用表现出洲际（或区域之间）的特点。具体而言，就是空间上的“世界压缩”（compression）和地域联结。人们好像是生活在一个空间越来越狭小、联系越来越紧密的所谓“地球村”。新的技术革命，特别是20世纪后期大众电子媒介和互联网的普及，全球新闻直播、电子邮件、信息高速公路等仿佛已经消融了国家和文化的疆界，使原来的空间和地点概念失去了实在感。现代媒介还引发了非物质的流动、价值观念的交流变异和政治文化的网络化、透明化。全球地域联结的加强表现在现代的世界牵一发而动全身，2001年美国的“9・11”事件，以及接踵而至的阿富汗战事、伊拉克战事、“SARS”和禽流感，在短时期内迅速造成全球经济增长的放慢和世界政治格局的分化与重组，同时引发了全球范围内对恐怖分子、战争和自然灾害的恐慌与论争。经济技术的全球化以及思想、观念、意识的流通和碰撞，显示我们已进入一个前所未有的时代。

这是一个机遇与挑战并存的时代。

值得注意的是，在全球化背后实际上隐藏着一种中心权力话语。从经济的角度来看，全球化意味着某个工厂生产出来的一枚螺丝钉与世界上任何一个角落里生产出来的一颗颗螺帽都能拧在一起，其完美假定性正如德里达所认为的“全球主义的基础是资本主义中的发展主义假设”，其重心在于，认定世界上每一个国家在克服了自身发展道路上的特殊障碍后，都会循着一条普遍性的路途向某些共同目标前进。其诱惑力在于，一是虽然参与全球资本主义经济是全球化的条件，但全球的未来不再需要步欧美现代化的后尘；二是资源的最大配置的共享性、全球市场拓展的广阔性和技术领域革命的无限性。但是，由于历史的原因，当经济发展到今天，东西方经济发展水平差距仍然很大，西方尤其是欧美在资金、技术力量等方面已经占据了优势，进而形成了一种权力话语。而东方尤其是第三世界国家，由于各国不同的发展状况，还处于相对落后的状态。在这种状况下，全球化的太平盛世图景就难免有一种掠夺的企图。所以这里其实隐含了一个条件，即发展主义是全球化一个终极目标，而西方尤其是欧美，其发展已达到相当完备的状态。相反，东方尤其是第三世界国家，其发展还处于相当薄弱的状态。因此，要实现全球化，就要坚持发展主义，而坚持发展主义，就要向欧美看齐，因而全球化实际上还是欧美化。因此，所谓的“全球化时代”理论的背后，潜藏着一种深刻的话语权谋。

全球化时代的来临，对以语言、地域为界定标准的民族文学构成了挑战，中国文学被放置在一个更加开放的多元文化语境下。作为意识形态和文化的渗透，全球化对中国文学的影响是不可低估的。大众文学的兴起、网络文学的产生与发展、文学 VCD 的出现、叙事文学经典向影视的改编和复制，标志着我们的文学有了新的生长域。但是，一个不容乐观的现象是，随着经济全球化的推进和文化多元化的建设，我们的文学正在日益走向边缘化。往日文学的辉煌已经风光不再，过去由一本小说、一场戏引起轰动效应的热闹景观已成“明日黄花”。文学的生产和消费呈整体下滑的趋势。虽然小说和电视剧还有一定的读者和观众，但诗歌和戏剧则明显变得冷清和萎缩。文学的边缘化现状引起了人们对全球化语境下文学未来的担忧与思考：文学的未来将会怎样？它会不会被技术和商品经济大潮冲出历史，走向终结？它将会怎样发展？对这些问题，我们应该有比较清醒的认识。

（一）文学永远不会消亡

经济和文化的全球化使大众消费文化成为一种时尚和潮流，我们的文化生存模式和文化运作方式由此发生了根本性的变化。在汹涌澎湃的视觉文化和商业文化洪流中，传统文学长期以来形成的中心地位和权威身份已被颠覆，整个文学界普遍滋生出强烈的生存危机，尤其是那些所谓纯文学的写作，由于迅速地边缘化而弥漫着浓郁的悲观情绪，以致文学正在走向终结与消亡的观点一度甚嚣尘上。美国著名学者希利斯•米勒就是突出的代表之一。他在《全球化时代文学研究还会继续存在吗？》一文中认为，“新的电信时代正在改变文学存在的前提和共生因素”，“而且会确定无疑地导致文学、哲学、精神分析学，甚至情书的终结”，虽然在网上也能够进行创作或者发送文学作品，但这些文学作品早已变得面目全非，“成了另外的东西”。赞同这种观点的声音时有出现。而实际上，这样的观点和情绪的风行，与对全球化时代文学的本性缺乏足够清晰的理解是分不开的。

我国著名文学理论家童庆炳先生针对这种观点发表了截然相反的看法，对文学的未来充满了信心。他认为:“文学虽然有这样或那样的改变，但文学不会消失，因为文学的存在不决定于媒体的改变，而决定于人类的情感生活是否消失。如果我们相信人类和人类情感不会消失的话，那么作为人类情感的表现形式的文学也是不会消失的。”童先生的结论是建立在对文学本性理解的基础上的。作为语言艺术的文学以表现人类的真实情感为神圣使命，这就使它具有了特定的人文本性和人文价值，使它具有提升人类精神境界的功能。人类社会在任何时代都需要精神升华，后现代社会中信仰崩溃的现实，使精神的救赎和心灵的引领显得尤为重要。文学对人类情感的表现使它具有独特的精神抚慰优势，可以在一定程度上帮助我们超越这种精神迷失，通过深刻的内心体验开掘存在的诗意，使失去家园的人类精神在新的信念的召唤下，在灵与肉的主体性升华中重获救赎。因此，只要人类还存在情感生活，文学便具有永远存在的理由。

（二）走向图像化、消闲化的文学

既然文学不会消亡，那么，未来的文学将会是怎样的呢？这是近年来文学界、理论界关注的一个焦点问题。据专家预测，未来的文学将走向图像化和消闲娱乐化。

文学将走向图像化。全球化使现代社会成了一个图像社会。我们现在的文化运作方式和文化生活形态主要是由图像的呈示和观看构成的，这与一个世纪以来图像符码和图像信息在文化生活中的大量涌现分不开。大体言之，包围我们的图像有两大部分：一为视像部分，包括摄影、摄像、电影、电视、网络以及由真实影像拍摄而成的各种广告等；二是图画部分，即由人绘制的各种图像，主要包括漫画、动漫、卡通制品、电子游戏等。它们共同构成了当下的图像文化和视觉文化。

在图像文化的围困下，文学与图像的冲突和结缘是很自然的事情，这不仅表现为对文学的排斥与放逐，而且也表现为迫使文学本身走向图像化。文学的图像化表现之一，是电影、电视文学的大量生产和复制。这种现象本来自有电影以来就有了，所有的文学经典几乎都有过影视改编的经历，我们的作家有的已成为影视剧本的职业写手，这一切无可厚非。但变化最大的是，文学写作本身已失去自主性。例如，当一个小说家拿起笔写作的时候，他首先要思考如何使他的作品能符合影视改编的要求，也许这是商业逻辑在起作用，但这个商业逻辑是建立在视像文化基础上的。文学图像化的另一个表现，是读图文学的兴盛。一方面，几乎所有的文学名著都已经“图说”化，如书海出版社出版有《中学生必读文学名著图说》、新华出版社出版了《鲁迅小说全编绘图本》，等等；另一方面，摄影文学、电视散文，特别是卡通读物广泛涌现。以日本为例，据有关报道，整个日本出版物中有 40% 是漫画作品，每个月出版发行的漫画杂志达 350 种，每月还有近 500 种漫画单行本出世。

据调查，在中国图书市场，在各类书籍中，卡通漫画类受欢迎程度最高，达57.7%。文学本身的图像化正是当今图像社会中文学的真实景观，体现了文学发展的基本走向。

文学的图像化现象改变了过去文学的教化、训导功能，使文学成为娱乐消闲的方式。消闲、娱乐的文学正代表着未来文学的又一走向。在全球化时代，随着文化消费的不断推进，大众化的通俗文学悄然勃兴，呈现出越来越大的受众市场。人们在紧张、单调、枯燥的劳动之余，看一个电视剧，或读一读有图文学作品，更多的是为了消除精神疲劳，获得一种轻松和感性愉悦，当然也包括获取一些有用的信息。消闲娱乐本来就是文学的基本特性之一。它在今天得以彰显，成为一种时尚文化消费的基本功能，是与这个图像充斥、消费文化兴盛的时代潮流分不开的。可以想象，未来的文学是娱乐、消闲性很强的文学。随着我国双休日的推行，"五一""十一"、春节长假和职务休假的实施，人们的闲暇时间增多，因而观看电视、网上聊天、阅读通俗文学作品等自然成为一种人生方式。当然，突出文学的娱乐消闲作用，并不排斥"寓教于乐"，读者或观众在观看图像文学之时，获得一种阅读快感之后，也会使思想得到启迪，性情得到陶冶。值得思考的是，如何满足读者的需求，写出和出版一些让读者得到娱乐和休闲的好作品，是作者和出版商急需解决的问题。

（三）全球化与本土化融合的文学

一个不容置疑的事实是，未来的文学必将受到世界经济一体化、科技一体化和审美现代性的影响。首先，随着全球经济文化一体化进程的深化，信息、通信、交通、计算机、卫星、网络等技术快速发展，世界各国间的距离日渐缩小，经济和文化间的联系大大加强，文明的共性日渐超越各民族文化的个性，成为全球意识的重要体现。在这种条件下，文学的相互交融、并存、互补将成为未来文学发展的必然格局。

其次，全球化使得社会意识制度不再以强加的方式来决定文学的生产和消费。作家在文学创作过程中除了参与一些时尚写作外，更注重个人生存和生活体验的抒写，由社会化写作向个人化写作转变。读者的阅读习惯开始更新，传统的个人化书本阅读让位于视像、听媒和网上阅读。写作的个人化和阅读的机读化凸显了文学的消费性、娱乐性功能。

再次，也是最突出的现象，即作家在写作时，注意考虑自己作为"地球村"的一员来进行创作，因而，他们的创作思想、表达方式、写作技巧都与传统有很大不同。如先锋小说作家在文学全球化方面做出了大量的有意义的探索。先锋作家勇敢地冲破种种传统规范，大胆运用世界流行的后现代表现方式，追求更为自由、更为世人所接受的审美空间。因而，他们的努力有了某种"世界"性和前卫色彩。但是，他们在追求世界性的同时却忽略了本土化：过分注重形式，放逐情节，玩弄辞藻，取消深度，致使他们的小说苍白、平面而空洞，因而失去了读者。先锋小说的衰落告诉我们：文学的全球化还必须与本土化结合。近年来，思想界、文学界掀起了一场有意义的讨论：全球化与本土化。在讨论中取得的一个共识，就是全球化与本土化两者要融合。本土化是根本，异质文学只能在被过滤、被改造的情况下融入。我们的文学不能搞西方中心主义，当然也不能搞本土中心主义。未来的文学既不是对西方欧美原创后现代主义的全盘接受，也不是对东方中国本土文学传统的全盘继承，而是在立足于双方汇通基础上的重新站立，从中寻找新的文学增长点。我们的作家在经过一段时间的思考和摸索之后，经过对西方后现代大师的模仿和自己实验这两者的结合，最终实现了汉语文学后现代话语的自觉建构。这种话语建构方式，便是全球化与本土化的融合与汇通。可以预见，我们未来的文学是全球化与本土化相融合的文学，这将在当下和未来的文学实践中得到充分的证明。

第二章 文学属性

任何一种文学理论的出发点和落脚点都存在“文学是什么”“文学具有什么样的基本属性”的问题。而文学现象是复杂多样并且不断地发展变化的，人们的文学观念也是不断发展变化的。那么，在各种具体而独特的文学现象与文学活动之间，是否存在着某种普遍的属性？是否可以通过对这些基本属性的认识从而达到对文学的总体认识？我们认为，在丰富多样的文学现象之中，必然存在着一定的普遍性或共通性，也正是这些普遍性的东西，构成了文学的基本属性。

第一节 文学观念的嬗变

在人类早期的文献记载中，文学还没有形成独立的观念，无论在中国还是在西方，最初形成的文学观念都相当宽泛。在中国早期的文字材料中，“文学”一词主要指文献或文章之学。如孔子在谈论门下弟子特长时曾说：“文学，子游、子夏”（《论语·先进》），再如《墨子·天志中》说：“故子墨子之有天之意也，上将以度天下之王公大人为刑政也，下将以量天下之万民为文学、出言谈也。”《荀子·大略》说：“人之于文学也，犹玉之于琢磨也。”《汉书·武帝纪》说：“选豪俊，讲文学。”这些典籍中的“文学”指的就是包括典章制度在内的文献知识或文章之学。两千多年后的章炳麟还说：“文学者，以有文字著于竹帛，故谓之文；论其法式，谓之文学。”可见这种泛指的“文学”观念在国学研究中具有相当久远的影响。在西方，“文学”的原初含义来自“字母”或“学识”，这一点与中国古代差不多，文学有“文献资料”“文字著作”的含义。

这种把文学几乎等同于语言文化的认识，体现了文、史、哲尚未分离时期人们对文学及其性质的理解，这也正是文学自身尚未成熟、还没有形成独立品格的历史事实的反映。这种宽泛的文学观在今天也仍然有它的意义：文学的界域在不断变化，广义的文学观有助于人们在更为广阔的文化背景下了解文学的发生和演变过程，也有助于更为全面地理解文学的丰富内涵和基本属性。

随着社会历史的发展，在对文学观念的探讨中，逐步出现了比此前更为集中、明确的文学概念表述，形成了狭义的相对“纯化”的文学观念。在狭义文学观念的形成过程中，人们对文学的理解也因为着眼于不同的关系、采取不同的角度而有所不同。美国现代学者艾布拉姆斯在总结了西方文学研究的历史后指出：“每一件艺术品总要涉及四个要素，几乎所有力求周密的理论总会在大体上对这四个要素加以区别。”根据这种看法，他提出了一个研究文学的坐标。他认为：“尽管任何像样的理论多少都考虑到了所有这四个要素，然而我们将看到，几乎所有的理论都只明显地倾向于一个要素。……因此，运用这个图式，可以把阐释艺术品本质和价值的种种尝试大体上划为四类，其中有三类主要是用作品与另一要素（世界、欣赏者或艺术家）的关系来解释作品，第四类则把作品视为一个自足体孤立起来加以研究，认为其意义和价值的确不与外界任何事物相关。”按照这个思路，艾布拉姆斯认为有四类文学观念对人们理解文学产生了深远的影响。这四类文学观念即模仿说（再现说）、表现说、实用说和客观说。

在这四类文学观念中，强调“世界”与“作品”关系的模仿说（再现说）是最为古老、同时也是影响最为深远的一种认识文学的方式。在西方，大约在公元前6世纪，毕达哥拉斯学派就已提出了音乐来自对体现着数的和谐的“天体音乐”的模仿。赫拉克利特说艺术“显然是由于模仿自然”，德谟克里特说“模仿禽兽”。这些观点是模仿说的始作俑者。此后，柏拉图以“理式论”的哲学观念为基础，认为现实世界是理式世界（真理）的模仿，而文学艺术（特别是诗）是对现实世界的模仿，即“模仿的模仿”。柏拉图的学生亚里士多德则对“模仿说”进行了详尽而系统的阐述，在《诗学》中，他指出，模仿是艺术的本质，一切艺术都是模仿的产物。“模仿出于我们的天性，而音乐和节奏感（至于韵文则显然是节奏的段落）也是出于我们的天性。起初那些天生最富于这种资质的人，使它一步步发展，后来就由临时口占而作出了诗歌。”他还强调艺术模仿的对象是现实的人生，是人的“行动和生活”。模仿说的文学观对后世产生了深远的影响，认为文学是对现实的反映的观点在西方文学理论中长期处于统治地位，后来出现的以“再现”来解释文学与生活的关系，把文学比喻为再现生活的“镜子”，以及现实主义文学思潮的发生和发展等，都源于艺术模仿现实的文学观。

与西方的“再现说”相似的是中国古代的“感物说”。在文学活动刚刚开始时，中国文论就有“男女有所怨恨，相从而歌。饥者歌其食，劳者歌其事”的说法，把诗歌创作解释为对生活感受的抒发，由此形成了对中国文学发展有着深远影响的“感物说”的文学观。这种文学观强调文学是感受万物的表达。例如，刘勰用“春秋代序，阴阳惨舒，物色之动，心亦摇焉”来解释文学的发生；陆机认为文学是“遵四时以叹逝，瞻万物而思纷；悲落叶于劲秋，喜柔条于芳春”的产物。他们都强调大自然的变化引起人们的种种感受，文学便是对这类感受的抒发。五代大画家荆浩在《笔法记》一书中说：“画者画物，度物象而取真。”这里的“物象”就是客观外物，所谓的“度物象而取真”也就是通过对外物的观察进行模仿。清代思想家叶燮也说：“文章者，所以表天地万物之情状也。”认为文章是对天地万物情状的表达。这些观点也都强调了文学艺术与社会生活之间的关系。当然，应该指出的是，古代中国是一个诗歌大国，“再现”的文学观念并不占有主导地位。

表现说的文学观在文学四要素中强调作品与作家的关系，认为作品是作家情感的自然流露。真正意义上的表现说产生于19世纪初兴起的欧洲浪漫主义文学思潮中，英国诗人华兹华斯说：“一切好诗都是强烈情感的自然流露”，可以说是西方表现说文学观的宣言。柯勒律治也认为，诗“必须是诉诸感官的，并且凭意象在一瞬间引出真理的；它必须是热情奔放的，能够打动我们的情感、唤醒我们的爱慕的”。雪莱指出：“诗是最快乐最良善的瞬间之记录。”这些诗人的论点尽管有所不同，但其基本思想是相同的，即认为诗是作家思想情感的流露和表现，这就抛弃了文学是生活的模仿的观念。中国古代的“言志”说和“缘情”说与表现说相类似，《尚书•舜典》说“诗言志”，《毛诗序》说：“诗者，志之所之也。在心为志，发言为诗，情动于中而形于言”，都强调了文学对主体情志的表现。陆机在《文赋》中明确提出“诗缘情而绮靡”的文学观。“诗缘情”的认识不仅注意到了主体在文学创造中的意义，而且把情感视为文学表现的主要对象，大大推进了对文学特质的认识。这里也应该注意的是，中国古代的“言志”“缘情”说只是类似于表现说，而并不等同于西方的表现说。西方的表现说强调的是对情感的自然抒发，而中国的“言志”“缘情”说则要受到礼教的制约，所谓“发乎情，止乎礼义”，其情感是不能自然随意地抒发的。

实用说是一种与模仿说一样出现很早、影响深远的文学观念。这种文学观是从功能角度来界定文学的，强调作品与读者之间的关系，认为文学是一种教化的手段。比较典型的实用说是中国古代的“教化”说和西方的“寓教于乐”说。在中国古代，具有统治地位的儒家思想将文学活动纳入维护“礼义”的思想轨道，把文学视为伦理与道德教化的工具。如孔子提出：“诗可以兴，可以观，可以群，可以怨。”《毛诗序》认为“正得失，动天地，感鬼神，莫近于诗；先王以是经夫妇，成孝敬，厚人伦，美教化，移风俗”。曹丕提出文章乃“经国之大业，不朽之盛事”。这些观点强调的都是文学的实用价值，把文学视为实现教育目的的手段。西方实用说较早的代表是古罗马的贺拉斯，他认为“诗人的愿望应该是给人益处和乐趣，他写的东西应该给人以快感，同时对生活有帮助”，“寓教于乐，既劝谕读者，又使他喜爱，才能符合众望”。他把“乐”作为文学的手段与工具，把“教”作为文学的目的与根本。贺拉斯之后，在整个中世纪，文学被视为歌颂神明与圣徒的工具；文艺复兴与启蒙主义时期，思想家们则主张文学应与人性的解放和推动社会变革联系在一起；古典主义则更是要求文学为王权服务。对于实用说，艾布拉姆斯认为：“实用说把艺术家和作品人物的目标指向欣赏者快感的本质、需求和源泉，这是从贺拉斯到18世纪绝大多数批评理论所具有的特征。因此，就其持续的时间或其支持的人数而论，实用主义观点大致可被认为是西方世界主要的审美态度。”

客观说的文学观念在四要素中强调作品的地位，认为作品一旦从作家笔下诞生之后，就获得了完全客观的性质和独立的“身份”，强调文本的自足性而排除文学和社会生活的关联。这种文学见解在中外文论史上尽管也曾出现过，但形成一种思潮并产生很大影响是在20世纪初叶以后。20世纪初，俄国形式主义提出，文学既不是社会生活的再现，也不是作家情感的流露，文学就是文学，文学仅仅是一种特殊的语言建构，是“对于普通语言的系统歪曲”，或者说文学就是“艺术手法”。俄国形式主义的代表人物什克洛夫斯基给文学下了这样一个定义：“从狭义上说，‘文学作品’就是指用特殊的旨在使作品尽可能艺术化的技巧创造出来的东西。”“一部文学作品的内容是它文体技巧的总和。”他强调了文学是根据其语言、结构、技巧等形式特征而区分于政治、经济、新闻以及其他艺术的。此后的英美新批评派把文学视为区别于其他文化活动的特殊艺术，同样是以作品为中心的。如瑞恰兹认为：“重要的不是诗所云，而是诗本身。”可见，客观说把文学从外界的参照物中孤立了出来，切割了作品与作家、作品与读者之间的联系，强调从作品内部的形式构造中寻找文学本体。

文学观念的演变以及多种文学观念的并存，体现了文学现象本身的复杂性与文学本体研究的复杂性。但是，文学观念毕竟是文学理论的首要问题，研究文学理论必须要具备自己考察文学的眼光，否则就很难深入文学这一广延性很强的现象中去。我们认为，对文学观念的建构要系统地考察其属性，从而在此基础上全面地多层次地予以定位。从系统层次来看，文学是人类的一种文化形态，文学是一种社会意识形态，文学是一种审美形态，文学是语言艺术。概括起来看，我们可以把文学定义为：文学是一种用语言反映社会生活、表达主体审美意识的文化形态。

第二节 文学的文化属性

如前所述，文学观念是复杂多样并不断发展的。但不论人们有多少探讨文学的方法，或者有多少对文学的不同定义，有一点却是可以肯定的，即文学既是一种复杂的人文现象和文化现象，又是独特的艺术现象和审美现象。而从其所属的大的范畴来看，它首先是一种文化现象，是一种文化形态。作为文化形态，文学既具有普遍的文化属性和文化品格，又植根于广泛的文化结构之中，与人类的文化精神、文化心理和文化人格密切相关，包含着丰富的文化内涵，具有广泛的文化意义。

一、文学是一种文化形态

说文学是一种文化形态，首先必须明白文化是什么。从语源上看，在西方，文化（德语 kulter，英语 culture）一词源于拉丁文“cultura”，“cultura”的含义较多，有土地耕种、神明祭祀、动植物培育和人的精神修养等，从总体上看，指的是人的创造行为。在中国，文化的语源可追溯到《易经》：“文明以止，人文也。观乎天文，以察时变；观乎人文，以化成天下。”汉代刘向在《说苑》中直接提到“文化”的概念：“凡武之兴，为不服也，文化不改，然后加诛。”可见，文化的最初含义基本上是文治教化。中国与西方关于文化一词的共同点在于，文化总是与人相关，与人的生存行为和生存境界相关。

尽管能找到关于文化一词含义的共同点，但是，却很难形成一个具有共识性的文化定义。迄今为止，学界对文化的界定据统计已超过 160 种，不过主要可以分为狭义和广义两种。狭义的文化特指个人的素养及其程度，包括个人受教育的程度、知识的多少、涵养的有无甚至专指“运用文字的能力及一般知识”(《现代汉语词典》)。受到人们普遍认可的还是广义的文化概念，广义的文化定义中较有影响的有 19 世纪英国人类学家泰勒的界说：文化或文明，就其广泛的民族学意义来说，是包括知识、信仰、艺术、道德、法律、习俗和任何人作为一名社会成员而获得的能力和习惯在内的复合整体。泰勒是著名的文化进化论者，他从民族学的角度将文化视为一个包含范围很广的复合体。中国学者梁漱溟先生在《东西文化及其哲学》中说：

所谓一家文化不过是一个民族生活的种种方面。总括起来看，不外三方面：（一）精神生活方面，如宗教、哲学、科学、艺术等是。宗教、文艺是偏于情感的，哲学、科学是偏于理智的。（二）社会生活方面，我们对于周围的人——家族、朋友、社会、国家、世界——之间的生活方法都属于社会生活一方面，如社会组织、伦理习惯、政治制度及经济关系是。（三）物质生活方面，如饮食、起居种种享用，人类对于自然界求生存的各种是。

从这个意义上来看，凡是人类所创造的一切，不论是精神方面的，还是物质方面的，都可以被称为文化。因此，可以说，文化是人类创造的物质和精神生活的总和，人类的历史就是自然的改造史和文化的创造史。作为人类精神创造的文学，也理所当然是文化的一个有机的组成部分。

按照马克思主义唯物历史观的理解，人类文化总体由经济基础和上层建筑构成，在经济基础之上，耸立着由各种不同情感、幻想、思想方式和世界观构成的整个上层建筑。上层建筑作为由经济基础影响和制约的各种制度及情感、信念、幻想、思想方式和世界观的总和，包括政治、法律制度和社会意识形态两大层面，与政治、法律制度相比，文学和哲学、宗教、道德、艺术诸范畴都处在一种远离经济基础，更高地悬浮于空中这样一个特殊的意识形态的位置中。在这一整体文化结构中，文学以其特殊的审美性质，保持着它在文化创造方面的文化价值取向和突出的人文特质。

在整体文化结构系统中，文学作为语言艺术，人运用的语言符号系统，展现人生的意义和精神追求，尤其是人的审美理想追求。尽管文学也要描写物质文化、行为文化甚至本真的自然，但文学在描写这些文化对象的时候，作家必然要以自己的精神世界去把握、去拥抱它们。这些事物一旦被作家写进作品中去，它们就不再是原本的物质文化或行为文化，而是已经属于观念形态或精神形态的东西，文学作为艺术世界，已经是一个符号的世界和意义的世界。因此，可以说，文学是文化系统中具有符号意义的精神文化。

二、文学活动的文化内涵

文学作为文化形态，它既隶属于大的文化系统，具有普遍的文化品格，又植根于文化结构之中，具有丰富的文化内涵。文学的文化内涵具体从文学活动的诸要素（作家、作品、读者）中体现出来。

首先，文学创作是一种特殊的文化创造行为，具有特殊的文化内涵。作为文学创作的主体，作家的主体性质具有突出的文化特性，任何作家都是在特殊的文化生成过程中培育起来的，其主体世界是在自我的文化习得和社会文化“濡化”的“合力”中形成的，其心理构成和创造行为中有突出的文化倾向。美国人类学家潘乃德在《文化模式》一书中写道：“个人一生的历史，主要而言是对其社群代代相传下来的模式与标准进行适应的历史。一个人自出生落地，社会的风俗就开始塑造他的经验和行为，到了能言之时，他已经是文化的小产品，更进而到成年而能参加社会活动时，社会的习惯就是他的习惯，社会的信仰就是他的信仰，社会的盲点就是他的盲点。”这段论述非常明确地指出了文化对个人的影响和塑造作用。作家作为个体的人，其行为和价值观念的形成与发展，也必然要受到文化传统与文化环境的制约。

文学史的大量现象也已经证明，作家普遍的文化倾向的形成，总是处于一般的文化环境之中，文化传统、民族心理和时代精神对作家文化人格的生成具有重要的作用。处于不同文化环境中的作家，往往受着不同的文化思想的影响，负载着不同的文化，甚至处于同一时期的不同流派、不同风格、不同追求的作家，也负载着不同的文化。如中国现代文学巨匠沈从文，他所提供的“湘西文学世界”，已成为中国现代文学中最具特色与光彩的文学景观之一。我们可以发现，在沈从文身上，就汇聚了中国传统文化，特别是湘西乡土文化的种种因素，而且这种乡土文化与现代都市文化相碰撞、交汇，从而形成作为乡土作家的沈从文的独特文化个性。研究者已经注意到一个简单的事实：沈从文的文学乡土世界并不是在湘西构造的，而是在远离本土的现代都市（主要是在北京与上海）构造的。我们知道，湘西是中国边地，相对完整地保存了中国的乡土文化；北京自明清以来作为皇城而成为中国文化的中心，在近代却艰难而缓慢地经历了向现代都市转化的过程，传统北京文化既衰落着又顽强地生存着，使变化中的北京依然保留着某种乡土性；而上海却是按照西方模式建立起来的现代都市，是现代中国的一个象征。湘西、北京、上海三个区域空间，几乎概括了转型期中国的主要文化形态，这些文化形态凝聚于沈从文身上，使他成了转型期中国最为优秀的文化承载者、观察者与描述者。如《边城》，就是他在北京目睹了让他醉心的博大而精致的北京文化的美，正在历史的变迁中逐渐消失，这同时又让他联想到他的湘西，让他醉心的淳朴而自然的美也无可避免地处于消失的过程中。这样的文化体验，就使得他的乡村牧歌一方面渗入了哀歌的调子，另一方面又要展现一种“优美、健康、自然，而又不悖乎人性的人生形式”，体现了他对原始文化所留下的古朴的民情民风民俗的深深眷恋。作家、艺术家的艺术创造与文化的这种密切关系，正如丹纳在其《艺术哲学》中所论述的：“艺术家不是独立的人。我们隔了几个世纪只听到艺术家的声音；但在传到耳边来的响亮的声音之下，还能辨别出群众的复杂而无穷无尽的歌声，像一大片低沉的嗡嗡声一样，在艺术家四周齐声合唱。只因为有了这一片和声，艺术家才成其为伟大。”

其次，文学作品是一种文化符号，具有丰富的文化内涵。文学作品作为文化符号，首先是由它使用的工具（语言）所决定的。文化是以使用符号为基础的现象体系，美国著名的文化人类学家怀特指出：“全部文化或文明都依赖于符号。正是使用符号的能力使文化得以产生，也正是对符号的使用使文化延续成为可能。没有符号就不会有文化，人也只能是一种动物，而不是人类。”而在人类所有的符号类型中，语言又具有特殊的重要性，符号表达的最重要的形式是语言表达能力，语言表达意味着思想的交流；交流意味着保存，即传承；而保存意味着积累和进步。而文学是语言的艺术，语言不仅是文学作品生成的基础和条件，而且更是构成文学这一人类文化现象的基础。每一种语言除一般性的概念意义外，还包含着丰富的文化学内涵。严格地说，每一种民族语言中的许多语词是不能对译的，如汉语中的“师”字就不是英语中的“teacher”所能对译的，“师”绝不仅仅指“教书的人”或“教师”，它至少还含有“师法”“师承”“师表”“师长”等多重文化内涵。而像汉语中的“冰清玉洁”“苍松翠柏”等词，更是含有“比德”的象征意义与诗化的情绪意味，是无法翻译的。可见，语言的词义中积淀着一个民族久远而丰富的文化历史内涵，显示着鲜明的民族文化特色，它本身就是一套发音的文化风俗系统。文学语言作为文化符号，也必然会承载丰富的文化内涵。季羡林先生曾这样分析朱自清的《背影》：“《背影》所表现的就是三纲之一的父子这一纲的真精神。中国一向主张父慈子孝，在社会上孝是一种美德……然而在西方呢？拿英文来说，根本就没有一个与‘孝’字相当的单词。要想翻译中国的‘孝’字，必须绕一个弯子，译作‘filiairiety’，直译就是‘子女的虔诚’。”这一个“孝”字就可见语言在文化系统中的重要性。

文学作品作为文化符号，还可从它所反映的对象中体现出来。作为一种文化载体，文学作品既包含着共时性的文化转换，又凝聚着历时性的文化积淀。

所谓共时性的文化转换，是指文学作品要受到诸如哲学、经济、政治、科学和宗教等社会文化因素的影响，它总是能显出一个时代的文化印迹。摩尔根在研究古代社会时，就从《荷马史诗》中得到大量有关古代社会的信息。他认为，“荷马诗篇的产生差不多可以作为希腊人进入文明的标志”，“在人类学方面很有价值”，“其中有关人类进步过程的记载是现存材料中最古老、最详细的”。确实，《荷马史诗》详细记载了有关古希腊人的艺术、习俗、发明和发现、生活方式等许多方面的文化信息，给后代留下了极为重要的资料。

所谓历时性的文化积淀，是指在文学作品的表层文化征象背后，总是沉淀着某种深层的文化内核，残留着一个民族进化历程中所遗传下来的文化基因，潜藏着文化系统中最稳定、最丰富的东西。譬如在中国古代有很多“怨妇诗”，如谢朓的《玉阶怨》：“夕殿下珠帘，流萤飞复息。长夜缝罗衣，思君此何极。”再如李白的《玉阶怨》：“玉阶生白露，夜久侵罗袜。却下水晶帘，玲珑望秋月。”这两首诗写的都是思妇之情，谢朓的诗写漫漫长夜，妇女将对丈夫的等待和思念缝进“罗衣”里，表现了达到极致的思念之情。李白的诗则用一系列的意象，将怨妇的思念之情含蓄而生动地传达了出来。这些怨妇诗中就隐含着相当深刻的中国传统文化内涵。在中国古代长期的封建社会中，妇女是没有地位的，所谓“在家从父，出嫁从夫，夫死从子”，所谓“夫为妻纲”，强调的就是妇女的依附地位。丈夫是妻子的依靠，丈夫外出，唯有苦苦思念才是妇女美德的体现。但妇女往往又无法表达自己的情怀，所以诗人以怨妇诗、思妇诗替妇女代言。而怨妇诗的更深层的文化内涵在于，封建社会的知识分子经常怀才不遇，怀着满腔的热情和一身的本事却不被赏识，不能得到重用。这样，妇女思夫就成为他们自身希望效忠朝廷的一种比喻和象征。

最后，文学接受是一种特殊的文化理解和文化阐释行为，具有特殊的文化属性。在文学接受中，读者总是要由对艺术形象和情感状态的解析，进入对作品所蕴含的广泛的文化含义的领悟。文学接受是一种性质特殊、含义丰富的文化沟通活动，它是把文学作品的个性化、具体化的话语形态转化为具有普遍的社会语义内容的过程，这种交流过程有利于恢复与拓展文学的历史文化维度和现实文化品格。英国伯明翰当代文化研究中心的学者们将文学阅读分为“品质阅读”和“价值阅读”。所谓“品质阅读”，是指“试图尽可能完全地把握作品的肌质，表示首先注意到语言中的各种要素，如重音和非重音、重复和省略、意象和含混等，然后由此向人物、事件、情节和主题运动”。而所谓“价值阅读”，则表示阅读者“试图尽可能敏锐和准确地描述出他在作品中所发现的价值”。这里所说的价值首先就是文化价值，发现文学所负载的文化意义，也可以说，“价值阅读”是发现文学文本的文化价值和文化内涵的阅读。譬如对鲁迅小说的阅读，我们都能从其艺术形象中领悟到作者对中国国民性的批判，而通过更进一步的价值阅读，我们可以更为深刻地体认到中国传统文化的劣根性。如阿 Q 的“精神胜利法”实际上就是原始文化心态的再现，在原始文化心态中，主客观是混淆不清并且是神秘互渗的，阿 Q 将主观的情感、愿望投射于外在世界，认为它们具有客观的真实性，并把它们当作客观实在来感受，这实际上就是对主客不分的愚昧的原始文化的体现。

文学接受作为一种文化再生产活动，还具有文化累积和文化增值的属性。接受者往往站在自己的文化立场与文化话语体系中，不断充实、完善和建构文学作品的文化内涵，从这种意义上看，文学接受是一种无穷累积的文化再发现的过程。而随着时间的推移和后世接受活动的不断展开，某些经典文本的影响甚至会纵贯古今、横跨东西，成为本民族、本国乃至全人类历史文化整体中的一个重要因素。而这种联系的延伸和积累，又使得经典文本的内涵被无限扩展，从而提高了文学作品的文化含量。古希腊的神话与悲剧、莎士比亚的戏剧、托尔斯泰的小说、《诗经》《红楼梦》《阿 Q 正传》等经典文本都是如此。对有些经典文本的文化“再发现”，甚至会形成一个学科，如“莎学”“红学”等，就是如此。

第三节 文学的意识属性

马克思在《〈政治经济学批判〉导言》中指出，在社会结构的两大构成因素中，经济基础是社会生产关系的总和，上层建筑是建立在经济基础之上的政治、法律制度和社会意识形态，它们无法摆脱经济基础的内在制约，同时也反作用于经济基础。但是，上层建筑中的社会意识形态，如艺术、哲学、宗教等，比起政治和法律制度来，距离经济基础要更远一些，是“更高地悬浮于空中的思想领域”。作为意识形态的文学，与丰富复杂的社会生活之间有着特殊的关系：文学源于生活又高于生活，文学既反映社会生活，又超越于社会生活。一方面，从文学自身的创作发生来说，文学是作家审美体验的外化，审美体验直接来自生活，生活是文学创作取之不尽、用之不竭的源泉。另一方面，文学对生活的反映并非机械地实录，而是渗入了强烈的主体性因素，是主体审美领悟和创作能力的直接显现，是作家对社会生活的能动反映。从这个方面来看，文学的主体性赋予了文学高于生活的可能，正是有了主体性的渗入，才带来了文学的价值倾向性，也为文学真实带来了更复杂、更深刻的内涵。

一、文学的社会意识性

文学作为社会意识形态，既与生活有密切联系，源于社会生活，又是对社会生活的能动反映。

从理论上来说，文学是意识活动的产物，也必然是社会生活在人脑中的反映。人脑是思维和意识产生的器官，生活却是意识产生的源泉，意识只是客观存在的主观映象。马克思主义强调，整个唯物主义的一般原理就是，意识反映存在，存在决定意识，“意识在任何时候都只能是被意识到了的存在，而人们的存在就是他们的实际生活过程”。

从实践上来说，文学与生活有着千丝万缕的联系。客观生活既是文学发生的动力，也是文学反映的具体对象。中国古代的感物说形象地描述了世界万物激发主体的人生感悟，从而推动文学的发生。钟嵘《诗品序》也指出，“气之动物，物之感人，故摇荡性情，形诸舞咏”，“若乃春风春鸟，秋月秋蝉，夏云暑雨，冬月祁寒，斯四候之感诸诗者也”。然作者所感之物，除自然四时变更之外，还有广阔复杂的人生境遇、社会矛盾：

嘉会寄诗以亲，离群托诗以怨。至于楚臣去境，汉妾辞宫，或骨横朔野，魂逐飞蓬；或负戈外戍，杀气雄边；塞客衣单，孀闺泪尽；或士有解佩出朝，一去忘返；女有扬蛾入宠，再盼倾国。凡斯种种，感荡心灵，非陈诗何以展其义？非长歌何以骋其情？

感物说表明，世界万物激发主体感受，是文学创作的根本动因。另外，“言志说”“缘情说”虽强调“志”与“情”，但主体的情志无不源于社会生活，无不是主体感悟社会生活的产物。司马迁曰：“夫《诗》《书》隐约者，欲遂其志之思也。昔西伯拘羑里，演《周易》；孔子戹陈蔡，作《春秋》；屈原放逐，著《离骚》；左丘失明，厥有《国语》；孙子膑脚，而论兵法；不韦迁蜀，世传《吕览》；韩非囚秦，《说难》《孤愤》；《诗》三百篇，大抵圣贤发愤之所为作也。”正是人生的坎坷不幸引发了主体的愁思，成为创作的直接动力和表现内容。

强调主体精神的中国传统理论突出了生活对创作主体审美经验形成和创作发生的重要作用，而西方发端于古希腊的模仿说则直接阐释了社会作为文学创作素材的重要性。这两种理论正好异曲同工地证明了一点：生活是文学活动不可缺少的前提，文学源于生活；离开了生活，文学就成为无源之水、无本之木。当然，在创作中，有些作品没有表现出强烈的现实性，有些久远的历史记忆和文化原型还会以原始意象的形态复活在今天的文学中。但这并不能说明文学的源泉就是文化遗产，复活的原型意象其实具有了新的历史内容。比如，《德伯家的苔丝》虽然可以说是“失乐园”的再版，但苔丝的苦难命运除了在表达一个赎罪的永恒母题之外，还揭示了资本主义经济挤兑农庄经济的残酷现实，以及父权文化体系对女性无处不在的压力。所以，母题和原型意象的复现，也必须在现实中找到合适的土壤。因此，文化遗产只能是文学创作的“流”，而算不上是“源”。

文学源于生活，文学与生活具有一定程度的依存关系，这是否就意味着文学等同于生活、从属于生活，甚至低于生活呢？车尔尼雪夫斯基指出，“艺术的第一目的是再现现实”，“自然和生活胜过艺术”，“艺术品像是钞票，很少有内在的价值”，认为文学的价值在于文学是生活的复制，文学远没有生活本身有意义。这种观点带有明显的机械唯物主义倾向，在强调客观生活价值的同时，忽略了文学作为一种审美精神产品的内在价值，而这种价值恰恰是生活本身所无法企及的。事实上，文学虽来源于生活，却并不是生活的机械复制，它具有对生活本身的超越性。这个结论可以从以下两个方面找到有力的支撑。

第一，从反映角度看，文学反映生活，却突破了生活现象的零碎和表面性，深入揭示生活的内在本质。亚里士多德曾经比较过诗与历史的差别：“诗人的职责不在于描述已经发生的事，而在于描述可能发生的事，即根据可然或必然的原则可能发生的事……诗是一种比历史更富哲学性、更严肃的艺术，因为诗倾向于表现普遍性的事，而历史却倾向于记载具体事件。”诗人能够按照“可然”或“必然”的原则表现“普遍性”的事，意味着文学能够穿越生活个别事件的偶然性，达到对生活本真的描写。毛泽东同志也认为，“文艺作品中反映出来的生活却可以而且应该比普通的实际生活更高、更强烈，更有集中性，更典型，更理想，因此更带普遍性”。

第二，从价值角度看，文学与生活之间还存在一种精神价值关系。价值的基本含义是“表示物对人有用或使人愉快等属性”，表示客体对于主体的需要及其发展具有意义。当主体根据自己的某种需要来确定客体的意义、评价客体的存在时，主客体之间就建立起一种价值关系。这就说明，文学除了反映生活之外，还有某种更高的目的和更深的意义。巴尔扎克曾经说过，“法国社会将写它的历史，我只能当它的书记”，点明了文学忠实于生活真实和历史发展规律的反映功能。但他还进一步指出，只限于严格摹写现实，一个作家总可以在某种程度上成为忠实的、成功的、耐心的或勇敢的描绘人类典型的画家、讲述私生活戏剧的人、社会动产的考古学家、职业名册的编撰者、善与恶的登记员；可是，为了博得凡是艺术家都渴望得到的赞扬，不应该进一步研究产生这些现象的多种原因或一种原因，寻出隐藏在无数人物、情欲和事件总汇底下的意义吗？在寻到了这个原因、这种社会动力之后，不是还需要对自然里面的根源加以思索，看看社会在什么地方离开了永恒的法则，离开了真，离开了美，或者在什么地方同它们接近么？这段话鲜明地表达了这样的观点：文学与生活之间不仅仅是反映关系，更是一种价值关系。文学不仅仅反映现实生活，更探索生活的奥秘，追寻生活的意义。文学作品都或隐或显地包含着作家对生活的理解、感悟，对人生意义的思索和理想追求，体现了主体的审美价值取向。这种价值追求赋予了文学以深远的精神内涵，能够给读者以精神的启迪和审美的享受，文学也因此成为人类的精神家园。批判现实主义之所以具有穿越时空和文化樊篱的普遍感染力，就在于其对社会人生的深入思考，对生活中丑的深刻批判，对人道主义的深情赞美，照亮了人们心灵的空间。回顾中国文学史上的屈原、李白、杜甫、苏轼、曹雪芹、鲁迅等人，他们能够被历史铭记，并不仅仅在于他们写出了生活和历史的真实，更在于他们确立了人生不同于庸常的价值和意义，树立了人类精神追求的丰碑。

通过以上的分析可以看出，文学虽然来源于生活，但确实有高于生活的一面。但无论是作家能够按照生活的“可然律”和“必然律”来反映生活本质，还是作家能够在主客体之间建立起一种超越于现实的价值关系，都说明了一个问题，即在文学活动中，主体与客体之间并不是一种机械掌握的关系，而是渗透着作家主体精神的能动反映关系。因此，主体性是文学高于生活的重要根源，也是文学艺术审美魅力的重要根源。

二、文学的主体性

文学创作中，创作主体自身的各种因素，包括个人先天的气质类型，后天的人生经验、感悟、思想、情感、个性等，会深刻地影响到主体对生活的把握，对艺术的创作，这就是文学的主体性。主体性的渗入，使文学所反映的生活并不是纯粹的客观现实。歌德精辟地论述了艺术家与自然的关系：“艺术家与自然有着双重关系：他既是自然的主宰，又是自然的奴隶。……艺术要通过一个完整体向世界说话。但是这种完整体不是他在自然中能找到的，而是他自己的心智的果实，或者说，是一种丰产的神圣的精神灌注生气的结果。”强调艺术家是自然的奴隶，是因为艺术的材料来自自然生活，艺术必然依存于生活；强调艺术家是自然的主宰，意味着艺术是一种主体精神照耀下的能动的创造，艺术家描写的生活是融入了主体体验、理解和价值判断的生活。这种生活是艺术创作主体生命体验的凝结、生气灌注的结果。不可否认，歌德笔下的浮士德是一个被反复抒写的形象，沉积着一个民族的共同文化精神，荣格曾经断言，创造《浮士德》的不是歌德而是整个德意志民族，甚至是《浮士德》创造了歌德。荣格的这一论断意在强调主体心理结构中深层的集体无意识，但并没有否定主体性的意图。《浮士德》所体现出来的不断超越和永远追求的人生境界，虽然带有强烈的民族性因素，但也是歌德自己感悟体验到的，文本具体的情节安排、语言组织和特殊的情感氛围，都是歌德主体性创造的结果。

现代心理学推翻了传统心理学“刺激—反应”的简单公式，强调主体固有的心理积淀，包括知识背景、人生经验等对刺激的接纳和同化作用。个体的心理结构就像一个筛子和整合器，在接收信息的时候，它会对信息进行筛选、过滤和加工。有的信息会被过滤掉，无法在主体心中产生映象；而与主体心理结构相似或相通的信息会被主体接受，产生刺激和映象，或进一步形成心理体验，并强化自己原有的心理体验。所以，外界生活对不同主体产生的效果和意义是有很大差别的。外在刺激能否产生，产生什么样的审美体验，在于刺激与主体心理场的同化反应状况。主体在社会实践中业已形成的一切，即他的人生经验、文化修养、政治信仰、审美理想、艺术趣味、性格、爱好和他内在的气质，形成了主体的内在心理结构，再加上当时的心境、情绪等，共同构成了主体的信息接收“心理场”。客观生活正是通过“心理场”转化为意识的，作家的审美意识也是主体“心理场”过滤后的产物。据说，海涅和黑格尔曾经一起在夜空下看星星。浩渺苍穹中的星星，在青年诗人海涅的眼里，是圣者的居处；在哲学家黑格尔看来，只不过是天上一个发亮的疮疤。同一客观对象在同一时空不同主体精神的观照下，产生的是截然不同的反应，这正好体现了主体个性心理结构对意识的巨大作用。

同属于意识形态，科学以追求客观真实性为最高目的，因此要尽量去除主体情感和主观想象的干扰。恩格斯说:“道义上的愤怒，无论多么入情入理，经济科学总不能把它看作证据。”可是，“愤怒出诗人，愤怒在描写这些弊病或者抨击那些替统治阶级否认或美化这些弊病的和谐派的时候，是完全恰当的”。主体性因素会妨碍科学的客观性，却赋予艺术以主体的生命感悟和情感，因而能够激起读者的审美体验，产生审美效应。作家身不由己地将自己的人生境遇和生命体验复活在艺术世界中，艺术形象就有了鲜活的生命。鲁迅的《伤逝》燃烧着悔恨与自责、激情与无奈，赎罪和忏悔的眼泪激荡着读者的心灵，也让读者深切地领悟到，一个被现实包围的渺小生命与渴望超越的伟大灵魂，有着怎样难以逾越的距离。

不同生命个体具有不同的生理差别、人生境遇和情感体验，这造就了不同的主体心理结构和个体的主体性差异。个体的主体性投射到各自的艺术创作中，就形成了“各师成心，其异如面”的艺术差别性。同样是以黄河为观照和描述的对象，李白借“黄河之水天上来，奔流到海不复还”的磅礴气势，一泻千里，抒发了岁月如流在主体心中产生的“万古愁”情、忧患意识；王之涣则以“黄河远上白云间”的闲远静穆，衬托出“一片孤城万仞山”的苍凉悲壮。这里的黄河已经不是地理意义上的黄河，而是经过主体精神浸染的、渗透着主体生命感悟的黄河。同是以梅花为观照对象，以“卜算子”词牌填词，陆游用“驿外断桥边，寂寞开无主，已是黄昏独自愁，更著风和雨”的梅花意象，表达了“无意苦争春，一任群芳妒，零落成泥碾作尘，只有香如故”的情怀，凸显了一个爱国诗人的悲凉情怀和高洁人格。作为一个年轻的无产阶级革命家，毛泽东则将风雨、飞雪、寒梅与迎春报春结合，言辞意象中流露出乐观向上、谦逊坦荡的革命精神。

主体性的存在，为文学的丰富性提供了可能，也使文学在观照生活、塑造艺术世界时，不可避免地具有了倾向性。文学的倾向性是指审美主体对审美客体的爱憎、褒贬、扬抑等情感态度，它是主体价值取向在艺术形象中的流露。倾向性存在于整个文学活动之中，通过文学形象显露出来，是具体历史文化积淀与个体感受、体验共同作用的结果。倾向性的内涵非常丰富，包括政治倾向、伦理倾向、哲学倾向、宗教倾向和审美倾向等。

我们生活在阶级社会里，文学总体上会表现出一定的阶级立场和思想意识。但根据文学题材、体裁的不同，其阶级性的表现方式和程度是有差别的，或隐或显，或强或弱，甚至一些写景和抒写亲情的作品中很少有阶级性的痕迹。如果将阶级性作为唯一的标准来衡量文学，文学就失去了自己的独立品格，沦为阶级意识的传声筒和政治的附庸，文学的生命性和审美性将被抽干，文学也就成了非文学。但是，民族性作为一种文学倾向，却是文学最恒久、也最明显的标志。可以说民族性就是流淌在文学生命中的血液，就如同我们身上的皮肤，无法抹去。当然，民族性的具体表现深入在文本的每一个角落，民俗风情的描绘和人物民族性格的刻画，语言的使用和故事结构、虚实策略的选择等，都体现了特定的民族审美心理结构。

文学的伦理道德倾向也是文学魅力产生的重要前提。道德评价、道德冲突和道德理想是文学表现的重要内容。从《孔雀东南飞》《西厢记》《牡丹亭》《红楼梦》到“五四”时期的《伤逝》《雷雨》等作品，展示了不同时代道德与情感、人伦与人性、婚姻与家庭的复杂关系。而20世纪60年代以来兴起的生态文学，表现出反思人与生态系统的关系，关注人与自然的一体性、统一性，呼吁一种与世界交流、对话和关爱相处的伦理态度。这种新的伦理指向赋予了今天的文学以更丰富、更细腻的伦理内涵，为文学的发展提供了崭新的空间。另外，主体观照世界、体悟人生的方式和具体的生命感悟、自身的人生观、思想信仰密切关联。亚里士多德指出，“诗是一种比历史更富哲学性、更严肃的艺术”，因此，主体的哲学倾向和可能具有的宗教情怀都会细密自然地渗透在文学中。前者使文学突破生活现象的表层性和偶然性，深入社会人生的内在本质；后者超越凡俗人生的庸常，高扬一种终极关怀，赋予文学以震撼人类灵魂的深刻意义。当然，正如阶级性不是衡量文学价值的必备条件一样，宗教情怀也会在缺乏宗教信仰的主体身上缺席，因此我们不能将之作为一个共有的框架去评价和要求所有的文学作品。

显而易见，文学作为一种精神产品，具有复杂的主体倾向性，这使文学具有一种超越现实的价值高度。但是，文学的主体性并不能抹杀文学的真实性。

三、文学的真实性

文学的真实性，是指文学立足于真实的生活，并能够反映生活的这一属性。人们一致认为，真实性是文学的生命所在。巴尔扎克曾经说过，“同实在的现实毫无联系的作品以及这类作品中全属虚构的情节，多半成了世界上的死物。至于根据事实、根据观察、根据亲眼看到的生活中的图画，根据从生活中得出的结论写的书，都享有永恒的光荣”。但是，文学真实是否排斥虚构，如何理解文学的真实性成为我们要面对的重要问题。如前文所述，文学与生活之间不是简单机械的反映关系和摹写关系，文学来源于生活却高于生活，文学活动中始终伴随着主体性因素的参与。可见，用不加改造的生活真实，或者纯粹客观的科学真实来衡量文学的真实性都是不合理的。生活真实虽然是活生生的生活原生态，但它的存在有很多的偶然性、个别性、表象性。科学真实虽然突破了偶然性和表象性的蒙蔽，能够抵达生活内在本质，但生命体验和主体性的缺失，使其失去了震撼人心灵的力量。所以，衡量文学真实性的标尺应该是艺术真实。艺术真实来源于生活真实，但又是对生活真实的提炼、概括、综合和超越。

以模仿论为基础的西方文论一直比较强调文学形象与生活的契合，强调形象要“逼似生活”，追求“浮雕般”的效果。但是，浪漫主义和现代派文学的兴起，将内心的真实放在了主要的位置上。以表现论为基础的中国文论则一直将“神似”看成艺术真实的最高境界，强调艺术应该体现出事物内在的生气、精神和神韵。而“神似”的获得存在着“以形传神”和“离形得似”两种途径。晁补之认为，“画写物外形，要物形不改。诗传画外意，贵有画中态”，强调“以形传神”，把形似看成实现神似的基本条件。更多的人则追求艺术与生活的“不似之似”，如欧阳修所谓“古画画意不画形”，倪瓒主张画者“不求形似”，但求写“胸中逸气”，苏轼干脆说“论画以形似，见与儿童邻”，表现出对以“形似”论艺术的不屑。“离形得似”论都强调了这一点，艺术创作只有挣脱物质外形的束缚，才能真正传达出事物内在的神韵和意趣。

不同的艺术真实观都有自己坚实的理论立足点，并不存在孰高孰低之分。应该说艺术真实的具体表现形态是与特定的艺术类型直接相关的。在写实型文学中，既要追求生活细节、生活场景的逼真，人物言行举止的合情合理，以及性格的丰富细腻，以给读者真切的生活感受，又要符合亚里士多德所说的“可然律”和“必然律”，能够反映时代的脉搏、历史发展的规律、深远的文化内涵和人复杂的心灵世界。在这类文学中，真实既与外在的观感相符，又与内在的感受相通，尤其强调艺术世界对生活的反映关系。别林斯基在评价果戈理的中篇小说时说，“现实诗歌的任务，就是从生活的散文中抽出生活的诗，用这生活的忠实描绘来震撼灵魂”，认为果戈理的小说有十足的生活真实，“他对生活既不阿谀，也不诽谤；他愿意把里面所包含的一切美的、人性的东西展露出来，但同时也不隐蔽它的丑恶。……在他看来，生活是一幅真正的肖像画，十分逼真地抓住一切，从人物的表情到他脸上的雀斑；从伊凡·尼基福罗维奇的各色衣服，直到穿长筒靴、身上涂满石灰、在涅瓦大街上溜达的农夫……”，在这些朴素而平凡的生活里，作者找到了诗和人类灵魂的伟大秘密。这就是写实型艺术的真实，既有真实的生活，又有蕴含在生活细节中“伟大的秘密”。

在表现型的艺术里，客观生活面貌的真实将不再成为衡量艺术真实的重要标尺，人生体验和情感的真实才是其追求的高度。创作主体不必拘泥于生活的常态，应该尽情展开自己想象的翅膀，调动各种艺术手段，如虚构、变形、夸张、通感，将发自肺腑的主体情感和深层的内心体验充分地表现出来。杜甫《古柏行》写“霜皮溜雨四十围，黛色参天二千尺”，用极度夸张的手法写出了古柏的高大苍劲，意在表达主体对诸葛亮伟大人格的崇敬和仰慕。古柏的意象已经是人格化了的虚构的艺术对象，能够唤起读者心中强烈的敬仰之情。但是在地理学家沈括的眼里就“不妥”，理由是“四十围乃径七尺，无乃太细长乎”？既是思想家又是文学家的鲁迅则深悟艺术的真谛，他明确地说过，“诗歌不能凭仗了哲学和智力来认识，所以感情已经冰结的思想家，即对于诗人往往有谬误的判断和隔膜的揶揄”。确实，庸常的生活眼光、精确的科学计算和冷静的哲学分析，都会有碍于对表现型艺术诗性的感悟，唯有以诗性心灵去体会，才能在与生活表象相差甚远的艺术世界里感受到真挚深邃且撼人心魄的审美情感。

相对于传统的现实型和表现型艺术而言，现代象征型艺术的艺术世界构造与生活的真实具有更大的差距。意象选择、情节提炼、人物塑造、情感表达都与生活真实不符，混乱、拆解、随意拼凑和强烈的荒诞感充斥在各种艺术类型中。艺术可以像梦境一样流动，似幻似真，虚幻的是场景的非生活化，真实的是深入骨髓、深入无意识领域的生命感悟和欲求；艺术也可以把生活的具体性和神圣性放在一边，在抽象无聊的生活循环中展示无意义的生存。意识流、荒诞派戏剧、表现主义等现代艺术形式用虚幻的艺术画面，暗示了生存的内在本质。在这里，真实性既超越了生活细节的真实，也超越了主体情感的真实，只把主体对生命本真的参透和领悟沉甸甸地呈现在读者的面前，让读者穿透生活本身的表象性和虚构性，穿透历史和文化对人的“异化”，抵达对本真的认识、对内在的人的认识。

显然，在不同的艺术类型中，艺术真实会以不同的具体形态呈现出来。当然，在不同的文学体裁中，真实性的表现也有很大的差别，提倡真情和真意的诗歌与提倡细密真切的小说不一样，也与集中冲突的戏剧不一样。结构主义批评家托多罗夫提出，“有多少种体裁，就有多少种逼真”。但无论哪一种艺术真实，都是主体精神观照下经过主体能动创造的真实，它不停留在生活真实的表面，而是抵达生活内在的不同层面和不同维度。从这个角度上来看，文学源于生活又高于生活的命题具有了更有力的支撑，同时它也表明，文学作为社会意识形态，与其他意识形态具有一定的差别。

四、文学的人学特性

诚然，文学是一种以价值关系为基础把握社会生活的社会意识形态，反映了主体与客体的精神文化关系，具有意识形态属性。但与哲学、宗教、伦理学等不一样，它不局限于关注人类生存的某一特定领域，而以生气灌注的生命整体作为观照对象，描写特定社会关系中活生生的完整的人及人的性格、人的命运和人的灵魂。文学因关注心灵、跃动生命、抒写人性而具有审美感染力。丹麦文学理论家勃兰兑斯指出：“文学史，就其最深刻的意义来说，是一种心理学，研究人的灵魂，是灵魂的历史。”从这个意义上说，文学就是人学。

理论界一般认为这一命题是由苏联作家高尔基最先提出的。1928 年，高尔基被选为苏联地方志学中央局成员，在庆祝会上他解释道，自己毕生所从事的工作“不是地方志学，而是人学”。他还曾指出，“文学家的材料就是和文学家本人一样的人，他们具有同样的品质、打算、愿望和多变的趣味和情绪”。高尔基一直高扬文学的人道主义精神，强调文学以人为中心，将人作为文学表现的对象和文学本身的目的。但也有一些人从“唯物认识论”出发，一味强调文学对生活的反映关系，见“物”不见“人”，并给高尔基戴上“偷换唯心主义”的帽子。20 世纪 50 年代，季摩菲耶夫的《文学概论》被译介到中国，他的理论核心是文学反映现实，“人的描写是艺术家反映整体现实所使用的工具”，这种唯物、唯现实、无人情的文艺观迅速在中国流行起来。钱谷融先生写了《论“文学是人学”》一文，他指出，“现实”是人的现实，即“人的生活”，“人和人的生活，本来是无法加以割裂的，但是，这中间有主从之分。人是生活的主人，是社会现实的主人，抓住了人，也就抓住了生活，抓住了社会现实。反过来，假如你把反映社会现实、揭示生活本质作为你创作的目标，那么，你不但写不出真正的人来，所反映的现实也将是零碎的、不完整的；而所谓生活本质，也很难解释出来了”。他一再强调：“文学要达到教育人、改善人的目的，固然必须从人出发，必须以人为注意的中心；就是要达到反映生活、揭示现实本质的目的，也还必须从人出发，必须以人为注意的中心。”这篇不合时宜的论文凸显了“人”在文学中的中心位置，并响亮完整地提出了“文学是人学”的命题。

由于钱谷融当时并不知道高尔基明确地说过“文学是人学”这句话，他那篇《论“文学是人学”》论文的标题也是许杰先生给改的，因此，他后来一直留心此话的出处。几十年后，他无意间发现，泰纳在《英国文学史》中表达了类似的思想，因此他认为“文学是人学”的提出者应该是泰纳，而不是高尔基。其实，在20世纪初的中国本土，启蒙文学就是以“人的觉醒”为基本精神的，胡适大力张扬个人主义，鲁迅提倡文学“为人生”，周作人还写了一篇题为《人的文学》的论文，指出以人道主义为核心的“人的文学”是新旧文学的本质差别。这应该算是“文学是人学”这一伟大命题的本土发源了。当然，研究命题渊源的意义并不是很大，重要的是能够在一个人性、人道被漠视的历史背景中大胆亮出“人学”的旗帜，显示了理论家忠实于文学本质的可贵精神。“文学是人学”的理论和创作精神与我们的文艺家一起经受了戏剧性历史的洗礼。在极“左”思潮和教条主义横行的年代里，那些谈人道、人情、人性的学者，包括巴人、钱谷融等都遭受到非人道、无人情、反人性的摧残。不过，随着新时期的到来，人的尊严、人的价值、人性、人道被重新提起，“人”又回到了文学的中心，“文学是人学”理论又重新得到文学界的热情拥戴。

古今中外描写优美风光、人文景观，抒写人之常情（如爱情、亲情、友情、乡土情、民族情、爱国心等）以及美好品格（如善良、诚实、英勇、顽强、坚贞等）的作品，都能得到人们的普遍认可，产生一种超越时空和具体社会关系的共同美。这种共同美的产生与人类心灵中相通的美好情愫相关，我们可以称之为“人性”。人性是人类“一向所共有的，无分古今，无间内外，长久的、普遍的、没有变动的”（梁实秋语）。这种人性观强调了人类的群体意识和超越性。但是，人性真的是抽象的、静止的、一成不变的吗？《现代汉语词典》对“人性”的解释有两种：人所具有的正常的感情和理性；在一定的社会制度和一定的历史条件下形成的人的本性。两种解释其实没有根本性的区别，只是前者更侧重于人作为一个个体所具有的区别于动物的属性，后者更侧重于人作为社会的人所具有的社会性，突出了人性的发展性和历史具体性。二者相互依存、相互影响，形成了人性的不同表现层面。显而易见，人性与社会性既保持着一定的距离，但又无法逃离社会性。如果没有距离，就会使“人性”等同于社会性；距离过远，则会成为抽象的人性。

马克思说得好，“人是最名副其实的社会动物”，人的本质是“一切社会关系的总和”。人性作为一定社会制度和一定历史条件下形成的人的本性，与特殊的历史文化背景和具体情境密切相关，具有历史性和具体性特征。由此就出现了人性与非人性在不同历史时期、不同情境下的转换现象。群婚行为、吃人现象在原始社会可以说是合乎人性的，但在现代社会则是违背人性的；而温柔与暴戾、懦弱与勇敢的冲突，舍家为国、背井离乡或者抛妻弃子的行为，也都出于深层的人性。有时，为国家、民族、人民舍弃自我的生命与荣辱，就是最伟大、最动人的人性，也能在文学中产生震撼人心的审美感染力。因此，人性是具体的、丰富的，其范围是广阔的，表现形态是变化不一的。如果仅仅以阶级性、人民性或者动物性来衡量人的全部生命和价值，人就失去了人固有的丰富性和生命层次性，从而被抽象为符号，或者降格为动物。

因此，我们在解读文学中的人性内涵时不能一概而论，而应该以历史的、发展的眼光具体地分析。20世纪初，启蒙思想家痛心地看到：中国几千年的礼治文明其实是一个“吃人”的“盛筵”；礼让恭顺的文化养育了一群失去自我、失去生命与灵性的奴隶和工具。在这样的历史境遇中，“五四”新文化运动立足于“人的发现”，提倡以个人主义和个性解放为中心的人道主义精神。鲁迅的“立人”思想，周作人的“人的文学”，陈独秀的“平民文学”和文学研究会的“为人生”，都在呼唤人的觉醒与解放。郁达夫认为，五四运动的最大成功，就是“个人的发现”，这个“个人”就是一种独立的、不依附君主家族的现代人。周作人在《人的文学》中将人规定为具体的个体，突出了人性的具体个别性：“一，这文学是人性的，不是兽性的，也不是神性的。二，这文学是人类的，也是个人的，却不是种族的、国家的、乡土的及家族的。”他认为，“人的文学”首先应该关注“自然的人性”，强调“人是一种动物”，但又是“进化的动物”，“兽性与神性，合起来便是人性”，人性具有“肉”与“灵”、个人与人类的两重性。将人性与神性对举，肯定了人作为独立生命体的个体尊严、价值和欲望、情感；将个人与人类相连，体现了人在历史实践过程中的自我提升，凸显了人性与兽性的区别。他的观点为我们理解人性提供了很好的借鉴，因此我们可以这样来理解：人性是个体的、自然的，却又超越于兽性，“饿则思食”“怕死欲生”是人的天性，但损人而食、毁人而生则是兽性；人性又是人类的、社会的，却保持着自我独立性，不至于沦为政治性、经济性、道德性的工具，蒸发为干瘪、失去个体生命的社会性符号。

但这种强调个人主义的人道主义注定在当时的民族、政治境遇中难以立足，政治功利主义的介入使之与传统群体意识的激烈冲突迅速暴露出来，个人的自由无奈地隐入了历史的云层。20世纪20年代末，梁实秋提出文学须以普遍的“人性”为标准，提倡人性的群体性因素。这种恒久的“人性”在当时剑拔弩张的历史语境中同样不合时宜，几乎一出现就四面楚歌。因此，只有少数作家会丢开一切，营造自己心中“优美、健康、自然而不悖乎人性的”艺术世界。沈从文曾深情而坚定地说：“我只想造希腊小庙。选山地作基础，用坚硬的石头堆砌它。精致，结实，匀称，形体虽小而不纤巧，是我理想的建筑。这神庙供奉的是‘人性’。”20世纪50年代末，钱谷融再提“人道主义”，指出“人道主义精神，人道主义理想，却是从古以来一直活在人们的心里，一直流行、传播在人们的口头、笔下的。……虽然随着时代、社会等条件的不同，人道主义的内容也时时有所变动，有所损益，但我们还是可以从其中找出一点共同的东西来，那就是：把人当作人”。这里的“人道主义”是对20世纪初人道主义的系统发挥和完善，加入了社会性、群体性的因素，也注意到了这种精神的历史发展性。但是，疯狂的历史将这一光辉的思想和思想家一起打入了地狱。二十年后，他们又一起在新的历史条件下得到解放。文学也摆脱了作为工具和政治附庸的地位，回归到“人学”的正途。

文学如何来表现人和丰富的人性呢？钱谷融指出，文学“作为一门‘人学’，它的内涵是极其丰富的，而作为人学的主要构成因素则是人物形象”。文学通过描写人的生存、命运以及人的性格和人的精神追求，来展示人性的伟大与细微。曹禺的话剧《雷雨》，是一出关于命运、人性、生存的悲剧，纵深的历史洪流、微妙的人际人情、冲决文化樊篱的生命欲望，以及人类生存的崇高和渺小、虚弱和强劲，在这里碰撞出毁灭与实现的生存悲剧，引起读者强烈的审美感受。从刚才的回顾中我们看出了这样一个问题，即“人性”和“人道主义”虽然说具有历史的具体性，但毕竟不等同于人的政治阶级性，其内在的超越性是无法避免的。这就使文学要表现的人和人性具有了相当的复杂性。文学中的人应该是怎样的呢？一句话，“人学”中的人，应该是既流动着个体生命的血液，具有生命个体性，又紧握历史的脉搏，具有历史具体性，还归属于人类的群体，具有人类共通性的完整而复杂的人，是显示着“人的灵魂、内心世界，人的感觉、感受、情感、情绪、思维、人的无意识……以及整个像海洋一样丰富的精神世界的瞬息万变的形态，有形无形的运动轨迹”的人。因此，侧重于生命个体性的人情、欲望、自我张扬，侧重于生存社会性的人道、关怀、悲悯、相互尊重，以及在“小我”与“大我”之间艰难徘徊、挣扎、超越等，都是人性，都是人学要表现的生动而深刻的内涵。不仅直接以人物形象为描写对象的叙事性作品能展现人性的光辉，抒情写意性作品也能在情景交融、物我同一的意境和意象营造中凸显人的心灵和精神境界，具有人性美。

不过，人性是发展的，其具体内涵应该随着时代的发展不断更新，以担当起人不断超越自我、实现自我完满生命感的神圣使命。由于人类历史对人具有双向循环功能：人在创造文明的时候确证了自己的本质力量，也就是说实现了自我；同时，人又被文明束缚和异化，并在被异化的过程中抗拒异化而回归自然本真。因此，在过分强调个体生物性本能、欲求的环境中关注人类精神、灵魂，与在过分以社会性压制个体性的文化背景中呼吁个体生命性具有相同的意义。所以，在当今物质理性驱动下丧失了尊严的人，应该接受一种新的人性熏陶。文学应该重建人类的精神家园，再造人类的神性光环，使文学的人性重新张扬崇高的美感，以帮助人抵抗“物化”的异己发展，回归健康饱满的审美人生。

第四节　文学的审美属性

一、文学是一种审美意识形态

马克思说过：“动物只按照它所属的物种的尺度来进行塑造，而人则懂得按照任何物种的尺度来进行生产，并且随时随地都能用内在的尺度来衡量对象，所以人也按照美的规律来塑造。”可见，“审美”渗透在人的一切创造性劳动中，但只有艺术将审美作为最基本和最核心的目的。其一，艺术通过色彩、线条、形体、音律、语言等外在形式给人悦目、悦耳的美感，其内在结构中显示出的对称、比例、节奏、多样统一等，能够对人产生怡情悦性的审美感染力，具有从外而内的形式美。其二，艺术蕴藏着作家的审美体验，包含了深广的人性内涵，具有丰富的内容美。可见，作为艺术的文学，是对人生的审美掌握，通过创造审美意象，传达审美情感，从而产生审美效应，是一种审美意识形态。

文学创作和欣赏活动，都是人的社会实践活动。而表现对象在人的实践活动中或者直接，或者间接地发生了变化，或者与人形成了新的关系，成为“人化的自然”，人的价值、人的本质力量由此得到了显现。马克思认为，“一切对象对他来说也就成为他自身的对象化，成为确证和实现他个性的对象……人不仅通过思维，而且以全部感觉在对象世界中肯定了自己”。实践过程和结果都成为人认识自身及感受自我生命、力量和本质的对象。然而，人们在面对自然时具有三种不同的态度，并与自然建立起三种基本关系：实用的、科学的与美感的。黑格尔曾经有过一个形象的描述：“一个小男孩把石头抛在河水里，以惊奇的神色去看水中所现的圆圈，觉得这是一个作品，在这个作品中他看出他活动的结果。”小孩在自己的行为中惊奇地感受到了与物质收获不一样的喜悦，这就是确证自己创造力的精神上的欣慰，是一种美感。朱光潜指出，“实用的态度以善为最高目的，科学的态度以真为最高目的，美感的态度以美为最高目的。在实用态度中，我们的注意力偏重在事物对于人的利害，心理活动偏重意志；在科学的态度中，我们的注意力偏重在事物之间的互相关系，心理活动偏重抽象的思考；在美感的态度中，我们的注意力专在事物本身的形象，心理活动偏重直觉”。在这三种态度和关系中，实用和科学的态度其实都关注人与事物的需要关系，其价值具有直接或间接的实用性；唯独“美”是无实用价值的，它只具有审美价值，只能满足人精神上的审美需求，反映的是人与自然的审美关系。而且，在审美活动中，主体的“注意力专在事物本身的形象，心理活动偏重直觉”。这就意味着，审美活动排斥直接的功利目的和抽象的逻辑推理，主体于直觉感悟中领略形象本身的美。

而恰恰是偏重于精神愉悦的审美观照、审美想象和审美创造，造就了人类的艺术、人类的文学。总之，审美是文学价值的内在取向。

文学具有审美价值取向，并不意味着它只能表现美的对象，不能表现生命中不利于生命存在的对象——丑。现实世界本身就不可能完美，形体的拙劣、可怖，心灵的黑暗、险恶、卑劣都是生活中真实的存在。中国文化一直关注美，也并不排斥丑：诗歌中素有“老树”“枯藤”“病梅”“瘦湖”“皱水”等意象，文学批评中也有提倡“老气”“古拙”“寒瘦”“宁拙勿巧”“宁丑勿媚”的倾向。西方美学则素有以美为中心的传统，希腊传统崇拜美，并不惜在法律上明文规定：“不准表现丑！”但这也无法阻止丑进入艺术，歌德让魔鬼梅菲斯特走进了一部不朽的著作，并以其所代表的丑与恶的失败展示了美与善的成功和永恒价值。雨果更是理性地意识到这点，并通过《巴黎圣母院》形象地阐释了美丑并列共存的辩证法——“丑就在美的旁边，畸形靠近着优美，丑怪藏在崇高的背后，善与恶并存，光明与黑暗相共”。19 世纪下半叶，随着波德莱尔《恶之花》的盛开，丑堂而皇之地跻身于艺术和美学领域，并逐渐成为西方现代主义美学的中心。

当然，丑可以作为艺术表现的对象，并不意味着丑本身就是美。只有当审美主体能够深掘出丑的实质，并对丑产生一种否定性的评价，从而唤起人们辨识丑的能力和对美的向往与追求时，丑才具有审美意义。悲剧、现代派艺术描写丑的对象，并不是以丑为美，而是引导人们认识丑、拷问丑，在丑的对象身上引发灵魂的觉醒、战栗和超越感。形象的丑陋、心灵的黑暗、生存状况的荒谬都属于丑，它们却成为现代人反思现代精神危机的有力武器和形式。毕加索的立体主义绘画，用拆散重组的方法表现生命感的消失，用无声的声音喊出了信仰坍塌、心灵破碎、灵魂错位的生存状态。杜尚的《蒙娜丽莎》、达利的《带抽屉的维纳斯》都在用文明出丑，却表现出对文明的忧心忡忡。加缪、卡夫卡无不在用荒谬对抗现实的荒谬，用冷静的叙述传达内心的呼唤。

因此，文学并不取决于写丑的还是美的对象，而在于主体是否从审美关系上去观照对象，以及主体的审美体验、审美理想是否具有人性的深度和审美震撼力。

通过以上的分析我们得知，文学是一种审美意识形态。作为审美意识形态，文学与普通的社会意识形态有很大的区别。别林斯基这样论述了文学与哲学、政治学等其他社会科学的不同：“哲学家用三段论法，诗人则用形象和图画说话，然而他们说的都是同一件事。政治学家被统计材料武装着诉诸读者或听众的理智，证明社会某一阶级的状况……诗人被生动而鲜明的现实描绘武装着，诉诸读者的想象，在真实的图画里面显示社会中某一阶级的状况……一个是证明，另一个是显示，可是它们都是说服，所不同的只是一个用逻辑结论，另一个用图画而已。”这段话指出，文学与科学一样，都可以达到对生活真理的深层认识。但文学又在反映方式、思维方式和社会功用等方面，与其他社会科学有着很大的差别。也正是这些差别导致了文学审美属性的产生，规定了文学审美属性的具体内涵。

二、文学的审美性特征

文学审美属性的具体内涵集中表现在形象性、情感性和虚拟性三个方面。

第一，文学具有形象性。文学与其他意识形态最明显的区别在于反映生活的具体方式上，不是用抽象的概念和严明的逻辑推理来证明，而是用生动具体的感性形式——“形象”和“图画”来展示生活的面貌，显示生活的内在本质，是形象思维的产物，具有鲜明的形象性。文学的形象性，指的是文学以具体生动的形象来显现创作主体的审美意识并反映社会生活的属性。黑格尔给美下了一个定义：“美是理念的感性显现”，强调理念只有与感性形式统一时才成为美。普列汉诺夫在《没有地址的信》中明确指出形象性是艺术最主要的特点：“艺术既表现人们的感情，也表现人们的思想，但是并非抽象地表现，而是用生动的形象来表现，这就是艺术的最主要的特点。”用生动感人的形象反映生活，是文学反映生活的特殊方式，是文学作品的外在标志，也是文学审美性的重要体现。刘勰在《文心雕龙》

中将文学的这一特征概括为“拟容取心”。因此可以说，形象不仅是文学独特的呈现形态，是文学本身，还是文学独特的言说方式，是一种特殊的“语言。“形象”这一术语的含义是具体的、发展的，在不同的文化语境中具有不同的内涵，在今天看来似乎有点含混不清。在中国理论史上，最早出现形象概念的地方是《易经》，所谓“在天成象，在地成形，变化见矣”(《周易·系辞上》)，“是故《易》者，象也；象也者，像也”(《周易·系辞下》)。这里虽然“象”与“形”不是一个双音节词语，却是两个意义和所指相同的概念，强调客观性和具象性，是感性直观的视觉图像。“形象”的概念在中国理论中被表述为“象”，或者“意象”。西方理论中的“形象”概念有着更复杂的发展情况，我们将在后面的章节中详细地加以论述。形象是我们生活中经常出现的一个词语，作为生活用语，形象泛指生活中能够诉诸人的感性直观的具体形态。作为艺术术语，形象是艺术作品中那些能够诉诸读者感官的感性形式。如荧屏上与小说中的阿Q、祥林嫂、安娜·卡列尼娜，马致远《天净沙·秋思》中萧瑟的秋景、愁苦的羁旅之人等，都是艺术形象。不同艺术类型所采用的材料和媒介虽然不同，但艺术形象的特征却具有相通性，即既保留着生活形象的具体可感性，是可见可闻可触的生动鲜明的生活画面，又都渗透了艺术家的审美体验、审美理想，是主体审美创造力的结晶。

文学作为一种审美意识形态，是语言艺术，形象性不仅是其外在标志，也是其具体的存在方式。文学形象与其他的艺术形象一样，都是审美创作主体性与客观性融合的必然结果。其实，所有的意识形态都或多或少地渗入了观照者的主体精神，主体情感也是许多精神活动的重要推动力。但其他精神产品的结果都力求客观真实，所以尽量避免情感因素的干扰。唯独艺术不同，它不仅不排斥情感，而且正是情感构成了其生命内核，使之不同于其他的意识形态，情感因素也贯穿在艺术形象之中。

第二，文学具有情感性。如果说形象性是艺术的外在标志，情感性则是艺术的内在标志，是文学作品与广告、新闻的根本性区别所在。从某种角度上说，文学活动就是情感的活动，情感自始至终在文学活动中起着重要作用。

从创作角度看，情感是文学创作的内驱力。“激情、热情是人强烈追求自己的对象的本质力量”，是艺术家进行艺术创作的原动力。别林斯基说：“感情是诗人天性的最主要的动力之一；没有感情，就没有诗人，也没有诗歌。”缺乏对生活的情感体验，没有激情，就无法产生创作冲动而进入艺术创作。鲁迅先生在《呐喊·自序》中曾介绍自己写小说的缘起是为了排遣由置身荒原的悲哀、寂寞所带来的“大痛苦”。巴金曾经这样描述自己的写作：“每天每夜热情在我的身体内燃烧起来，好像一根鞭子在抽我的心，眼前是无数惨痛的图画，大多数人的受苦和我自己的受苦，它们使我的手颤动。我不停地写着，我的手不能制止地迅速在纸上移动，似乎许多许多人都借着我的手来倾诉他们的痛苦。……我就是这样写完我的长篇小说《家》和其他的作品的。”可见，情感不仅导致创作冲动的产生，还是孕育作品的激素。

从文学文本看，情感是文学形象的内核，是形象的血液、灵性和生气，是艺术的生命所在。著名雕塑家罗丹说过，“艺术就是情感”。20世纪的表现主义理论家苏珊•朗格指出，“艺术作品就是情感生活在空间或诗中的投射”。中国传统的表现论都强调情感在文学创作中的动力因素和本体地位。魏晋时期文论家刘勰就声称，“情者，文之经”，“乃情变所孕”，而且情感因素贯穿于艺术创作和艺术欣赏的整个过程，所谓“夫缀文者情动而辞发，观文者披文以人情”（刘勰《文心雕龙》）。创作主体在艺术的形象世界中融入了情感，并借以表达、释放自己的情感，以唤起读者的情感体验，使之得到情感的满足与净化。列夫•托尔斯泰指出，艺术活动是人与人之间的交际手段之一，人们用语言传达思想，“用艺术相互传达自己的感情”；而艺术家“在自己心中唤起曾经体验过的情感，在唤起这种情感之后，用动作、线条、色彩、声音以及言词所表达的形象来传达出这种情感，使别人也能体验到这样的情感，这就是艺术活动”。这些理论不仅强调了情感是艺术的根本，还凸显了情感在文本意义的实现过程，即阅读活动中具有的重大意义。正是情感性的存在，使文学不同于“以理服人”的其他科学形态，能够“以情动人”，让读者在如痴如醉的情感共鸣中得到精神的陶冶和灵魂的升华。

总之，文学是情感的符号，是文学产生艺术感染力的内力所在。文学的情感性是衡量文学审美价值的重要标志之一。传统的现实型、浪漫型艺术都主张主体情感的巧妙渗入，即使有些现代小说主张客观化抒写，强调让作者退出文本，但是文本的叙述效果却能给读者以强烈的情感冲击，这说明了这样一个问题，即文学情感的表达方式和效果是因文体而异的。

应该注意的是，文学是艺术活动，文学情感并不等同于日常生活情感。人类的情感非常丰富，但基本的情感类型可以分为两种：即满足个体生理官能需要的生物性情感和满足人的社会需要、精神需求的社会性情感。同时，人类的情感又表现为肯定性和否定性两个方向，肯定性情感伴随着爱、喜悦、愉快、欣慰等心理感受，否定性情感则伴随着憎、恶、悲、怒等心理感受。情感反应与认识有关，但又不同于强调客观性的认识活动，它与基于人的需要、态度、观念等思想意识的价值判断关系更为密切。在日常生活中，情感的产生与外在刺激相关，其表达往往借助体态、声音和行动。由于多种主客观条件的限制，日常生活情感一般具有偶然性、浅表性、功利性和不充分、不持久的特征，没有时间流传的永久性和空间流动的自由性。而文学情感是一种熔铸了审美体验的审美情感，它既保持了日常生活情感的真切性，又能超越其局限性，是经过理性沉淀的情感。而这种情感又借助独特的审美意象传达出来，展示出不同作家的独特审美感悟和审美创造力。

审美情感是经过审美体验和理性沉淀的情感。日常生活情感虽然真实感人，却难以引起美感，难以引发人们心灵的震颤和灵魂的超越。审美情感则是审美主体经过反复体验和理性沉思的情感。体验不同于经验，它是经验中让人回味并体现出意义、思想与诗意的部分，可见，体验是向人的整个生命性展开的。而“人的本质不是单个人所具有的抽象物，在现实性上，它是一切社会关系的总和”（马克思语），这就意味着，人的生命不是纯粹生物性的个体存在，而与社会关系、文化历史关联着。因此，体验带来的审美情感必然与自然情感有一定的距离，并融入了一定的理性成分。华兹华斯说："诗是强烈情感的自然流露。它起源于在平静中回忆起来的情感，诗人深思这种情感直到一种反应使平静逐渐消逝，就有一种与诗人所沉思的情感逐渐发生，确实存在于诗人的心中。"这种新发生的情感就是审美情感。它是审美主体与自然情感的刺激隔着一定时空距离，在平静中回忆、品味、深思过去情感而产生的审美体验，所以具有了一定的超越性。审美情感超越了自然情感的现实功利性和个体性，是情与思、感性与理性的融合，更是个体情感与广阔深厚的生命感悟的融合，因此也更深广、更厚重、更炽烈。鲁迅童年的伤痛体验在经过理性的深思和过滤之后，与民族的伤痛融合在一起，他的国民性批判中蕴含着深邃热烈的生命感和民族情。卡夫卡童年时期对粗暴而专制的父亲怀着双重的情感，既畏惧又反叛，这种情感促使他敏锐地感受到各种专制现象的可恶，但对社会专制现象的认识又反过来加深了他对父子关系的理解。因此，他作品中反复出现的父亲形象，已经不是现实中的父亲，畏父、叛父、审父情感，已经融入了对专制制度和文化的思索、反叛和审问。由此可见，艺术创作中的审美情感，是主体真实的情感体验和深入的理性思考融为一体的情感。

审美情感还是意象化的情感。审美情感不是纯粹的生理发泄，其产生伴随着意象的形成，并通过审美意象具体表现出来。现代派诗人 T.S. 艾略特曾说："用艺术形式表现情感的唯一方法是寻找一个'客观对应物'。换句话说，是用一系列实物场景、一连串事件，来表达某种特定的情感。"他所说的客观对应物就是感性的物态，但它并不是纯客观的，而是熔铸着主体内在生命体验和心理情感的感性形态，即意象。格式塔心理学，即完形心理学从心理感受的角度出发，解释了主体情感与客观对应物之间的同构对应关系。他们认为，外在世界（客观事物）的力与内在世界（主体心理）的力虽然是不同的力，却存在结构上的"同形同构"，即"异质同构"关系，这是外在自然物与艺术形象之所以能够传达审美情感的心理基础。譬如，坚强不屈的精神与傲雪怒放的寒梅，正直高洁的人格与挺立的青松翠柏之间，可以产生同构对应的关系。正是由于这种同构对应关系的存在，人们可以在非人的物质世界中找到人类情感的对应物，找到传情达意的审美意象。

在中国古代文学史上，许多诗人都曾借"柳"吟咏离别之情，从《诗经·采薇》中的"昔我往矣，杨柳依依"，到王维《送元二使安西》的"渭城朝雨浥轻尘，客舍青青柳色新。劝君更尽一杯酒，西出阳关无故人"，再到柳永的"今宵酒醒何处，杨柳岸，晓风残月"，无不以"柳"的意象传达依依离情。这除了与汉语中"柳""留"谐音达意和"折柳送别"的习俗有关外，还有更深一层的心理根源。当代美国完形心理学家阿恩海姆认为，杨柳依依，垂柳摇曳的形态与人悲哀的心理张力的结构是同形同构的。他说："一棵垂柳看上去之所以是悲哀的，并不是因为它看上去像个悲哀的人，而是因为柳树枝条的形状、方向和柔软性本身就传递了一种被动下垂的表现性。"审美主体就是借助情感与外物的同构关系，通过审美意象传达出丰富微妙却无形无状、让他人难以感知的内心世界。内心难以言传的愁绪就可以"恰似一江春水向东流"，"剪不断，理还乱"，或者在"秋霜""白发"中让人感知。

审美情感也是具有强烈个性色彩的情感。审美情感是一种建立在反复体验和理性认识基础上的价值判断，与个体生命体验、知识阅历和对生命的理解有关，是“个体心理结构”与“民族心理结构”在特定历史背景中产生的价值判断的产物。而个体在特定历史文化背景中的情感经历、体验、感悟又各不相同，基于此，不同审美主体对同一事物、事态和现象，就会产生不同的价值判断，即不同的情感态度，这就是审美情感的个性色彩。同是离愁。在李煜是“无言独上西楼，月如钩。寂寞梧桐深院锁清秋。剪不断，理还乱，是离愁。别是一番滋味在心头”（《乌夜啼》）的寂寞无言和无法排遣；在柳永是“拟把疏狂图一醉。对酒当歌，强乐还无味。衣带渐宽终不悔，为伊消得人憔悴”（《凤栖梧》）的思念和沉痛；在李清照，是饱经个人和家国离乱的贵族女子、朦胧觉醒的女性主体所具有的哀怨离愁，凄婉而忧伤。

审美情感的个性色彩，由于以现实人生为对象，受包括“集体无意识”在内的深层心理结构的影响，再加上理性因素的适度参与，因而具有深刻的人生体验、丰富的人性内涵和深邃的文化哲理意蕴。强烈的个性意识突破了个体感受的局限，深入到某种普遍性的情感领域，能够引起读者的普遍共鸣。也正是情感的个性色彩，为我们理解生活提供了不同的视角和参照。譬如，面对现代生存状态的边缘性与荒诞性，卡夫卡产生的是强烈的压抑感，而加缪则冷静而洒脱。但两个文学巨匠给我们的人生启迪却是同样深刻的。

第三，文学具有虚拟性。文学以文本为媒介指向人类的历史现实和心灵现实，但它本身并不是现实的历史、现实的人生和个体生命现实的心灵。它不同于科学对生活的反映，科学不允许虚构，科学结论是对客观规律实实在在的揭示。而文学却承认虚构的合法地位，文学的形象世界本身就是符号化的图像。因此，文学是一种虚构行为，文学文本是一个虚构之物。文学作为艺术提供给人类的最重要的意义并不是客观真实，而是满足了人类的想象力，拓展了人类的想象疆域。人类学认为，人是“有缺陷的动物”“不同角色的扮演者”“图腾的崇拜者”，等等，只有想象能够实现人的“多重角色”。因此，人类的生活离不开“想象”的支撑，虚构和想象是人类的重要特征，而艺术行为将我们的想象物化为想象之物，即艺术品。

艺术家与读者其实是在不言自明地进行一场想象力游戏和情感交流的虚拟性共谋，他们之间不约而同地达成了心灵上的默契。读者能够在欣赏时与艺术文本保持适当的距离，允许艺术家想象、虚构、夸张和变形。艺术家也并不把艺术当成生活实录、科学论文、通信协议或者私人账本，也不要求读者将艺术文本当作事实来看待。托尔斯泰就认为作品是“庄严的谎言”，具有强烈的假定性因素。俄国著名戏剧导演斯坦尼斯拉夫斯基曾这样描述戏剧与现实的差别：

在生活中太阳从上边射来，在剧场里则相反，是从下边射来的。在大自然中不存在均匀工整的线条，在剧场里则设置了各个景次，树木被排成笔直的间隔相同的行列。在生活中一个人无法把手伸到巨大石屋的二层楼，在舞台上却是可能的。在生活中房屋、石柱、墙壁等始终屹然不动，在剧场里却由于最轻微的风吹而抖动起来……在生活中这简直不可能，然而为了艺术、假定的真实，这个问题并不重要，可以自由地加以解决。

这里说的是剧场的假定性。其实，假定与虚拟存在于一切艺术，包括文学之中。

文学反映现实的方式是不一样的，有的运用典型的虚构形式，譬如幻想色彩浓郁的神话、童话，荒诞离奇的传奇和现代派小说、戏剧；也有的“按照生活本来的面目”再现生活的真实，如现实主义和自然主义。但无论创作主体采用何种具体形式来写作，就其本质而言，都是一种虚拟形式。任何艺术都是符号化的产物，将本真的现实生活符号化的过程，即转化为艺术文本的过程，就是虚拟的过程，其创造的作品就是虚拟之物。同时，在文本转化的过程中，渗透着艺术家的主体性。创作主体的“意图、态度和经验等，它们未必就一定是现实的反映”，它们“在文本中更有可能只是虚构化行为的产物”。所以，我们说艺术活动是一种虚构化行为，艺术具有虚拟性。承认艺术的虚拟性，就承认了艺术中假定性因素的合法参与。“虚构化行为充当了想象与现实之间的纽带”，想象与现实、虚构与真实的越界现象也随之产生，“现实的栅栏被虚构拆毁，而想象的野马被圈入形式的栅栏，结果，文本的真实性中包含着想象的色彩，而想象反过来也包含着真实的成分”。例如，“白发三千丈”“黄河之水天上来”“高堂明镜悲白发，朝如青丝暮成雪”是符号化了的想象，想象拆毁了现实的栅栏，现实生活中不可能存在这样的现象。但就是这天马行空的姿态凝聚了诗人李白真挚深沉的忧患意识，个体生命的卑微短暂与宇宙时空的浩大永恒之间差距的存在，导致了这种忧患的产生。诗句于想象和虚构中包含了情感和人生体验的真实性。

这就意味着，承认文学艺术的想象性和虚拟性，并不是就落入了传统的“真实与虚构”对立的思维框架，从而否认了其真实性的存在。沃尔夫冈•伊瑟尔指出，文学文本“是虚构与现实的混合物，它是既定事物与想象事物之间相互纠缠、彼此渗透的结果”，“现实、虚构与想象之间三元合一的关系是文学文本存在的基础”，强调了艺术中虚构与真实的统一性。这正好印证了文学作为审美意识形态的双重属性，既是虚构的，也是真实的。鲁迅说：

艺术的真实非即历史上的真实，我们是听到过的，因为后者须有其事，而创作则可以缀合、抒写，只要逼真，不必实有其事也。然而他所据以缀合、抒写者，何一非社会上的存在，从这些目前的人，的事，加以推断，使之发展下去，这便好像预言，因为后来此人，此事，确也正如所写。

鲁迅指出，创作具有虚构性，可以“缀合、抒写”，但在“加以推断”的情况下，又能像预言一样，具有真实性。但这种真实并不是现实的真实，只是“来自虚构的真实”（古德尔曼语）。《红楼梦》是一个出色的虚构，顽石走入尘世的故事、灵河岸边还泪的故事、“千红一哭，万艳同悲”的故事，都是作者的虚构。但虚构的背后却真实地再现或暗示了历史的没落、文化的压迫、人性的复杂，揭示了人生的虚幻与真实、沉重与飘忽。更不要说卡夫卡、加缪和加西亚•马尔克斯的作品了，荒谬怪诞的虚拟世界传递了人类的孤独与荒凉，这是现代人最真实的存在感受。真实使想象和虚构有所皈依，而虚构与想象使真实更为真实，使真实能够越过现实的界限，抵达人类生存的内在本质和本色。

文学内在的虚拟性需要我们前文所说的读者的“共谋”，更需要批判话语的宽容和通达。因此，在艺术批评中，要杜绝庸俗的真实性批评。唐人张继的《枫桥夜泊》一诗就曾引起不少人纷纷考证分析：月落后乌是否会啼，江边是否能长枫树，江枫是否是桥，夜半是否会敲钟。一幅为尽言客子愁绪的艺术图画就这样被肢解了。唯有胡应麟在《诗薮》中给出了通达的评价，他说："张继'夜半钟声到客船'，谈者纷纷，皆为昔人愚弄。诗人借景立言，唯有声律之调，兴象之合，区区事实，彼岂暇记？"这正好应了明人王廷相所言："诗贵意象透莹，不喜事实粘著，古谓水中之月，镜中之影，可以目睹，难以实求是也。"

至此，我们已经详细分析了文学作为艺术形态的具体审美特征，即文学的形象性、情感性、虚拟性，它们共同构筑了艺术的审美世界，是艺术审美性存在的三个重要条件，是文学区别于其他意识形态的特征所在，也是所有艺术的共同属性。但我们不能因强调文学的审美属性而弱化或忽略文学的意识形态属性。总之，文学作为审美意识形态，意味着文学的审美表现过程中渗透着意识形态因素，具有审美与社会意识形态的双重属性，于形象性、情感性和虚拟性中隐含着理性、认识性和真实性的因素。

第五节　文学的语符属性

作为艺术，文学与其他艺术一样，具有形象性、情感性与虚拟性等审美特性。同时，文学又是艺术中一种特殊的门类，它是用语言符号塑造艺术形象、反映对象世界、表现主体审美意识的，因此，它又有别于其他艺术，具有其独有的特性。

一、文学是语言艺术

艺术是一个庞大的家族，根据不同的标准，可以把艺术分为不同的门类。比较常见的艺术分类主要有如下几种：

一是以艺术形象的感知方式为标准，把艺术分为听觉艺术、视觉艺术和想象艺术三大类。听觉艺术主要指音乐，视觉艺术主要有绘画和雕塑，想象艺术主要指文学。

二是以艺术形象的存在方式为标准，把艺术分为空间艺术、时间艺术和时空艺术三大类。空间艺术主要有绘画和雕塑，时间艺术主要有文学和音乐等，时空艺术有戏剧、舞蹈、电影电视艺术等。

三是以艺术形象的展示方式为标准，把艺术分为静态艺术、动态艺术两大类。静态艺术主要有绘画、雕塑等，动态艺术主要有文学、音乐、舞蹈和戏剧等。

四是以创作主体与生活的关系为标准，把艺术分为表现艺术和再现艺术两大类。表现艺术主要有音乐、舞蹈和抒情文学等，再现艺术主要有绘画、雕塑、戏剧和叙事文学等。

五是以艺术的社会功能为标准，把艺术分为实用艺术和美的艺术两大类。实用艺术主要有建筑艺术、工艺美术等，美的艺术主要有文学、音乐、绘画、雕塑和舞蹈等。

而最具有普遍性的分类方式，是根据其使用材料和塑造艺术形象手段的不同，把艺术分为造型艺术、表演艺术、语言艺术和综合艺术四大类。

造型艺术是运用一定的物质材料在平面或立体的空间中塑造可视形象的艺术，主要指绘画和雕塑，此外还有摄影艺术、建筑艺术和书法艺术等。绘画用颜料、绢、布、纸等物质材料，以一定的色彩、线条和块面为手段，通过透视、光影、色彩与比例关系等，在平面即二维空间中造成视觉上的空间立体感。雕塑主要使用木、石、泥、金属等物质材料，使用占有一定空间的物质实体的体积语言，塑造可供观看和触摸的艺术形象。不同于绘画的平面造型，雕塑是立体造型，它具有三维空间的实体性，有较强的空间效果和生动逼真的感染力量。

表演艺术是通过表演者的活动来展现一定时间内的动态形象的艺术，主要指音乐和舞蹈。音乐以声音的流动、有组织的乐音构成声音形象来表达人的感情，它的表现手段是按一定规律组织起来的人的声带和器物的音响所构成的旋律、节奏、和声与配器等。音乐形象并不是固定的，而是宽泛而模糊的、不确定的。它要作用于人的听觉，然后让人产生丰富的联想和想象，形成充满情感的审美意象，从中得到美的享受。舞蹈是以经过提炼、组织和艺术加工的人体姿态运动，包括动律、手势、舞姿、造型、表情和身段等来表现情感的艺术。和音乐一样，舞蹈也是运动形象，它需要表演者有意识地把握自己的动作，使之在时间与空间中按一定的节奏延伸，创造出概括化的、动作优美的、具有较强的虚拟性与写意性的艺术形象。

综合艺术是指综合运用各种艺术手段和材料来塑造形象的艺术，它有广义和狭义之分。广义的综合艺术通常指由几种艺术成分综合而成的艺术，如综合了音乐和诗歌成分的歌曲，综合了绘画与雕塑的建筑，综合了造型与表演的时装艺术等。狭义的综合艺术通常指兼用造型、表演与语言艺术等各种艺术手段的戏剧、电影、电视艺术等。这些艺术门类综合了文学、表演、音乐、舞蹈、绘画、建筑、工艺等多种艺术手段塑造艺术形象，是剧作家、导演、演员、舞台美术和作曲等许多艺术家共同合作的产物，具有很强的综合性特点。在高科技迅猛发展的时代，随着电脑和互联网的日益普及，电脑创作的作品和网络多媒体艺术不断出现，这些艺术同样也可以视作综合艺术。如网络多媒体链接小说、超文本诗歌、电脑绘画、电脑作曲、网络电影、网络戏剧等，它们常常要综合运用语言、声音、图片、动画、摄影摄像的图像，以及电脑、网络等现代信息技术手段，共同完成艺术形象的塑造。

最后谈谈语言艺术。语言艺术是指以语言为媒介构成艺术形象的艺术，它专指文学。文学以语言的形式存在，无论是作家的创作还是读者的欣赏，都离不开语言。作家如果未能熟练地掌握语言，就无法创作文学作品；读者如果没有一定的语言基础，也无法进行文学欣赏。所以文学是用语言表情达意的艺术样式，那些著名的文学家往往被称为“语言大师”。

二、语言在文学活动中的地位

如果单纯从上面讲的艺术分类的角度来看，语言对文学的意义主要体现在它的传达作用上。语言是文学塑造艺术形象、传达审美意识所使用的媒介或材料，可以说，“工具性”是语言的基本属性。事实上，长期以来，人们对语言在文学中的地位的认识也主要停留在

“工具论”上。

西方从古希腊开始直到19世纪末20世纪初，基本上是持语言是表达意义的工具的观点的。柏拉图把艺术看作模仿的模仿，对诗人的技艺极力贬低；亚里士多德把悲剧看作人的行动的模仿，语言就是这种模仿所使用的媒介之一；但丁提倡写诗要用俗语，也是从俗语能更有力地表达内容方面考虑的；高尔基明确提出“文学的第一个要素是语言”，但他也同样强调“语言是文学的主要工具”，“语言把我们的一切印象、感情和思想固定下来，它是文学的基本材料。文学就是用语言来表达的造型艺术”。

在中国古典文论中，尽管人们对语言的本体性地位已有所体悟，如《周易•系辞上》指出：“鼓天下之动者存乎辞。”就是说，文辞具有鼓动天地万物运动和变化的神奇力量。西汉扬雄在《法言•问神》中指出：“言，心声也。”初步认识到语言是人的内在心灵的具体存在方式。但从主流上看，中国古典文论由于深受“诗言志”“兴观群怨”和“文以载道”等儒家诗教传统的影响，其文学语言观也是以工具论为主的。古代诗人们在语言表达方面所下的功夫，以及文论家们对诗歌修辞、文体、声律等所作的深入研究，其最终目的也都是为了“宗经”“征圣”“言志”和“载道”，语言只是手段、形式与载体。

针对工具论，西方现代理论家们提出了语言本体论。他们认为，语言之于作家，不是作为载体的传达，而是作为本体的体验。这一观点有其深厚的哲学基础，在维特根斯坦、卡尔普纳、海德格尔、伽达默尔与德里达等现代哲学大师那里，语言是一种活动，一种用抽象概念系统掌握世界的活动，在这个活动中，语言是一种本体。他们的语言本体观主要包含了这样三层意思：第一，语言是主体进入世界的方式，一个人使用什么样的语言，就表明他对世界作怎样的体验。语言不仅是描绘世界的一幅图画，而且是人理解世界的一种意识，当人说出世界是什么的时候，他同时表达了他把世界视为什么。第二，语言是世界向人展示其本质的方式。一种未被语言表述的现象也就是未被意识掌握的现象，而现象一旦被“说出”，它就升华成了一种可普遍传达的意识。第三，语言使主体对世界的理解和世界向主体的呈现成为一个过程。在说出某物时，“我”是按“我”的方式说出的，同时又说出了“某物”，“某物”是“我”理解的“某物”，“我”是理解着“某物”的“我”，“我”与“某物”同一了。因此，语言是主体价值观与客体特性的统一。这种哲学模式对文学中语言的本体地位的认识产生了深远的影响。

我们认为，语言是文学的直接现实。对于语言在文学活动中的地位，可以从如下几个方面去理解：

首先，语言是文学文本的基本存在方式。文学以语言为物质材料显现在人们眼前，一部文学作品，一个文学形象，都只能以语言的形式印在纸张等物质媒介上，然后供人们阅读，离开了语言，文学就无法存在。我国古代文论将文学作品分为“言”（语言）、“象”（形象）、“意”（意蕴）、“道”（本质）四个层面，在这四个层面中，“言”是最基本的，语言产生形象，形象决定意义，意义包含本质。如果没有语言，作品的其他层面就无法存在，它们都必须负载在语言之上。任何文学文本，无论是诗、小说还是散文，总是以具体的语言符号系统而存在的。例如，直接构成《哈姆雷特》的就不是它的意义，而是它的语言符号系统。

其次，语言是文学文本创造意义的场所。从文学文本中语言与意义的关系来看，过去的文学理论也讲二者的统一，但那只是以意义为基础而以语言为外壳的统一，表现出先有意义后有语言、重意义而轻语言的偏颇。而现代文艺理论越来越清楚地认识到，语言与意义是不可分离的。一方面，语言是意义的生长地，语言使意义得以生成，没有语言便没有意义；而另一方面，意义的生长始终通过语言，如果离开了语言，意义便失去了存在的可能。这正像英国学者伊格尔顿所描述的那样：

从索绪尔和维特根斯坦直到当代文学理论，20 世纪的“语言学革命”的特征在于承认，意义不仅是某种以语言“表达”或“反映”的东西；意义其实是被语言创造出来的。我们并不是先有意义或经验，然后再着手为之穿上语词；我们能够拥有意义和经验仅仅是因为我们拥有一种语言以容纳经验。而且，这就意味着，我们的作为个人的经验归根结底是社会的。因为根本不可能有私人语言这种东西，想象一种语言就是想象一种完整的社会生活。

也就是说，在文学创作中，并不是作家头脑里先有了意义，然后用语言使之物态化，而是文学的意义本身就由语言构成，就是在语言中构成的。如果离开了语言，就根本不可能有意义，也更不可能有文学。

中国作家汪曾祺先生也曾经指出：

语言不只是一种形式、一种手段，应该提到内容的高度来认识……语言不是外部的东西。它是和内容(思想)同时存在、不可剥离的。语言不能像橘子皮一样，可以剥下来、扔掉。世界上没有语言的思想，也没有思想的语言。往往有这样的说法：这篇小说写得不错，就是语言差一点。我认为，这种说法是不能成立的。我们不能说这首曲子不错，就是旋律和节奏差了一点；这张画画得不错，就是色彩和线条差了一点。我们也不能说，这篇小说不错，就是语言差了一点。语言是小说的本体，不是附加的、可有可无的。从这个意义上说，写小说就是写语言。小说使读者受到感染，小说的魅力之所在，首先是小说的语言。小说的语言是浸透了内容的，浸透了作者的思想的。我们有时看一篇小说，看了三行就看不下去了，因为语言太粗糙。语言的粗糙就是内容的粗糙。

汪曾祺先生在这里强调了语言与内容同等重要的地位，语言与内容（思想）同时存在，相互共生而不可分离，并且更进一步提出“写小说就是写语言”的口号，主张语言是小说(文学)的本体。确实，在文学文本中，语言通过再现现实而创造和生成意义，使意义在自己的怀抱中生长。语言不仅是意义的表达工具，更是创造意义的场所。

最后，语言是构成文学文本美的首要因素。前面我们已经谈到文学的审美特性，我们知道，文学与其他所有的艺术一样，都具有审美性，都是美的精神产品。也正像旋律与节奏构成音乐美的首要因素，色彩与线条构成绘画美的首要因素一样，语言也是构成文学美的首要因素。萨丕尔指出：

每一种语言本身都是一种集体的表达艺术。其中隐藏着一些审美因素——语音的、节奏的、象征的、形态的——是不能和任何别的语言全部共有的……艺术家必须利用自己本土语言的美的资源。

语言是文学文本的美得以形成的原材料或资源，通过作家对语言这一“美的资源”的悉心开发和铸造，语言本身就会在意义表达中显示出它的独特的“美”来。例如，汉语的四声以及由此形成的平仄和节奏等，就是汉语文学美的一个重要资源及其有机构成部分。汪曾祺也指出：“声音美是语言美的很重要的因素。一个有文学修养的人，对文字训练有素的人，是会直接从字上‘看’出它的声音的。中国语言因为有‘调’，即‘四声’，所以特别富于音乐性。汉语独特的音乐美是构成汉语文学美的重要方面，尤其是当这种声音特色被成功地用来表达意义从而体现“声音之道”时。比如韩愈《听颖师弹琴歌》的开头四句：“昵昵儿女语，恩怨相尔汝。划然变轩昂，猛士赴敌场。”朱光潜在其《诗论》中对这四句诗声音组合上的特点有相当精辟的分析，他认为，这里的“昵昵”“儿”以及“女”“语”“尔汝”等，或双声，或叠韵，或双声而兼叠韵，读起来非常和谐。头两句除“相”字外，没有一字是开口呼的音，各字音都圆滑轻柔，恰能传出儿女私语的情致。后两句声韵突转，“划”字音来得斩截，韵脚也由上两句的闭口上声韵转到开口阳平声，传达出“猛士赴敌场”的豪情。可见，语言美是文学美的重要组成部分。

三、文学的语符性特征

文学是语言艺术，语言在文学活动中具有非常重要的地位。作为用语言符号塑造艺术形象、显现主体审美意识的艺术，与其他艺术相比较，文学具有其自身的特殊性。

第一，文学形象具有间接性。

所有的艺术都要塑造艺术形象，但在造型艺术、表演艺术与综合艺术中，艺术形象往往直接作用于人的感觉器官，因此具有直接性。而文学作品的艺术形象是以语言为中介的，其形象不能直接作用于人的感官，因此具有间接性。语言是一种人为的符号，是人的心灵的产物，语词与其所指称的事物之间并没有直接的必然的联系，这种指称关系只是约定俗成的，甚至是武断的。比如“人”这个词，英文用“man”来表示，但无论是“人”还是“man”，都只是一个概念，一个人造的符号，与客观存在的人之间并没有直接的联系。从“人”这个语词到真实存在的人之间，必须经过心灵的中介，有一个转化的过程。在文学活动中，作者构思中的形象，必须转化为语言，才能表达出来；读者接受文学形象也必须先阅读这些文字符号，在此基础上经过想象和联想，才能浮现出文本所包含的形象。因此，所谓艺术形象的间接性，就是指文学所塑造的艺术形象不直接诉诸感官，而是要经由想象和联想予以间接的表现、体味和把握。

如果说所有的艺术形象都是人类情感的符号，那么，作为语言艺术的文学，其形象则是符号的符号。譬如苏轼在《念奴娇·赤壁怀古》中描绘了这样一幅艺术画面：“大江东去，浪淘尽，千古风流人物。故垒西边，人道是，三国周郎赤壁。乱石穿空，惊涛拍岸，卷起千堆雪……”这种艺术形象，如果用绘画表现出来，一定会是非常直观的，接受者可以用视觉直接感知。而作为诗歌形象，尽管也是非常生动的，但是，由于它是用语言符号表现出来的，所以必须在读者认识这些文字符号的前提下，把这些符号在大脑中“翻译”成画面，然后才能浮现出具有立体感的生动的艺术形象。要对文学形象进行感受和重建，接受者必须具备三个基本条件：一是一定的生活阅历与审美经验。形象是感性的生活，包含着丰富的生活内容。如果阅历太浅，就不能与形象中包含的生活内容形成起码的沟通。儿童不喜欢看供成人阅读的作品，就是因为他缺乏相应的生活阅历，无法在阅读中与文学描写的生活内容达到沟通，因而无法感知形象。二是一定的文化基础，特别是语言基础。文学形象最外层的结构是语音文字，要感知文学形象，首先就必须懂得语音文字。《红楼梦》是一部伟大的文学名著，倘若让刘姥姥这样的读者去欣赏，就无异于痴人说梦，因为刘姥姥不识字。同样，如果读者不懂英文，也就无法欣赏用英文写成的文学作品。但是，文学形象的间接性同时也带来了其他艺术形式所不可替代的特殊的艺术魅力。

艺术形象的间接性可以带来文学欣赏时巨大的想象张力，给读者以更为丰富的想象空间。如前所述，由于语言符号本身不具有具象性，以语言符号塑造的文学形象是在读者的复现与再创造中最后完成的，因此它能更为充分地发挥读者的想象。如欣赏绘画与雕塑作品时，尽管在欣赏中也会激发想象，但这种想象总是面对具体的实体形态而展开的。面对达•芬奇绘画中蒙娜丽莎的微笑，我们会产生丰富的想象和联想，感受其微笑的神秘莫测和意味深长，但蒙娜丽莎的身体姿态、面部表情是固定的，并不需要我们用想象去“复现”。而文学形象则不同，尽管优秀的作家可以运用富于表现力与造型性的语言，塑造出具体可感的艺术形象，使之栩栩如生，跃然纸上。如高尔基盛赞的托尔斯泰那样用“造型技巧、浮雕般的描写”，“把对象写得几乎可以用肉体感触到”，使人“真想用手指去碰碰它”，但它们仍然必须经历语言理解、经验还原、意象组合和形象复现的过程，这个过程会为读者的再创造提供更丰富的想象空间，从而造成其传达效应的丰富性与多样性。如托尔斯泰在《复活》中描写玛丝洛娃的脸色“叫人联想到地窖里储藏着的番薯所发的芽”，契诃夫描写小官吏的“果子冻似的下巴”活像人的脚后跟，这些描写就能够激发读者的想象，使读者产生更为丰富的联想。并且，文学形象的这种间接性还使读者在自己的想象中消除了视觉艺术或听觉艺术所形成的时间或空间上的距离感，变得感同身受而更为真切。

第二，文学具有反映生活的灵活性和广阔性。

因为文学不是直观地塑造艺术形象，而是通过语言的中介诉诸读者的想象和再创造，所以，比起其他艺术来，文学在反映社会生活时几乎不受时间和空间的限制，拥有反映生活的广阔性和灵活性。关于文学与其他艺术的差异性，早在 18 世纪，莱辛在讨论诗和画的区别时就提到，造型艺术只能表现最小限度的时间，即某个瞬间，而语言艺术却可以表现动态的事物。钱锺书先生进一步补充说，即使在空间形象的表现上，文学也有让绘画望尘莫及的地方，如王维的《陇头吟》：“长安少年游侠客，夜上戍楼看太白。陇头明月迥临关，陇上行人夜吹笛。关西老将不胜愁，驻马听之泪双流。身经大小百余战，麾下偏裨万户侯。苏武才为典属国，节旄落尽海西头。”该诗写出了“少年楼上看星，与老将马背听笛，人异地而事同时，相形以成对照，皆在凉辉普照之下，犹‘月儿弯弯照九州，几家欢乐几家愁’。”体现了语言艺术可以“把同一时间而不同空间里的景物联系配对，互相映衬”，表现空间分合错综的关系而绘画却无法表现这种空间关系。如果进一步比较，我们可以发现，在各种艺术门类中，音乐能表现声音，但不能表现色彩；能表现时间的流动，但不能表现空间的跨度。绘画能表现色彩，但不能表现声音；能表现空间感，但只能表现静态的空间。它们往往要受到所使用的物质材料的限制。舞蹈和戏剧等艺术门类能在一定程度上跨越时空的限制，但它们离不开表演艺术家的临场表演，要受到表演本身的诸多限制，时间和空间的表现都得不到真正的自由。而文学既可以绘声绘形，又可以铺彩设色，还可以超越时空的限制，在反映生活上体现出极大的自由度和灵活性。在表现色彩方面，如“西塞山前白鹭飞，桃花流水鳜鱼肥。青箬笠，绿蓑衣，斜风细雨不须归”。短短几句诗，描绘了一幅色彩丰富、层次分明的瑰丽图景，包含有白色、红色、青色与绿色等多种颜色，组成自上而下、由远而近的空间层面。在表现声音方面，如“车辚辚、马萧萧”“大弦嘈嘈”“小弦切切”等，把事物的声音模拟得惟妙惟肖，使人如闻其声、如临其境。文学还可以运用各种形象化的修辞手法乃至语言的韵律来表现声音的美，如鲁彦《听潮》中的一段：

海在我们脚下沉吟着，诗人一般。那声音仿佛是朦胧的月光和玫瑰的晨雾那样温柔，又像是情人的蜜语那样芳醇，低低地，轻轻地，又像微风拂过琴弦，像落花飘零在水上。

这里用了一连串的比喻、通感、拟人等手法，把海潮的低吟声描写得声情并茂、优美动人。文学作为语言艺术，在时空表现上的灵活性还使其反映的生活面可以达到相当广阔的程度。文学在时间上既可以表现事物的静态和瞬间，又可以在时间的流动中描写事物，还可以跨越漫长的历史长河，描写几代人的生活。在空间上，它既可以展示宏观的历史画面，又可以显现微观的生活现象，还可以在空间的转换中表现对象。无论现实还是历史，不管是天上人间，还是地府仙境，都可以在文学中得到表现。特别是叙事性文学作品，常常可以从人物的行动中，从时间的推移和环境的变化中，细致地再现社会生活持续不断的演变和发展，运用多种方式来展示广阔而复杂的社会生活，再现一定时期的社会风貌和历史发展趋势。如《战争与和平》《静静的顿河》《百年孤独》《红楼梦》《三国演义》《白鹿原》《尘埃落定》这样的长篇小说，所反映的生活容量和幅度都很大，在时空转换上体现了极大的灵活性和自由度。《百年孤独》描写了一个家族 7 代人的创业、兴盛和衰亡史；《三国演义》展示了整个三国时期 90 余年广阔的社会生活；《红楼梦》塑造的有名有姓的人物就有 700 多个，其所反映的生活内容无比丰富，被誉为中国封建社会的百科全书。文学在反映生活上的这种灵活性和广阔性是其他任何一种艺术形式都无法比拟的。

第三，文学具有表达思想情感的细腻深刻性。

语言是传达思想感情的物质外壳，拥有直接传情达意的机缘，能够明确而深刻地表达思想。这一点也是文学作为语言艺术的一个突出特点，是其他艺术所不能企及的。音乐可以用节奏与韵律表达思想情感，譬如可以用凄切而低沉的调子表现苦难，用明快而高亢的调子表现愉悦等。绘画也可以用色彩与构图表达思想情感，塑造可视的艺术形象，让人从其艺术形象中受到情感的震撼与思想的启迪。如米勒的名画《拾穗者》，用阴沉的色调描绘了三位在已收割了稻子的贫瘠的庄稼地里躬身拾穗的妇女形象，表现了人民生活的贫苦与艰辛。当时的《费加罗报》就有这样的评论："在这三个拾穗者背后的地平线上，隐现出造反派的长矛和1793年的断头台。"但这些艺术在表现思想的明确性与深刻性上却远逊于语言艺术。

因为语言艺术既可以运用语言构造灵魂的肖像，营构寄寓思想的符号体系，又可以对描写的内容进行分析评论（当然文学讲究思想表达的隐晦）。杜甫的"朱门酒肉臭，路有冻死骨"，就直接揭示了当时社会的黑暗与不平等。鲁迅的《狂人日记》通过对狂人受害心理的剖析，鲜明地揭示了封建社会的"吃人"本质，并直接发出了"救救孩子"的呼声。《故乡》则在塑造闰土形象，展示闰土由活泼可爱转变为木讷、麻木、贫困的命运遭际以后，进一步说明"兵、匪、官、绅"是造成闰土不幸命运的社会原因。作品结尾处，作者以叙述人的身份发表感慨："我想：希望是本无所谓有，无所谓无的。这正如地上的路；其实地上本没有路，走的人多了，也便成了路。"这就使作品具有了相当深刻的思想性。可见，文学对人类思想的表现既可以保持感性的生动和细腻，又可以直接发挥语言作为概念的功能，表现理性化的思想。尽管后一种方式只能作为形象表现的补充极为有限地使用，但也极大地丰富了文学对思想感情的表现力，使文学成为一种思想性最强、理性色彩最浓的艺术。

另外，在对人类思想感情的表现方面，文学尤其在表现人物内心世界上具有很强的优越性。其他艺术也可以表现人物的内心世界，如贝多芬的《热情奏鸣曲》、施特劳斯的《小夜曲》、柯勒惠支的绘画《磨镰刀》、西班牙画家达利的名画《内战的预感》，等等，也都表现了人物的内心世界。但它们对人物内心世界的表现是有限的。由于受所使用材料和艺术手段的限制，音乐只能靠音响、旋律、节奏来抒发内心的感情，绘画只能用人物的外部特征，如服饰、外貌、瞬间定型的动作、表情等来表现人物的心理。罗丹的雕塑作品《思想者》表现的是主人公内心的痛苦、沉思和所蕴含的巨大力量，但在表现方式上却只能通过一个手撑着头、眼睛凝视着前方的强壮有力的男子蹲着的造型来暗示，至于这个男子想的是什么，甚至他是否在想，雕塑本身则无法直接展现出来。语言艺术则不同，它可以直接作用于人的心灵，用触及灵魂的笔触直达人的内心世界。它适于发掘、描写人各种各样的极其丰富多彩、复杂微妙的内心活动，引导读者走进人物的心灵，把握那隐秘的意识和潜意识流程。文学表现人的内心世界的方法多种多样。例如，可以通过环境、景物来衬托人物心理；可以通过人物的言行和外在神态表现其内心世界；可以用梦境、幻觉来表现人物的主观愿望和潜在意识；可以通过意识流等手法，让读者直接看到人物意识流动的过程；还可以直接通过内心独白，揭示人物复杂矛盾的心理状态。如《红楼梦》第三十二回写贾宝玉和史湘云在谈"经济"一事，贾宝玉说："林姑娘从来说过这些混账话不曾？若他也说过这些混账话，我早和他生分了！"这些话正好被墙外的林黛玉听到了，作品这样描写林黛玉的心理活动：

黛玉听了这话，不觉又喜又惊，又悲又叹。所喜者，果然自己眼力不错，素日认他是个知己，果然是个知己。所惊者，他在人前一片私心称扬于我，其亲热厚密，竟不避嫌疑。所叹者，你既为我之知己，自然我亦可为你之知己矣；既你我为知己，又何必有金玉之论哉；既有金玉之论，也该你我有之，又何必来一宝钗哉！所悲者，父母早逝，虽有铭心刻骨之言，无人为我主张。况近日每觉神思恍惚，病已渐成，医者更云气弱血亏，恐致劳怯之症。你我虽为知己，但恐自不能久待；你纵为我知己，奈我薄命何！

黛玉听到宝玉在人前对自己的夸奖后，心情无比激动，作者细腻地描写了她此时“又惊又喜，又悲又叹”的复杂内心世界，以及其惊、喜、悲、叹的原因，让读者得以走进人物的心灵，与之产生强烈的共鸣。直接表现人物的心理活动，把人的内心世界描写得细腻入微，这样的心理描写正是语言艺术的长处，其他艺术很难达到这样的效果。

总之，文学作为语言的艺术，由于能够更为巧妙地塑造艺术形象，更为灵活自如地反映社会生活，更为深刻地表现人的思想感情和审美意识，因而成为一种非常重要的艺术样式。当然，各类艺术的特点也不是绝对的，更不是互相对立、互相排斥的。它们既有相互区别的一面，也有相互吸收的一面。比如文学在保持自己的特点的同时，也大量吸收、借鉴了绘画的视觉性、音乐的节奏感、电影的蒙太奇手法等。只是这种吸收与借鉴不是为了淡化文学自己的特点，而是为了更好地丰富与发展文学自己的表现手法和表现内容。

第三章 文学作品分类

在漫长的文学发展过程中，文学作品逐渐形成了各种不同的样式，如神话、史诗、抒情诗、叙事诗、短篇小说、长篇小说、悲剧、喜剧、电影文学、电视文学以及散文等。充分认识它们的特点，对文学创作、文学欣赏、文学批评乃至文学教学，都极为重要。

第一节 文学体裁的划分和意义

一、文学体裁的划分

文学体裁指文学作品的具体样式，即作品外在表现形态上呈现出来的特点。每一种文学体裁都有一套惯例性的规则，它是观察和表现人生的特定方面所采用的方式。任何文学作品都从属于一定的文学体裁，只有借助于特定文体，它才能定型化，才能呈现在人们面前。

文学体裁的分类，因标准不同而有各种划分方法。我国古代按作品语言是否讲究声韵，将文学分为韵文和散文两大类，这就是“二分法”。韵文如诗、赋、词、曲，散文如诸子散文等。西方从古希腊的亚里士多德到19世纪俄国的别林斯基，都从作品艺术形象的构成方式和特点出发，将文学体裁分为三大类，即抒情类、叙事类和戏剧类。抒情类以直接抒发作者感情和情绪的方式塑造艺术形象，包括抒情诗、抒情散文等；叙事类以描写生活事件、刻画人物性格来塑造艺术形象，包括小说、报告文学等；戏剧类通过人物的语言和行动来塑造形象，包括话剧、歌剧等。“三分法”的分类标准较为统一，而且从文学形象的塑造方式出发，把握住了文学的形象性特点，较为科学。在“二分法”和“三分法”的基础上，出现了“四分法”和“五分法”。“四分法”将文学分为小说、诗歌、戏剧文学和散文，它兼顾到文学作品在形象塑造、体制结构、语言运用和表现方法等方面的特点，定名具体，类属单一，符合我国的文学传统，故成为流行的体裁分类法。“五分法”则在“四分法”的基础上增加影视文学。“四分法”和“五分法”力求具体，但由于它们的分类标准兼顾过多，难以真正廓清各种体裁的内涵，使得某些带有交叉性的作品难以归类。如散文诗到底是散文还是诗歌，在“四分法”和“五分法”中就是一个麻烦的问题。

“三分法”从文学形象的构成方式和特点出发来进行分类，形象性是文学区别于其他人文科学的根本所在，为此，我们赞成“三分法”。但传统的“三分法”不包括现代盛行的影视文学，考虑到影视对当代生活的巨大影响，我们将影视文学单独作为一种体裁。这并不违背“三分法”的原则，一来影视文学的形象塑造有其独特的方式，二来在“三分法”盛行的时代，影视文学在社会生活中还没有出现，而如今影视文学已经蔚为大观，将它单独列为一类，正体现出文学体裁的发展性特点。这样，本书对体裁的划分，也是一种“四分法”。只是这种“四分法”和以前流行的“四分法”不同，它将文学分为这样四大类：叙事文学、抒情文学、戏剧文学和影视文学。

二、文学体裁的意义

体裁是作品的具体样式，体裁的划分使作品符合外在表现形态上的某种要求，也就是说，体裁对作品有制约作用。同时，作者在创作时，或多或少要考虑到体裁的要求。面对不同的体裁，读者欣赏时也会采取不同的态度。这样，从创作、作品到欣赏，体裁都具有一定的意义。

首先，体裁对作家创作有一定的规范作用。任何作品，都属于众多体裁中的一种。作家创作之前，一般先要进行体裁选择，对采取何种方式进行写作做到心中有数。既然如此，作家在选择体裁来表现自己思想的时候就要“恰当”。这种“恰当”主要体现在两个方面。一方面，符合写作对象的需要。同一写作对象通过不同的体裁来加以表现，表达效果会有差异。比如，一刹那间的感受，用诗词的形式来表现和用戏剧中人物的语言来表现，效果肯定大不一样。所以，对某一对象，作家应该竭力选择最能表现这一对象的体裁来进行创作。另一方面，适应创作主体的个性。不同的主体有不同的个性、思维习惯和心理文化素质，这决定了不同主体在体裁上的擅长必然有所不同。一个多愁善感的人可能宜于写诗歌，一个观察敏锐的人可能适宜写小说。作者在创作前应了解各种体裁的内在规定性，并根据自身的情况选择最适合自己的体裁。如果违背自身情况，很可能会事倍功半，甚至根本不会成功。艾略特是个才华横溢的诗人，但当他离开了诗这种最适宜他的体裁而采用剧本来创作时，他写下的东西便显得非常平庸。

其次，体裁对作品形式有一定的制约作用。作品总是通过一定的话语、借助一定的语言形式表现出来，而各种体裁在话语方式和语言形式上都有自己的特点。诗歌必须分行排列，形成相对整齐的语言形式，对炼字的要求较高。因此，诗歌需要精雕细刻，讲究言简意丰。而小说一般篇幅较长，而且小说的语言极为平易和生活化，与诗歌那种凝练含蓄的语言差别很大。就作品中的形象状态而言，不同体裁的形象差异比较大。诗歌侧重于抒发作者的主观情感，侧重于对景物的感触，因此诗歌在形象的塑造上强调情与景的有机交融，强调意境的创造。小说则通过众多的生活场景和复杂的情节，将生活中的人物刻画得活灵活现。小说的主要任务就是塑造各种各样的人物形象。在作品的结构上，不同体裁也显示出不同的特点。诗歌的结构特点是跳跃性。由于诗歌的语言比较凝练，不可能连续地写景状物、刻画人物，只能用简短的语言来包含较多的内容，这样，跳跃就显得非常必要。较之诗歌的跳跃，小说的结构则连贯得多、完整得多。正是由于不同体裁在语言、形象、结构等方面存在着差异，所以选择体裁在一定程度上意味着选择作品的语言、形象、结构。

最后，体裁对审美欣赏有一定的预示作用。由于不同体裁在语言、形象、结构等方面存在差异，作家创作时的侧重点也有差异，这影响到读者对不同体裁的欣赏。如果告诉读者，摆在他们面前的将是一首诗歌，读者即使还没有看到这首诗歌，但由于知道诗歌语言是凝练的，因此会自觉地提醒自己要注意这首诗歌的韵律、用词特点；由于知道诗歌主要是抒发情感，因此也会提醒自己在阅读时要把握这首诗歌的情感表现。如果读者知道他将要看到的是一篇小说，他会告诉自己要有耐心，要耐心地看完这篇小说。看的过程中，要注意小说讲的是什么故事，故事是如何形成、发展和结束的，故事中有哪些人物，人物形象是否鲜明，人物之间的关系怎样，人物和故事之间结合得好不好，这样的故事和人物反映了作者什么样的观点，等等。

正因为体裁对创作、作品、欣赏都具有一定的指导和规范意义，所以深入了解各种体裁的构成和具体特点就显得非常必要。

第二节　叙事文学

叙事文学是相对于抒情文学来说的，前者以叙述故事为主，后者以表达情感为主。需要指出的是，叙事中可以有抒情，抒情中也可以有叙事，我们区分叙事和抒情，主要是看作品中以何者为主。

一、叙事文学的界定和种类

（一）叙事文学的界定

所谓“叙事”，就是通过话语来讲故事。它包含两个层面的内容，一个是故事层面，它主要讨论故事是怎样的，包括故事中的人物、情节、环境等问题；另一个是话语层面，它主要讨论故事是如何被叙述出来的。

叙事理论很早就有了。西方自柏拉图起，就对叙事进行了讨论。柏拉图在《理想国》中将诗歌分成模仿和单纯叙事两种不同的方式。模仿是诗人模仿别人的口吻来说话，单纯叙事是诗人“以自己的名义讲话，而不试图要我们相信是另一个人在讲话”。柏拉图区分二者，本意是谴责诗人进行模仿，认为诗人的模仿将削弱城邦的意志，因而主张将诗人赶出他的“理想国”。亚里士多德在《诗学》中认为一切诗歌（包括史诗、悲剧、喜剧、酒神颂等）都是模仿，模仿既可以叫“人物出场”，也可以“用自己的口吻来叙述”，将叙事理论归于“模仿”。在我国古代，叙事首先主要是史传叙事，《左传》《史记》《汉书》等都可以视为叙事的范本，文学叙事受史传叙事的影响较大。但由于诗歌在中国古代文学中的统治地位，直到明清之际的金圣叹才开始对叙事理论进行归纳。

叙事学作为一门学问，是近 50 年来的事情。1966 年，法国巴黎《交际》杂志出版了叙事学专号，标志着叙事学的正式诞生。叙事学以叙事文学为主要研究对象。

叙事文学是文学的一种，其特色在于用文学话语叙述虚构的社会生活事件的过程。但现代叙事学和传统小说理论不同，传统的小说理论主要注重的是故事层面的内容，关注的是所叙之“事”，是每个具体作品中的人物、情节、环境等内容要素；叙事学虽然不绝对排斥内容要素，但它主要关注话语层面的内容，关注的是故事的“叙述”，关注故事的叙述视角、叙述方式、叙述时空等形式层面的问题。从这些形式层面的问题出发，叙事学研究不再局限于某个具体的作品，而是关注不同作品所共同具有的某些形式特征，如全知视角和客观视角、讲述和展示、倒叙和预述等许多作品共同具有的形式特点。

文学叙事的基本特征可包括两个方面：

一方面是叙述的事件。叙事显示出来的是某一生活事件的过程，通过这一过程，可以看出人的活动及结果。叙事作品就是通过对某个事件的形成、发展过程和人物之间的相互关系的把握，来反映人的某种思想观念。既然是形成、发展过程，既然是相互关系，叙事的重心就不在于静止的人或物，而在于动态的事件及人物性格的发展。通过动态事件和人物性格的发展，反映出一定的社会观念和社会意义。

另一方面是事件的叙述。事件要通过话语的虚构来加以表现，叙事研究的重心就在话语的虚构上。文学叙事是一种特殊的话语系统，同一般的话语有一个重要区别，即所指对象不同。一般话语的所指对象处于话语之外的现实世界，如我们平常说到“大海”，脑海中就会浮现出现实中大海汹涌澎湃的画面。文学话语则具有独立自主性，话语所指的对象只存在于话语之中，只要文本中的话语合乎逻辑就行了，至于话语所指的对象是真是假，则不重要。因为虚构本来就是文学的一个重要特征。但到底如何虚构，如何运用话语，又是一个重要的问题。同样一个故事，用不同的话语来表现，效果往往不一样。比如彭伯城的《京娘怨》、罗贯中的《宋太祖龙虎风云会》和冯梦龙的《赵太祖千里送京娘》，叙述的故事大致相同，但呈现出来的效果却有很大差别。

（二）叙事文学的种类

叙事文学的种类包括史诗类、小说类、报告文学类、传记文学类和叙事散文类。西方文学史上最古老的叙事体裁是史诗，其基本特点是用分行的形式对历史或传说的故事进行宏大叙事。如《伊利亚特》《奥德赛》，千古流传，成为叙事文学的典范。小说可以说是叙事文学的重心（下文的分析将以小说为主），其历史悠久，但成熟较晚，其基本特点是“用一定篇幅的散文写的一种虚构作品”，其着眼点在“虚构”上，如《战争与和平》《红楼梦》等。报告文学是运用文学的手法及时地报道社会生活中具有典型意义的人物和事件，如《哥德巴赫猜想》《西行漫记》等。传记文学是以文学的笔法写人物传记，与一般的人物传记相比，它不再只是忠实的记录，而是具有相当的文学色彩和文学价值；与历史小说相比，它又有严格的历史真实性要求。传记文学既可以为他人立传，也可以为自己立传，如《史记》《忏悔录》等。叙事散文则较为自由灵活，用散文的形式来叙事，如鲁迅《朝花夕拾》中的散文。

任何叙事都是由一定的叙事主体来完成的，离开了叙事主体，叙事也就不存在了。叙事主体和叙事的基本特征，构成了叙事学研究的三个方面：第一个方面是叙事主体，即故事是被谁叙述出来的，故事的叙述者是谁，叙述者的态度如何；叙述者背后的隐含作者又是如何操纵故事的叙述、如何表现自己的观点的，等等。第二个方面是叙述内容，即被讲述的故事，包括事件、人物、场景等，这是传统叙事最关心的问题。第三个方面是叙事话语，即叙事作品中使故事得以呈现的陈述语句本身。叙事话语着眼于故事的“叙述”上，叙事不仅向读者告知一些生活事件，还向读者表明如何告知这些生活事件。下面就从这三个方面来展开论述。

二、叙事主体

（一）叙事主体的复杂性

叙事主体不等于作者，而是指作品中的叙述者和作品中的隐含作者。一般来说，作品是作者写作的产物。但在叙事学研究中，“作者”指实际生活中写作品的那个真人，他与作品并没有必然的关系。与作品联系密切的是“隐含作者”，即隐含在作品中的作者形象。同时，叙事学注重事件的叙述方法，事件的叙述离不开叙述者，叙述者与隐含作者不一样。

布斯将叙事主体区分为“隐含作者”和“叙述者”，揭示了叙事主体的复杂性。这种复杂性，是现代小说的特点。在传统小说中，情况没这么复杂。传统小说信奉的一个原则是作者权威（其实是叙述者权威，但由于叙事主体没有分化，便没有区分作者和叙述者的必要）。在传统小说向现代小说的转变中，叙事主体发生了变化。这种变化，使小说呈现出不同的面貌。在传统小说中，人物的声音从属于叙述者和隐含作者的声音，叙述者权威决定了叙述者与隐含作者的基本倾向一致。这样，小说中只有一个声音，小说是一种“独白”式叙述。在现代小说中，叙事主体分化，人物的声音与叙述者、隐含作者的声音可能不一致，小说由此出现“复调”或“众声喧哗”的现象，成为“复调”式叙述。

（二）叙事介入

所谓“叙事介入”，是指叙述者以直接或间接的方式，在叙述中发出自己的声音，表达自己的情感态度和理性思考。叙事学注重叙述话语，叙述话语离不开叙述者，叙述者由此显得异常重要。不论叙述者用什么口气和态度来叙述，他或多或少都要介入叙事，使叙事中呈现出叙述者的声音。以叙述者声音的显隐为尺度，介入可分为公开介入和隐性介入。公开介入指叙述者对故事、人物或叙述直接发表评论，篇幅一般比较长。它既可以是小说中楔子的说明，也可以是小说结尾的“卒章显志”，还可以是小说中叙述者的感想。隐性介入更为常见，也更为重要。隐性介入的叙述者不直接出面，其声音隐含在叙事中。小说中可以没有公开介入，却不能没有隐性介入。隐性介入可通过多种方式来实现，如半隐半显式介入、通过人物来介入、通过象征来介入、通过特定的语调来介入、通过场面的描绘来介入，等等。

（三）叙述可靠性

叙事主体分化后，隐含作者和叙述者便可以有各自的声音，对读者而言，这就出现了一个问题，即叙述可靠性。叙述可靠性主要指叙述者的可靠性。当叙述者与隐含作者一致时，叙述者是可靠的；反之，则是不可靠的。换言之，所谓“叙述可靠性”，是指叙述者叙事介入所体现的精神价值与隐含作者的精神价值的一致性问题。如果二者相一致，便是可靠叙述；如果不一致，便是不可靠叙述。

可靠叙述，指叙述者的声音与隐含作者的声音一致。叙述者要想使自己的叙述可靠，可以用道德判断控制全部叙述来加以实现。叙述由道德判断加以控制，容易使人物带上太多的道德色彩，成为时代精神的传声筒，从而使人物脸谱化。人物脸谱化使叙述者对人物的理解符合隐含作者的理解，叙述因而可靠。人物脸谱化的方法之一，是让人物的名字带上叙述者的评论。《水浒传》中人物的绰号有时便带上了叙述者的评论，如“及时雨宋江”等。到晚清小说，出现了以叙述者评论的谐音给人物取名的情况，如《官场现形记》中的陶子尧，在小说中不负责任地逃之夭夭；刁迈彭，在后文果然出卖朋友。人物的名字与其行为一致，使叙述显得可靠。

可靠叙述的情况比较简单。不可靠叙述则复杂得多，它可以通过多种方法来实现。

其一，使叙述者成为人物。一方面，由于人物在事件中的位置会使自己的视野受到限制，从而造成自己的叙述不可靠。另一方面，更为重要的是，人物在感情的支配下，会以“有色眼光”来叙事，叙事带上浓重的感情色彩，很难公正。帕特里克·哈南在《鲁迅小说的技巧》中指出：“在《伤逝》中，那个叙述者尽管满心悔恨，却并没有在道德和感情上公平地对待被他抛弃的子君”，他“并没有特别说谎，但却都没有充分地反映事实，也没有真正凭良心说话”。他的叙述并不可靠。

其二，叙述者的“价值体系有问题”。这主要是指叙述者的价值体系与隐含作者的价值体系有所差异。“叙述者的道德价值观如果和作品的隐含作者的道德价值观不吻合，就可以被认为是值得怀疑的。”可以说，道德差异是造成不可靠叙述的主要原因之一，因为对小说的评价主要是道德评价。如果叙述者在道德上与社会认可的一般标准（这代表着隐含作者的道德观）相差太远，叙述便是不可靠的。余华《现实一种》的叙述者以欣赏的态度写血淋淋的死亡场面和解剖场面，与一般的道德要求相去甚远，这种叙述只能是不可靠叙述。

其三，叙述不可靠也可直接从叙述者的声音中看出，而不需要与隐含作者进行比较。这就是反讽。反讽时，叙述者非常清楚自己在说反话，按照布鲁克斯的说法，即“所言非所指”。如《红楼梦》第二十九回，叙述者对贾宝玉的某些评价便可视为反讽。反讽叙述的不可靠虽然不需要与隐含作者比较就可得知，但究其根底，其仍由叙述者与隐含作者之间的差异造成。反讽叙述者的真实意图与隐含作者的价值取向基本重合，反讽的表面叙述与叙述者的真实意图相反，其实就是与隐含作者的价值取向相反，从而造成不可靠叙述。

叙述不可靠可归结为一点，就是叙述者与隐含作者之间存在差距。这种差距，在作品中可由各种因素来表明，里蒙•凯南总结了这些因素："当事实和叙述者的观点相矛盾时，叙述者的观点就被判定是不可靠的；当行动的结果证明叙述者错了的时候，叙述者对以前事件的报道的可靠性就会重新遭到怀疑；当其他人物的观点和叙述者的观点总是冲突时，读者头脑中就会产生怀疑；当叙述者使用的语言含有内在的矛盾、模棱两可的形象和类似现象时，这种现象就会产生一种反作用，破坏了这种语言的使用者的可靠性。"

三、叙述内容

叙事就是讲故事，叙述的内容也就是故事。故事的两个重要因素是人物和情节，人物和情节也是传统小说理论所关心的问题。不过在叙事学研究中，对人物和情节的研究与传统小说理论对人物和情节的研究有所不同。

（一）人物

传统小说理论中的人物观是一种"心理性"人物观，叙事学研究中的人物观是一种"功能性"人物观。前者认为作品中的人物是具有心理可信性的"人"，强调人物的性格特征；后者认为人物是从属于情节的"行动者"，强调人物在情节中的功能。

"心理性"人物观以福斯特为代表。在他看来，"一部小说是一件艺术品，有它自身的规律……小说中的一个人物按照那样的规律生活时便是真实的"。这句话有两层含义。其一，人物符合规律才是真实的，才是值得相信的。显然，这是将人物的可信性作为衡量人物塑造是否成功的标准。其二，这个规律是艺术品自身的规律。就人物而言，人物可分为扁形人物和浑圆人物。"扁形人物是围绕着单一的观念或素质塑造的"，用一句话就可以将他们形容出来；浑圆人物是"不能用一句话加以概括"的，他们"宛如真人那般复杂多面"。叙述者在塑造扁形人物时，强调他们静止的性格特征；在塑造浑圆人物时，更注重人物性格形成的过程。此外，扁形人物可能给人概念化的感觉，浑圆人物则给人充满生气的印象，"扁形"的二度平面无论如何不及"浑圆"的三维立体给人留下的印象深刻。福斯特虽通达地指出"一部小说……往往既需要浑圆人物，又需要扁形人物"，但他显然对二者有所褒贬。

在叙事学看来，人物的性格、心理特征不再重要，重要的是人物在事件中的角色功能和"行动元"作用。

人物的角色，始于人物的功能。"功能"一词是由普罗普在《故事形态学》中提出的。该书指出，分析民间故事，关键在于把握它的叙事功能。"功能可被理解为人物的行动，其界定需视其在行为过程中的意义而定。"从这一定义看，人物的功能取决于他在故事中的地位，人物功能的着眼点不在人物孤立的行动和行动方式上，而是在人物的某一行动与整个故事的关系上，在人物行动对故事所产生的意义和作用上。以此为基点，普罗普将俄罗斯民间故事中的功能归纳为 31 种，将人物概括为七种"行动范围"：一是对头；二是施与者（捐献者）；三是助手；四是被寻找者和她父亲；五是送信者；六是主人公；七是假主人公。在故事中，具体的人物是谁并不重要，重要的是这些人物可归入这七种“行动范围”中的哪一种。这样，人物完全从属于“行动”，讨论人物便变成讨论人物在事件中所起的作用。这种注重人物在故事结构中的功能作用，实际上已经将人物当作角色了。正是在此基础上，格雷玛斯区分出叙事作品的六种角色：主体、客体、授者、受者、助手、敌手。

和人物的角色功能联系紧密的是人物的“行动元”作用。所谓“行动元”，是现代叙事学对人物角色性质的一种认识，即把人物角色视为推动或阻碍故事情节发展的一个行动单位或行动元素。在众多的叙事作品中，尽管人物的姓名、身份、性格差别很大，但只要他们在故事发展中的作用类似，他们就是同一类行动元。在格雷玛斯看来，普罗普概括的人物的七种“行动范围”可以进一步简化，形成三对行动元，即主体 / 客体、授者 / 受者、助手 / 敌手。三对“行动元”理论的提出，使人物的角色功能更明朗化。显然，格雷玛斯的兴趣不在表层的人物行为功能上，而在深层的人物之间的逻辑关系上。

角色和行动元虽然联系紧密，但二者之间的界限也是存在的。首先，它们是属于不同层面的概念，“行动元属于叙述语法，而角色只有在各个具体话语里表达出来时才能辨认”。也就是说，行动元不能单独存在，必须放在整个故事中加以考察才有意义，因为叙述语法的各个成分都只能是整体的一部分，失去了整体，也就谈不上各个成分；角色虽然也注意到人物在故事中的地位，但对人物在“具体话语”中的表现更为重视，对人物自身的一些性格特征还是比较关注的。其次，二者之间存在一种“双重关系”：一方面，“一个行动元在话语中能由几个角色表现出来”；另一方面，“一个角色可以是几个行动元的结合”。如《西游记》中的许多妖魔，在具体话语中是不同的角色，但在整个《西游记》故事的“叙述语法”中，他们又属于同一个行动元，即取经路上的“敌手”；猪八戒在《西游记》中只是一个角色，但他一开始是取经路上的“敌手”，后来又成为“助手”，是两个行动元的结合。

（二）情节

情节是指按照因果逻辑组织起来的一系列事件。与传统的情节观相比，叙事学的情节观表现出鲜明的特点。其一，传统情节观注重分析某一个作品中情节的起因、发展、高潮和结局，将重点放在情节的故事性上，放在情节的发展过程上；叙事学对情节的研究，不局限于某一具体的叙事作品，而是寻找某一类作品共有的情节模式，甚至力图寻找所有叙事作品所共有的情节模式。在托多罗夫看来，理想的情节应该包括“静止—不平衡—重新平衡”这样一个过程，这个过程是所有的情节都应该具备的。其二，传统情节观注重情节的具体内容，注重某一情节到底说的是什么，力图通过对情节的分析来说明某个道理或解决某个问题；叙事学则不太注重作品的具体内容，而是注重情节各个要素之间的逻辑关系。由于以寻找要素之间的关系为目的，叙事学的情节分析着力于情节发展过程中的逻辑关联功能。布雷蒙认为一个情节的基本逻辑形式是一个三段论式序列：①可能性的出现，合乎逻辑的故事应该在具备了可能性之后才发生；②实现可能性的过程，即故事开始发生以及如何发生，这一阶段也可以以否定的形式出现：由于某种原因，故事没能发生；③由此取得的结果，故事发展到最后，既可以达到目的，也可以没有达到目的，不论怎样，故事都到此结束。也许布雷蒙的方法过于概括而显得实际意义不大，但至少鲜明地显示了叙事学在情节分析上对故事逻辑的高度重视。其三，传统情节观考虑情节类型与读者反应的联系，即作品写什么样的情节，应该多少考虑到它的接受效果；叙事学在分析情节时，几乎从不考虑情节与读者反应的联系。无论是托多罗夫的句法分析，还是布雷蒙的逻辑分析，都只注重叙事作品本身，没有涉及作品产生的效果。

四、叙事话语

任何叙述内容都是通过一定的叙事话语表现出来的，叙事主体的各种面貌也必须依赖叙事话语来加以体现。所谓“叙事话语”，就是由叙事聚焦、叙事语态和叙事时间诸要素构成的表现特定的叙事内容的叙事方式。叙事话语研究的范围比较广，我们主要讨论几个基本问题：叙事聚焦、叙事方式和叙事时间。

（一）叙事聚焦

叙事聚焦也叫“叙事视角”，它是叙述一个故事所采用的特定的观察角度，也是作家观察所写事件的思想和情感上的基点。现代叙事学在很大程度上就是从视角或聚焦的讨论开始的。聚焦与声音既有区别又有联系。先说区别，区别主要在于聚焦表明谁在“看”，属于感知范围；声音表明谁在“说”，属于语汇范围。再说联系，一方面，聚焦必须通过声音才能得到体现；另一方面，声音又依赖于聚焦，聚焦者提供什么，叙述者才能叙述什么。

聚焦大致可分为三种：第一种是零聚焦叙事；第二种是内聚焦叙事，可分为固定式、不定式、多重式三种；第三种为外聚焦叙事。应该指出的是，各种聚焦之间不分优劣。

对零聚焦而言，叙述者就是聚焦者，即叙述者 = 聚焦者。他高高在上，全知全能。他知道事件的来龙去脉，也知道人物内心的想法。他可以直接对事件和人物的行为发表议论，也可以潜入人物的内心，解剖其灵魂。传统小说大多属于此类。

内聚焦的情形比较复杂。固定式内聚焦的叙述者通过某一特定的人物视角来叙事，这一特定的人物可以是叙述者自己，也可以是故事中的一个人物。前者往往是叙述者对往事的追忆，后者则是常见的人物有限聚焦。叙述者对往事的追忆，形成一种特有的双重聚焦：一重是故事中的“我”对当时情形的聚焦，即经验自我聚焦；另一重是故事外的“我”对过去情形的聚焦，即叙述自我聚焦。第一人称回顾性叙述的声音并不仅仅是把人物自我当时所看到的情形讲出来，而是带着目前的理解和眼光来讲述故事。如《茶花女》中的阿尔芒在玛格丽特死后才痛定思痛，理解了玛格丽特对自己的一片痴情。他带着悔恨和痛惜的心情叙述自己的恋爱故事，不时地对当时的行为进行反省。固定式内聚焦的另一种类型是人物有限聚焦，即叙述者通过故事中人物的眼光来叙述。此时，人物处于事件之中，视野受到限制，他对事件的评价必然是局部的；同时，人物自身的利益与聚焦对象密切相关，他对聚焦对象的看法难免会有偏颇。

不定式内聚焦和固定式内聚焦并无本质上的不同，它是指叙述者利用不同的人物聚焦来展开叙述。这种聚焦极为常见。固定式内聚焦的叙述者 = 一个人物，不定式内聚焦的叙述者 = 多个人物。当叙述者 = 多个人物时，他实际上比每个单个的人物所知道的都要多。多重式内聚焦是不定式内聚焦的特殊形式。当不同人物对同一聚焦对象进行聚焦时，便形成多重式内聚焦。典型的例子如福克纳的《喧哗与骚动》，通过白痴班吉、精神崩溃的昆丁、偏执狂杰生等人对同样的事件进行多次聚焦，叙述者叙述了一个康普生家族没落的故事。

外聚焦指聚焦者处于故事外，他只看着故事的发生发展，对故事发生的原因、对人物的举止都不加以解释，对人物的内心活动也不作披露。他似乎只是在观看一幅图画，却又不置可否。因此，外聚焦又被称为“戏剧式聚焦”。海明威的《杀人者》是典型的外聚焦，小说几乎由对话构成，读起来像剧本，至于杀人者的动机和被杀对象的内心想法，聚焦者都不知道。

（二）叙事方式

所谓“叙事方式”，是指叙述者调节故事与读者距离的方式。叙事方式主要有两种，即讲述和展示。普林斯在《叙述学词典》中对“讲述”和“展示”作了说明。在他看来，讲述和展示是两种基本的调节叙述距离的方式，讲述是“以较少的对形势和事件的细节呈现以及较多的叙述调节为特征：叙述话语构成典型的讲述”；展示则是“以对形势和事件的细节描绘、场景呈现和最低程度的叙述调节为特征：对话构成典型的展示”。

讲述时，叙述者往往直接现身，将头绪纷杂的事件或场面串联成一个井然有序的整体，层次分明地将它传达出来。因此，有时候还要对事件或场面进行必要的说明。更为重要的是，讲述便于叙述者对事件和人物发表直接或间接的议论。

叙述者对人物或事件的直接或间接议论，是讲述的必然要求。既然是讲述，就有一个“如何讲”的问题，就有一个对人物和事件的基本看法问题，否则，讲述者没有自己的立场，便无法将事件讲述出来。讲述的事件，总是叙述者眼中的事件，而不是原始的故事。就人物而言，讲述者也有自己的立场。“心理性”人物是否具有心理可信性，讲述时，叙述者需表明自己的态度。否则，一方面人物的性格不够鲜明，另一方面叙述者的倾向也不够明朗。“功能性”人物在事件中起何种作用，讲述时，叙述者也要议论一番。否则，一味注重人物在事件中的功能而又不加以说明，便极易使讲述变成展示。

与讲述时叙述者直接现身发表议论不同，展示时叙述者隐藏在展示的场面背后。展示一般对事件和人物进行详尽的描写，这可以增强文本的逼真性。这种逼真性可通过场面“自然化”和人物“戏剧化”显示出来。

所谓场面“自然化”，指叙述者消除人为叙述的痕迹，使场面像本来面貌那样自然而然地呈现出来。“自然化”有时候用视点移动的方法，由远到近或由近到远地将某一场面展现出来；有时候又将焦点集中在某一处进行精雕细刻的描绘，使某一事物或细节得以充分展示。后者其实已不是严格意义上的“自然化”，而是“自然化”局部上的放大，可以说是一种“图画化”。

所谓人物“戏剧化”，指叙述者不用讲述的方式来介绍人物，而是用展示的方式对人物的行动、语言进行惟妙惟肖的刻画和模仿。对人物行动的刻画往往融于场面的“自然化”中，因为人物的行动可以构成一个场面。“戏剧化”对语言的模仿，就是指人物的对话。对话可以给人一种亲眼看见、亲耳所听的感觉，它虽然不是在展示画面，但形象性、逼真性较之画面有过之而无不及。

（三）叙事时间

文学叙事是一组有两个时间的序列，即被讲述事件的时间和作品中叙事的时间。叙事时间就是研究被讲述事件的时间和作品中叙事的时间之间的关系。叙事时间是叙事学讨论得比较多的问题，我们只讨论其中的“时序”和“时长”两个基本问题。

所谓“时序”，指叙事时间的顺序。叙事时间是相对于故事时间而言的，托多罗夫指出：“叙事的时间是一种线性时间，而故事发生的时间则是立体的。”用线性的叙事时间表现立体的故事时间，叙事文本往往会出现时序变形的现象，基本的时序变形只有两种：倒叙和预述。倒叙是在事件发生之后讲述所发生的事件，预述是提前叙述以后将要发生的事件。

对事件进行倒叙往往是因为两个或多个事件交织在一起，无法同时叙述，不得不说完一个事件后再说另一个事件。中国小说中常见的“花开两朵，各表一枝”，便是倒叙的明显标志。倒叙也可以是对人物的倒叙，即在人物出场后，对人物的身份、来历或此前的重大活动进行扼要的介绍。倒叙还可以是叙述者的自我回忆，即自我倒叙。鲁迅《伤逝》的主体便是叙述者涓生的倒叙，开篇一句“如果我能够，我要写下我的悔恨和悲哀，为子君，为自己”可视为倒叙的标志。

预述也离不开叙述者的指点。这种指点既可以是局部指点，也可以是关于整个叙事的指点。局部指点，如话本小说《闹樊楼多情周胜仙》中当范二郎跟踪周胜仙回家时，叙述者指出：“因这一去，引起了一场没头没脑的官司。”明确预示了跟踪将引发的后果。整体指点，如《水浒传》一开头就指出：“三十六员天罡下临凡界，七十二座地煞降在人间”，“直使宛子城中藏猛虎，蓼儿洼内聚飞龙。”既说出了梁山 108 将之数，又点明梁山好汉是“猛虎”“飞龙”，并用“宛子城”“蓼儿洼”预示了事件发生的地点。

如果说“时序”指时间的向度（顺序），“时长”则是指时间的跨度。“故事中的时间跨度是指单位时间内的历史容量。”说到单位时间，又离不开故事时间和文本时间。故事时间比较好理解，文本并不具有时间向度，只能“用空间关系（页序）表征时间次序”。单位时间就是故事时间在文本中的投影，即故事的时间跨度与文本的空间长度之比。一个跨度为三年的故事用三页的篇幅来叙述，单位时间便是一页讲述一年的故事。严格按单位时间来叙事几乎不可能，因此，叙事中普遍存在着“时长变形”的情况。

以场景（标准时长）为中轴，省略与停顿、缩写与延长两相对应。从省略到停顿，文本时间渐渐变长。省略的内容在文本中没有出现。缩写一般以讲述为主，如《聊斋志异》中《罗刹海市》的开头：“马骥，字龙媒，贾人子，美丰姿，少倜傥，喜歌舞，辄从梨园子弟以锦帕裹头，美如好女。”作为标准时长的场景，其典型表现是作品中的对话。延长指在场景基础上加强描写或评论力度，如《白鲸》第一百三十四章在开头的对话场景后，叙述者发表了感想：“这里必须说明一下，像这样夜以继日地追击一条大鲸，在南海的捕渔业中，绝不是件空前的事儿。因为这正是南塔开特船长中那些天才们，必须具有的绝技、先见之明和坚定的信心。”停顿往往是静止的描写或议论，它与延长的区别是，延长在描写或议论时多少还伴随着事件的进展，而停顿是在事件停止进展时叙述者展开描写或发表评论。如《金瓶梅》词话本第二十二章，西门庆与仆妇宋惠莲有私，叙述者按下事件不说，出面发表评论：“看官听说，凡家主切不可与奴仆，并家人之妇，苟且私狎，久后必紊乱上下，窃弄奸欺，败坏风俗，殆不可制，有诗为证……”省略、缩写、场景、延长和停顿的交互运用，导致叙事内容的或详或略，使叙事形成一定的节奏。

第三节　抒情文学

一、抒情文学的界定和种类

（一）抒情文学的界定

抒情文学是和叙事文学相对而言的。抒情，也就是抒发情感，将积压在心中的情感释放出来。抒情文学是指作者以抒情主体的口吻抒发个体情感，偏重审美情感价值的文学。如果说叙事文学是通过话语来讲故事，抒情文学则是通过话语来表达作家内心的主观情感。如果说叙事文学讲究故事通过何种话语来加以表现，抒情文学则更重视话语的表现形式。因为所抒发的情感是作家内心的东西，同一种情感在不同作家的笔下会有不同的表现，这种不同就反映在话语的不同形式上。

抒情文学固然主要是抒发情感，但这种情感应该是一种艺术情感，它与日常情感有着本质的差异。文学情感不同于日常情感主要体现在以下两个方面：

第一，文学抒情“起源于在平静中回忆起来的情感”。抒情文学虽然强调抒情，但这种抒情不能在感情达到极点时进行，而应该在极点的感情趋于平静后再开始。正是基于这样的考虑，华兹华斯一方面认为“诗是强烈情感的自然流露”，另一方面又强调“它起源于在平静中回忆起来的情感”，“凡有价值的诗，不论题材如何不同，都是由于作者具有非常的感受性，而且又深思了很久”。

这说明，文学抒情的主体虽然在情感的触动下而抒情，但并没有完全被强烈的情感所左右，而是自由地对情感进行回忆和沉思，体现出一定程度的创造性和选择性。钱锺书也表示过同样的意思:“陆龟蒙《自遣诗三十首·序》云:‘诗者，持也，持其情性，使不暴去。‘暴去’者，‘淫’‘伤’‘乱’‘愆’之谓，过度不中节也。夫‘长歌当哭’，而歌非哭也，哭者情感之天然发泄，而歌者情感之艺术表现也。”其突出地显示了文学抒情所具有的节制性和艺术性特点。

第二，文学抒情要求创造一种“情感的形式”。文学抒情是一种具有审美价值的抒情，它必须借助一定的审美形式来加以表现。真正的文学抒情，不仅要求所抒发的情感是真的，而且要求文学的感性形式适合所抒发的情感，一定的情感加上恰当的形式，才能构成优美的文学抒情。苏珊·朗格认为，艺术是“一种表达意味的符号，运用全球通用的形式，表现着情感经验”，将艺术当作人类情感的符号。以此视之，文学作为艺术的一种，当然也是一种情感符号。既然文学是一种表达情感的符号，那么，对于某种情感用什么样的符号来表现便显得极为重要。

（二）抒情文学的种类

抒情文学的种类很多，其中最典型的形态当属抒情诗。抒情诗的特征是人们认识抒情文学特点的主要依据。抒情诗可分为颂诗、情诗、哀诗、田园诗、山水诗、讽刺诗等。在中国，抒情文体主要有诗、词、曲、赋等。

抒情散文也是抒情文学的一个重要门类。“散文”是个比较宽泛的概念，明代的小品文、西方的随笔，都可视为散文。散文中抒情作品较多，如朱自清的《春》等。介于散文和诗之间的散文诗，更是以抒情见长，如鲁迅的《野草》等。

此外，西方诗剧中的抒情成分也比较浓厚；中国古典戏曲也多以抒情写意为主要特征，戏曲中穿插的大量抒情性的诗词，如果单独挑出来看，便是优美动人的抒情诗。

二、抒情文学的特征

（一）抒情作品的情感

情感的表现是抒情文学的首要特征。这一特征可分为两个层次，一是情感，二是情感的表现。就情感来看，情感是抒情的基础，离开了情感，抒情也就成为空话。所谓的“抒情”，其实就是作家抒发出蕴藏在心中的情感。当然，仅有强烈的情感，还不足以形成抒情文学，抒情文学还必须将这种情感表现出来。情感的表现直接导致了抒情文学的产生。情感在被表现出来之前，并没有确定的内容，还只是一种朦胧模糊的情感。只有通过表现，情感才能统一和固定下来，显得清晰，才能成为艺术的情感。布洛克指出:“艺术表现本身，是使某种尚不确定的情感明晰起来，而不是把内心原来的情感原封不动地呈示出来。”就情感和表现的关系看，二者一方面呈现出一种对立关系，另一方面又呈现出一种互动关系。情感和表现的对立关系，是说情感和情感得以表现后的艺术作品从本质上讲是两回事，正如布洛克所言:“情感是一个人的内心心理过程，艺术作品则是一种物理事物；情感是内在的和个人独有的，艺术作品则是外在的和公共的。”二者基本上可以说是一种对立关系。尽管如此，情感和表现仍是紧密联系的。就情感来看，情感只有通过表现才能得以定型，只有通过表现，作家才能将自己心中的情感表现出来，作家也才能真正明白自己究竟要表现什么样的情感。就表现来看，表现又必须依赖于情感，表现毕竟是情感的表现；如果没有情感，也就不需要表现。同时，由于情感的性质和类型不同，决定了表现的方式、途径和策略的差异；由于情感的个别性和特殊性，决定了表现的独特性。这样看来，情感和表现相互依存、相互激荡，处于一种互动的关系之中。正是这种互动性，使情感和表现有机结合，使抒情文学最终得以形成。

（二）抒情作品的意象

抒情文学通过一定的文学意象才能将某种情感和情感所蕴含的意义表现出来，这是抒情文学的第二个特征。抒情作品的意象种类很多，主要有心理画面、典故、母题等。

所谓“心理画面”，是指通过某种景物或形象的组合，使作品在人们的内心形成一种画面般的感觉，通过这种画面，作品表现了作家独特的情感。心理画面在具体作品中可以有多种表现方式。有时候，整个作品都是画面的组合，作家的情感就蕴藏在画面之中，如柳宗元《江雪》：“千山鸟飞绝，万径人踪灭。孤舟蓑笠翁，独钓寒江雪。”每句诗都可以入画，四句诗构成了一幅绝美的图画：在一望无垠的银白的世界中，一叶孤舟，一个戴着竹笠的老人，在冰雪覆盖的河上垂钓，既有一种闲适的心情，闲适中又带有一些清高和孤傲。更多的时候，作品中既有作者的直接情感抒发，又有景物或形象组合形成的画面，画面和情感有机地融为一个整体。郑愁予的《错误》便具有代表性。“我打江南走过 / 那等在季节里的容颜如莲花的开落 / 东风不来，三月的柳絮不飞 / 你的心如小小的寂寞的城 / 恰如青石的街道向晚 / 跫音不响，三月的春帷不揭 / 你的心是小小的窗扉紧掩 / 我达达的马蹄是美丽的错误 / 我不是归人，是个过客……”诗中不乏画面的表现，那季节里的容颜，那小小的寂寞的城，那向晚的青石街道，那小小的窗扉，那达达的马蹄，都可以构成优美的图画，甚至连那个匆匆的过客，也能给优美的画面添上一些动感。但这幅美丽的图画，只服务于那个江南女子盼望归人的心情，春日的傍晚、寂寞的容颜，流露出一种无奈和忧伤；达达的马蹄也只是一个美丽的错误，让她空怀欢喜。由于“错误”，诗中的画面便染上了凄美忧伤的色彩。

典故是指诗文中运用的古代故事和有来历出处的词语，它可以用简短的词语来表达丰富的内容，可以借助历史和现实的相互映照而取得以少胜多的艺术效果。典故可分为神话典故、历史典故和文学典故三大类。李白《把酒问月》中的“白兔捣药秋复春，嫦娥孤栖与谁邻”便运用了“嫦娥奔月”的神话典故；宋祁《玉楼春》中的“浮生长恨欢娱少，肯爱千金轻一笑”运用的是周幽王“千金买一笑”的历史典故；白居易《长恨歌》中“汉皇重色思倾国”的“倾国”，早在汉代李延年的诗中就出现了，李延年诗中说：“北方有佳人，绝世而独立。一顾倾人城，再顾倾人国。”此后“倾国”就成为“绝世佳人”的代名词。

由于典故多涉及历史，所以典故的运用可以增加抒情文学的历史文化内涵。同时，典故可以用古说今，典故的运用使作品显得含蓄委婉。如辛弃疾《水龙吟·登建康赏心亭》中的“求田问舍，怕应羞见，刘郎才气。可惜流年，忧愁风雨，树犹如此”，“求田问舍”三句用《三国志·陈登传》典故，对只顾经营自己的家产而胸无大志者表示不满；“树犹如此”说的是《世说新语·言语》中桓温的故事，桓温北伐，经过金城，看到自己以前种的柳树已经长大，而北伐还没有成功，不禁泫然流涕，慨叹：“木犹如此，人何以堪！”辛弃疾借此来表达壮志未酬的感慨。

母题是指文学史上被反复书写、表现的共同主题。母题在文学史中的某个时段创造成型，由于它所表达的思想情感具有很高的代表性，因此在后来的文学作品中便被不断书写、反复借鉴。当然，后来的书写和借鉴，较之原创时期的思想感情，有一些局部的变化，但在总体上仍保持一致。从母题的表现来看，母题一般立足于客体现象体现的特定思想感情，如悲秋、伤别、思乡、爱国、复仇等。如辛弃疾的《破阵子》、陆游的《示儿》、岳飞的《满江红》、闻一多的《红烛》等，都表现了爱国这一母题。母题有时候也可以通过某个人物来体现，使人物成为意象化的母题化身，这可被称为“人物意象母题”。如包公这一人物形象在中国便是清官的象征，是老百姓心中的青天，青天意象的反复运用使包公具有了母题意义。母题还可以通过某些事物来加以表现，如“柳”“月”“长亭”“幽兰”“寒梅”等。李白的“床前明月光”、杜甫的“今夜鄜州月”、苏轼的“明月几时有”等，对“月”意象反复运用，使“月”成为一个广为人知的母题意象。

（三）抒情作品的语言

抒情文学中的情感依附于特定的文学意象，但一方面，任何文学意象都必须通过语言才能得到表现，另一方面，大多数抒情作品又不能仅有意象，还需要有将诸多意象联结起来的语言。因此，说到抒情文学的特征时，我们还要关注抒情作品的语言。抒情作品的语言有其独特的要求，主要表现为多用名词、少用动词。因为名词往往成为一种意象，能增强作品的抒情性；而动词则着重动作性，它可增强作品的叙事功能，但却削弱了作品的抒情功能，所以被抒情作品所不取。谢榛在《四溟诗话》中曾举例对此加以说明。有三位不同时期的诗人就同一个题旨写了三组不同的诗句，由于用词不同，优劣立现：一是“窗里人将老，门前树已秋”；二是“树初黄叶日，人欲白头时”；三是“雨中黄叶树，灯下白头人”。前二者由于用了副词或动词，使诗句多少带有一点叙事的味道，从而削弱了诗的抒情意味；后者则全是名词，既强化了诗作的视觉效果，又增强了诗作的抒情意味。所以谢榛认为第三首诗最好。

三、抒情文学的手法

抒情就是抒发情感，情感的抒发离不开一定的手法。

赋、比、兴是中国抒情诗的主要表现手法。赋、比、兴首先见于《毛诗序》，是对《诗经》表现手法的总结。但赋、比、兴到底指什么，《毛诗序》却没有加以解释，而后来的钟嵘、朱熹等人的解释各有侧重。

赋，钟嵘在《诗品序》中说："直书其事，寓言写物，赋也。"指出赋具有直书其事和寓言写物的特点。所谓"寓言写物"，是说在对物的描写中寄托着诗人的主观情思。因此，对抒情诗而言，赋离不开对事物的直接描写，情感就蕴含在描写之中。较之钟嵘，朱熹的解释影响要大得多。他认为，赋是"敷陈其事而直言之也"，着重指出"赋"具有铺排其事和直言的特点，其中铺排其事可以说是赋的基本特征，抒情诗正是在铺排的描写中将某种感情直接诉说出来。如《诗经·魏风·伐檀》通过伐木场面的铺排描写，发出了"彼君子兮，不素餐兮"的严正责问，既是用"赋"，更在"赋"中体现了劳动人民的不满之情。而且由于有形象的场面描绘，使得情感的抒发成为非常自然的事情，易为读者所接受。

比，按钟嵘的解释，是"因物喻志"，即通过对事物的描写或说明来表达某种志向或情感。从表述的语气看，"比"对事物的描写应该没有"赋"对事物的描写那样细致。所谓"喻志"，指表达情感。显然，"比"没有"赋"直言其事的特点，而是通过对事物的描写来暗示某种情感，如果直接将情感表达出来，则无法形成"比"。在朱熹看来，比是"以此物比彼物也"，这就是说，"比"表面上写的是"此物"，实际上说的是"彼物"，具有言在此而意在彼的特点。当然，此物和彼物之间在某一方面有内在联系，否则，二者难以沟通，"比"也就难以存在。如李商隐的《蝉》，诗人以蝉自比，通过蝉的"本以高难饱，徒劳恨费声"，写出了自己处境的凄凉无奈，在"比"中抒发自己的牢骚。

兴，钟嵘认为是"文已尽而意有余"，指出诗歌中存在的悠悠不尽的韵味是由于"兴"的缘故，强调"兴"具有韵味无穷的特点。至于这种韵味无穷是如何得来的，则缺少必要的说明。因此，钟嵘所解释的"兴"侧重于诗歌的效果而言，并非和"赋""比"一样是一种表现手法。朱熹则不然，他认为兴是"先言他物以引起所咏之词也"，明确指出了"兴"在表现手法方面的特点。兴，是先说某种事物，然后通过这种先说的事物再引出"所咏之词"，这和直言其事的"赋"有明显的不同；"兴"的主要目的在于引出"所咏之词"，这种"所咏之词"是先说的"他物"所涵盖不了、比喻不了的，但它又是可以通过先说的"他物"被引出来的，因此，"兴"和"比"又存在着根本的差别。如王昌龄的《长信秋词》，用"奉帚平明金殿开，且将团扇共徘徊"起"兴"，带出了后面的"玉颜不及寒鸦色，犹带昭阳日影来"。此诗写班婕妤失宠后请求去长信宫侍奉太后，在寂寞中愁怨满腔、悲愤难抑，使本来毫不相干的寒鸦都带上了浓浓的感情色彩，这一切通过"兴"引起，让人反复咀嚼而回味无穷。

一般的抒情诗中，或多或少都可以找到"赋""比""兴"的影子。而且，赋、比、兴在某一首诗歌中可以同时存在，如果能合理运用这三种手法，可以使诗境达到极致。正如钟嵘在《诗品序》中所说："宏斯三义，酌而用之……是诗之至也。"

第四节　戏剧文学

一、戏剧文学的界定和种类

戏剧文学不同于戏剧艺术，二者既有区别，又有联系。就区别看，戏剧艺术是一门综合艺术，它是文学因素（剧本）、音乐因素（音乐伴奏、音响效果）、绘画因素（布景）、舞蹈因素（演员的动作、姿态）等的结合，它的艺术形象，主要是通过演员在舞台上动机对立的表演来完成的。戏剧文学则是指剧本，它是一门语言艺术，它规定了戏剧的主题、人物、情节、语言和结构，是舞台演出的基础和依据。就联系看，戏剧文学不仅可以供读者阅读，更主要的是为了舞台演出，戏剧文学既要具有文学的特点，又要考虑舞台演出的需要，所以，戏剧文学和戏剧艺术难以截然分开。

戏剧文学的种类，根据不同的标准，可以有不同的划分。按照创作题材产生的时代和编演年代的不同，可以分为传统剧、历史剧和现代剧；按照语言表现形式的不同，可以分为话剧、歌剧和歌舞剧（其中歌舞剧在中国又包括京剧、评剧、庐剧、沪剧、越剧、川剧等）；按照结构规模的容量大小，可以分为独幕剧和多幕剧；按照剧本所反映的矛盾性质和表现手段的不同，可以分为悲剧、喜剧和正剧，等等。

二、戏剧文学的特征

戏剧文学在戏剧情境、戏剧冲突、戏剧语言、戏剧结构等方面表现出鲜明的特征。

（一）高度集中的戏剧情境

戏剧情境是戏剧人物产生某种动作、表现某种性格的外在环境和客观条件，它是戏剧情节的基础，是促使戏剧冲突爆发的契机，是导致人物之间发生各种关系的制约因素。简而言之，戏剧情境是舞台上的戏剧人物在特定的环境中展开的矛盾冲突所构成的富于戏剧性的艺术情境。如曹禺《雷雨》中的周公馆，早年周朴园遗弃侍萍和血腥发家的历史，周朴园和侍萍、繁漪、鲁大海等人之间的矛盾，繁漪和周萍、周冲之间的关系，侍萍和四凤、鲁大海之间的关系，等等，共同构成了《雷雨》的戏剧情境。

戏剧情境的一个重要特点是情境的高度集中。由于剧本主要是供舞台演出用的，所以戏剧文学必须考虑到舞台演出的时间、空间、表演方式的限制和吸引观众的需要。因此，在人物、情节、篇幅等方面都有所要求：戏剧容量不能过大，过大则舞台容纳不下；篇幅不能过长，过长则容易让观众厌倦；人物不宜过多，过多会导致演员活动不方便；情节不宜过于复杂，过于复杂会让观众眼花缭乱；场景变换不能太频繁，否则，演出难以安排。出于以上考虑，戏剧的人物、时间、地点、情节都必须高度集中，这就使戏剧情境中的具体环境、事件和特定的人际关系等也显得非常集中。欧洲古典主义时期对戏剧创作提出了

“三一律”的具体要求，就注意到戏剧情境的高度集中性。所谓“三一律”，用布瓦洛的话来说，是“要用一地、一天内完成的一个故事，从开头直到末尾维持着舞台充实”。古典主义对“三一律”的严格要求虽然限制了戏剧的发展，但注意到戏剧情境的高度集中性，还是有其可取之处的。

（二）紧张激烈的戏剧冲突

和戏剧情境紧密相连的是戏剧冲突，由于戏剧情境高度集中，戏剧冲突在戏剧文学中就极其重要。本质上，戏剧冲突是通过人物的自觉意志和心灵矛盾表现出来的具有深刻社会意义的人性冲突。一部好的戏剧，无不充满紧张激烈的戏剧冲突，这是因为戏剧文学是供舞台演出用的，必须考虑到戏剧艺术的直观性和舞台性特点。所谓“直观性”，是指戏剧中人物的思想行为、事件的发展变化、环境的时代特色等，都只能依靠演员的言谈举止来体现。所谓“舞台性”，是指戏剧是在舞台上演出的，要在有限的时空范围内完成一个较完整的故事，如何迅速地展开冲突、通过典型的动作和神态来刻画人物便成为戏剧面临的问题。正是由于戏剧艺术的直观性和舞台性，决定了戏剧文学必须依靠紧张激烈的矛盾冲突的提出、展开、突变和解决，才能较快地塑造鲜明的人物形象，表达思想主题，产生强烈的戏剧效果。

戏剧冲突在戏剧文学中有不同的表现。有的表现为主人公与自然力量之间的冲突，如《俄狄浦斯王》突出体现了主人公俄狄浦斯和不可测的命运、自然力量之间的冲突；有的表现为主人公和社会力量之间的冲突，如《窦娥冤》主要反映了主人公窦娥和当时黑暗社会现实之间的冲突；有的表现为主人公和另一个人物之间的冲突，如《哈姆雷特》写了主人公哈姆雷特和篡夺王位的叔父克劳狄斯之间的冲突，这种冲突较为表面化；有的表现为人物的内心冲突，如《哈姆雷特》中由哈姆雷特和克劳狄斯之间的冲突而引起哈姆雷特一系列的内心冲突，这种内心冲突，往往比较深刻，哈姆雷特的内心冲突正是该剧的真正冲突所在。

（三）精心锤炼的戏剧语言

戏剧文学所表现的全部内容，诸如刻画人物性格、展示故事情节、交代各种关系等，完全依靠人物的语言，即台词来表现。戏剧语言具有自己的特点，必须精心锤炼，一般要求富有动作化、个性化和潜台词。

戏剧文学语言的动作化，是指人物的对话、独白既要与人物的动作姿态结合起来，又对他人产生影响，推动剧情的发展，表现人物的思想感情。戏剧人物之间的关系、戏剧事件的进展，主要就是依靠动作化的语言来完成的。正是有了动作化的语言，才使得一个人的语言一方面和自己的思想感情相吻合，另一方面又引起别人的某种行动或内心反应，从而显示出人物之间的关系。正是有了人物之间的互动关系，才使剧情得到持续的发展，才使戏剧冲突有了可能。

戏剧文学语言的个性化，一方面要求每个人物的语言要符合人物的身份、年龄、性别、职业、经历等特点，另一方面，更重要的是，人物的语言要能反映人物的思想感情和个性特征，看到这个人物的语言，就应该大致知道这个人物是个什么样的人。因此，所谓“个性化”，就是什么人说什么话，什么话表现了什么人的性格。老舍便指出：“剧作者则须在人物头一次开口，便显示出他的性格来……三言两语使人物站立起来，闻其声，知其人。”老舍的剧作《茶馆》《龙须沟》便是这方面的典范。

戏剧文学语言的潜台词指人物的语言要有言外之意。戏剧文学的语言必须让演员说来便于“上口”，让观众听来易于“入耳”，通俗易懂，但又不可和盘托出、一览无余。而应在有限有声的台词后面，潜藏着无限无声的台词，这就是所谓的“潜台词”。这种潜台词，使戏剧语言除了字面意义以外，还有更多更深的意义没有明确说出，它蕴含着深刻的生活内容和思想感情，能启发观众想象和思索，领会无穷的意味。潜台词使戏剧文学的语言不仅明朗动听，而且含蓄深刻，它是文学语言含蓄性的特征在戏剧语言中的独特体现。

（四）组织严密的戏剧结构

就戏剧结构而言，它要求组织严密而又节奏紧凑。戏剧结构从总体上看可分为外部结构和内部结构。外部结构是就剧本的外在表现形态而言的，最主要的便是剧本的章法结构，如中国元杂剧的“四折一楔子”就是非常明显的外部结构。一般的戏剧，在结构形式上都要分幕分场，由于受到舞台的时空限制，剧情的时间延续和空间变换只能通过分幕分场来加以表现。幕是戏剧情节发展的大段落，场是戏剧情节的小段落，有时候一幕一场，有时候一幕多场。幕和幕之间，时间可以变换，地点也可以变换。分幕分场可以突出不同时空中的主要事件，从而使剧情更为紧凑集中，也符合舞台演出的要求。

戏剧的内部结构，是就戏剧内在要素的组织安排而言的，指在矛盾冲突和剧情安排上所显示出来的结构特点。这种结构主要呈现为三种方式，即开放式结构、锁闭式结构和人像展览式结构。

开放式结构，就是按照时间顺序把戏剧情节从头到尾原原本本地表现在舞台上。开放式结构内容广阔，情节完整，涉及的人物较多，时间跨度比较长，能较充分地表现人物性格的发展过程，因而比较自然，也符合一般欣赏习惯。但是，正也由于内容广阔，内容的深度和冲突的激烈程度有时就受到一定的影响；人物较多，情节较长，又使得剧中人物难以得到充分的刻画，一些重头戏也因为次要情节的原因难以得到充分的发展，而且过场戏增加，结构容易松散。开放式结构是一种比较传统的结构方式，中国古代戏剧大多是开放式结构，如《西厢记》《墙头马上》《梁山伯与祝英台》等；在西方，莎士比亚的全部悲剧和喜剧（历史剧除外），除了《哈姆雷特》和《暴风雨》两部外，可以说都是开放式结构。

锁闭式结构，指剧本的内容截取事件发展过程中高潮就要到来的一段，往往只写高潮至结局内容，集中表现戏剧性危机，而对于过去事件和人物关系则用回顾和内省方式随着剧情的发展逐步交代出来。根据内容的特点，锁闭式结构可分为两种：一种是“终局式”，另一种是“回顾式”。“终局式”是以高潮与结局中的情节为主要内容，而以回顾往事为辅助性情节，即以“终局”为主的戏剧结构，如《玩偶之家》；“回顾式”是以回顾往事为主要情节的结构，剧本的戏剧性主要在过去的情节中，关于现在的动作主要是作为说明或烘托过去的手段而存在的，如《俄狄浦斯王》。锁闭式结构的情节集中紧凑，冲突紧张激烈，富于戏剧性，而且人物较少，可以深刻揭示主要人物的性格和精神世界的各个方面。不过，由于人物少，场景少，写得不好，容易单调乏味；由于往事回顾较多，舞台变化较少，如果没有高度的技巧和生动的对白，容易冷场，难以引人入胜。

人像展览式结构是近代戏剧的产物，以展示社会风貌和人物形象为主要目的。这种结构的主要特点有以下几方面：其一，人物多，但没有突出的主人公。某个人物在剧本的某一段中话说得最多，表现最充分，他就是这一段的主要人物；但在另一段中，他又可能消失得无影无踪；贯穿全剧的人物不一定是主要人物，往往只起串线的作用。其二，剧情进展缓慢，有时候好像停滞不前。其三，通过社会生活的某个横断面，着重展示人物性格的内部冲突，潜在的冲突比外部行动的冲突要强烈得多。其四，表面上看，剧本人物众多，情节也不够统一，好像一盘散沙，但实际上众多的人物和散乱的剧情都服务于同一个主题。人像展览式结构从 19 世纪开始流行，著名的有霍普特曼的《织工》、高尔基的《在底层》等。在中国，曹禺的《日出》、夏衍的《上海屋檐下》、老舍的《茶馆》等都是有名的人像展览式结构的戏剧。

需要指出的是，开放式结构和锁闭式结构各有长短，各有适用的表现对象，剧作家应该根据剧情的需要斟酌取舍，不能刻意为了用某种结构而用某种结构。人像展览式结构则是从开放式结构和锁闭式结构发展而来的，它的特长是通过人物群像的描绘显示出社会的面貌和本质。它的基本方法是通过回顾和内心活动来刻画较深刻的人物性格，内部动作多于外部动作，这种结构是近代社会剧的重要形式。另外，开放式、锁闭式、人像展览式三种结构只是戏剧史上最主要的结构形式，它并不否定其他结构形式存在，相反，我们鼓励创造出新的结构形式，以丰富我们的戏剧艺术。

三、戏剧文学的重要类别

西方的悲剧和喜剧、中国的杂剧和传奇，是中西戏剧史上各具代表性的戏剧种类，有必要作专门介绍。需要说明的是，悲剧和喜剧主要是就冲突性质而言的，杂剧和传奇主要是就结构形式而言的，杂剧和传奇中不乏悲剧和喜剧。

（一）悲剧和喜剧

所谓“悲剧”，是指主人公的正义行为由于历史条件或自身过错等主客观原因而导致失败、遭遇不幸的戏剧作品。最早对悲剧进行系统阐述的是亚里士多德的《诗学》，此后不少人对悲剧理论进行了阐发。悲剧特点集中表现在三个方面：

第一，悲剧冲突。黑格尔用辩证的矛盾冲突学说对悲剧加以说明：“基本的悲剧性就在于这种冲突中对立的双方各有它那一方面的辩护理由，而同时每一方拿来作为自己所坚持的那种目的和性格的真正内容的却只能是把同样有辩护理由的对方否定掉或破坏掉。因此，双方都在维护伦理思想之中而且就通过实现这种伦理思想而陷入罪过中。”黑格尔的“两种片面的正义力量”的悲剧性冲突观对亚里士多德的悲剧观有所突破。亚氏从主人公的“过失”出发，关注主人公个人的品质和行为；黑格尔则从冲突双方的片面合理性出发来揭示冲突的不可避免性，将悲剧视为冲突的产物，更接近悲剧的本质。黑格尔的冲突说对恩格斯有所启发，在《致斐•拉萨尔》的信中，恩格斯指出悲剧的本质在于“历史的必然要求和这个要求实际上不可能实现之间的悲剧性的冲突”，将黑格尔悬挂在天上的理念拉回到人间，是一个巨大的进步。“历史的必然要求”值得肯定，“要求实际上不可能实现”表明这一历史要求的时刻尚未到来，在时机未成熟时付诸行动又应予以否定，悲剧正是通过否定人物的具体行动来肯定人物的历史要求的。这突出了悲剧既否定又肯定的特点。但“历史的必然要求”要求主人公具有英雄气概，其行动代表历史的发展方向，而生活中的悲剧人物很难都代表历史的发展方向，因此，恩格斯并没有将悲剧的冲突推广到平凡的现实生活之中。

第二，悲剧人物。亚里士多德指出，悲剧“总是模仿比我们今天的人好的人”，悲剧主人公“不十分善良，也不十分公正，而他之所以陷于厄运，不是由于他为非作恶，而是由于他犯了错误”。换言之，传统的悲剧人物总是代表了某种正义力量，具有知其不可为而为之的抗争精神。19 世纪，小人物的悲剧开始兴起。果戈理、契诃夫等人笔下有许多“小人物”，他们是生活中的凡人，并没有崇高的品质，但他们的处境和结局都令人同情，具有悲剧性。就冲突而言，小人物的悲剧主要是由于主人公与生存环境的冲突，这种冲突比较模糊，小人物既感到环境的压力，又不知道这种压力究竟是什么。从悲剧“冲突”的性质看，坏人也可能成为悲剧主人公。布拉德雷认为：“主人公像我们所说的那样是一个好人的悲剧，比起主人公像我们所说的那样是一个坏人的悲剧来，就更富于悲剧性。”不论其观点如何，这至少表明了存在坏人的悲剧。坏人的悲剧由于其主人公品格低劣从而具有自己的特色。就冲突来看，坏人的悲剧主要展示主人公内心的冲突。《麦克佩斯》便是较典型的坏人的悲剧。麦克佩斯谋杀了国王，但他谋杀前的犹豫、谋杀后的惊疑，都显示出他多少还有一点良知。同时，他是一位战功卓著的将领，同英雄一样强而有力，他的败亡意味着“强而有力”的失败，富于悲剧色彩。

第三，悲剧效果。在亚里士多德看来，“悲剧是对一个严肃、完整、有一定长度的行动的模仿……借引起怜悯与恐惧来使这种情感得到陶冶”，已涉及悲剧的效果。黑格尔从理念的要求和“正—反—合”的要求出发，认为悲剧感“在单纯的恐惧与悲剧的同情之上还有调解的感觉”，所谓“调解的感觉”，同样说的是悲剧效果。不过，调解的感觉源自冲突的解决，而悲剧中冲突的解决往往通过人物的毁灭来实现，而人物的毁灭是否能产生“调解的感觉”，值得怀疑。鲁迅所说的“悲剧将人生有价值的东西毁灭给人看”，是说悲剧产生的情感效果应是严肃、深沉并具有崇高之美的品格，以引起人们对正义力量、英雄行为的同情或敬仰和对非正义力量、丑恶行为的愤怒或憎恨的感情，同样指向悲剧效果。坏人的悲剧同样存在悲剧效果的问题。麦克佩斯虽是个坏人，但他那种“强而有力”的本质却让人敬畏。麦克佩斯的败亡在一定程度上意味着“强而有力”本质的消失，这又让人同情。

喜剧是以讽刺、幽默、夸张等手法，通过揭示生活中的假、恶、丑，从而肯定真、善、美的戏剧。对喜剧的分析，同样可以从喜剧冲突、喜剧人物、喜剧效果等方面来进行。

就矛盾冲突来看，喜剧常常借助于巧合、误会、瞒哄、欺骗等因素构成喜剧冲突，使假相与真相尖锐对立，最后真相大白，冲突得以解决。车尔尼雪夫斯基认为：“丑，这是滑稽的基础、本质。……丑只有到它不安其位，想要显示出自己不是丑的时候才是荒唐的。只有到那时候，它才会激起我们去嘲笑它的愚蠢的妄想，它的弄巧成拙的企图。”他所说的滑稽即喜剧，这突出了“丑”的内容以“美”的外衣来包装的过程，冲突就在这一过程中展开。

就喜剧人物来看，亚里士多德认为，“喜剧总是模仿比我们今天的人坏的人”。黑格尔指出，在喜剧世界里，“人物所追求的目的本身没有实质”，喜剧人物“以非常认真的态度，采取周密的准备，去实现一种本身渺小空虚的目的”，因为目的渺小，即使意图失败，人物也不觉得有什么损失。这揭示了喜剧对“渺小空虚”的否定。

喜剧最根本的特点是“笑”，没有“笑”，就没有喜剧。“笑”是喜剧的构成要素，更是喜剧的效果所在。就令人发笑这一特点来看，喜剧的“笑”不是令人激动的开怀大笑，而是对喜剧对象轻蔑的笑。由于嘲笑的对象是“丑”的人物或事物，就让人感到自身的优越性，笑声中透露出轻松愉悦，从而使喜剧具有较强的娱乐性。同时，这种优越性的到来是突然的，因为喜剧对象表面上煞有介事地行动，显得庄严，但人们逐渐会发现这庄严的背后其实是空无。当人们发现这种空无时，刹那间便会强烈地感受到喜剧对象的卑下可笑，感到自己超过对象，可以居高临下地俯视对象，这种惊喜交集的状态使笑具有突发性，也使笑具有一定的审美品格。从笑的审美品格来看，喜剧主要表现为讽刺和幽默。讽刺和幽默都应该有分寸、有度，否则可能使笑流于庸俗或憎恨而失去应有的审美品格。讽刺是一种“痛快的嘲笑”，当这种“痛快”超过一定程度时，“嘲笑”便可能转化为“憎恨”；憎恨超出了讽刺的范围，一旦嘲笑转化为憎恨，讽刺也就成为抨击，就不再是带着嘲笑来展示对象的丑，而是怀着仇恨来控诉对象的恶。因此，从笑的审美品格着眼，讽刺面临两个临界点：从“嘲笑”起，到“憎恨”止。嘲笑是讽刺的基本特征，没有嘲笑就没有讽刺；憎恨是讽刺的雷区，一旦转入憎恨，讽刺也就消失。幽默是一种“轻微的讽刺”、同情的嘲笑，当这种“轻微的讽刺”使嘲笑失去同情时，便转向讽刺。同时，幽默的审美品格要求它俗而不庸，易于为人接受又不过于油滑，令人发笑而不流于低级趣味。幽默的一端是油滑，另一端是讽刺，它处于油滑和讽刺之间。

（二）杂剧和传奇

中国的戏剧艺术在元代达到高峰，元代戏剧的代表是杂剧。元杂剧的前身是宋杂剧，宋杂剧一般由三部分组成：第一部分是“艳段”，即找一段寻常熟事作为开场之引子；第二部分是“正杂剧”,基本上是一种不太成熟的故事演唱或滑稽说白及舞蹈;第三部分是“杂扮”，是一种调笑兼杂技的表演。元杂剧是在宋杂剧的基础上发展而来的，包括曲（演者所唱的歌曲）、宾白（演者说的话）、科（演者的动作）三部分。曲在杂剧中相当重要，当时没有科白的单纯歌曲形式称为散曲，杂剧和散曲有相当密切的关系，故有“元曲”之称。宾白都指人物语言，宾是两人对话，白是一人独白。科指剧本中的表演动作、表情的舞台提示，如笑科、见科、打科等。科诨则指各种使观众发笑的穿插，科多指动作，诨多指语言。

元杂剧一般比较严谨，分为四折，另加一个楔子。所谓“折”，是指剧本结构上的一个段落，四折即指开端、发展、高潮、结局四个阶段。每折一般只用同一宫调曲牌联套。楔子大多是全剧的要点，剧情的头绪安排几乎全靠楔子，所以楔子显得特别重要。“四折一楔子”是元杂剧的基本结构。一般来说，四折始终由一人主唱，其他角色则有白而无唱。即使偶尔有两人唱的话，大多也是分在两折里面，在同一折里两人都唱的情形是极少的。四折一楔子构成一本，一本通常就是一个杂剧。但这种结构有时也可以突破，如王实甫《西厢记》是五本二十一折。

元杂剧的角色主要有两个：正末和正旦，歌唱基本上由这两个角色担任，正末唱的叫“末本戏”，正旦唱的叫“旦本戏”。马致远《汉宫秋》由正末汉元帝主唱，是“末本戏”；关汉卿《窦娥冤》由正旦窦娥主唱，是“旦本戏”。

和元杂剧交相辉映的是明传奇。“传奇”最早指唐代的短篇文言小说，到了明代，传奇成为不包括杂剧在内的中长篇戏剧的总称。明传奇由宋元南戏发展而来。宋元时代的南戏由于元杂剧的盛行而不被人关注，到了明代，由于元杂剧过于严谨而使南戏渐渐显示出自身的活力，一改元杂剧盛行时的弱势地位而成为戏剧的代表。经过元末明初“荆”(《荆钗记》)“刘”(《白兔记》)“拜”(《拜月亭》)“杀”(《杀狗记》)“四大南戏”之后，尤其是在高则诚的《琵琶记》之后，南戏开始逐步规格化，宫调声律也渐渐严格起来，《琵琶记》由此也成为南戏与传奇之间承前启后的作品。随着昆山、弋阳、海盐、余姚“四大声腔”的发育成熟与广泛传播，传奇渐渐成为明代戏曲的主体。

与杂剧相比，传奇有自己的特色。其一，杂剧一般是四折一楔子；传奇则冲破这一限制，其篇幅往往较长，体制较为庞大，一般多达四十几出。其二，杂剧一般是由某一个角色一唱到底，因而难以在唱腔上看出各个角色之间的性格差异；传奇中每个角色都可以同台演唱，且形式多样，可合唱、分唱、接唱，从不同角色的唱腔中可以看出角色之间的差异。其三，就其声律而言，元杂剧意味着北曲的兴起；明传奇在旋律曲调上则属于南曲。汤显祖的“临川四梦”、孔尚任的《桃花扇》、洪昇的《长生殿》，均是明清传奇的代表作。

第五节　影视文学

一、影视文学的界定和种类

影视文学与影视艺术，如同戏剧文学与戏剧艺术一样，既紧密联系，又有所区别。影视艺术属于综合艺术，是通过摄像机将所拍摄的不连续的镜头组接成若干画面，然后通过放像机使这些不连续的画面产生连续运动的幻觉，并配上声音，从而来塑造艺术形象。影视艺术吸收了文学、戏剧、音乐、美术、舞蹈等艺术的长处，并将它们有机结合起来，形成一种独特的综合性艺术。影视创作是将影视剧本所描述的内容，按照故事情节发展的需要，分别拍摄大小、推拉、远近、跟摇等镜头，然后再根据统一的构思，将这些镜头剪辑出来。镜头是影视艺术的基本表现手段，镜头的不断变换使影视艺术成为一种“动”的艺术。镜头与镜头的组接方法多种多样，有物件式、平行式、对话式、音响式、相似式等，这些方法总称“蒙太奇”。蒙太奇是影视艺术的思维原则和结构手段，它通过镜头的剪辑和联结创造出视听结合的银屏形象。剪辑师将两个或两个以上的镜头按艺术构思组接在一起，借助于画面与画面、画面与音响、音响与音响之间的相辅相成，创造出具有新的含义的形象。

影视文学则指电影剧本和电视剧本。它是用影视的方法思维，用文学的方法表达思维结果的一种独立的文学体裁，是一种语言艺术。影视文学是影视艺术的基础，它可以供读者阅读，但最主要的是为拍摄电影或电视提供剧本。因此，影视文学既具有文学性特点，又要符合影视艺术的特点。

影视文学包括电影文学和电视文学。由于电影艺术和电视艺术存在一定的差异，电影文学和电视文学也必然有所不同。电影艺术和电视艺术的差异主要表现在以下三个方面：其一，从制作形式看，现在的电视剧大多采用“连续剧”“系列剧”的形式，不像电影那样受到时间的严格限制，因此可以表现较多的社会生活内容。其二，从接受媒介看，由于电影屏幕是电视屏幕的上百倍大小，所以能表现宏大的场面；同时，电影摄像机的感光镜头精密度较高，胶片技术也比较好，因此电影对光非常敏感，清晰度很高，细微的动作也能看得比较清楚，即使是宏大的场面也仍然很清楚。电视机的屏幕很小，狭小的视觉空间决定了演员处于一种首要地位，演员的对话和面部表情显得相当重要，因此，中近景和特写镜头较多，以至出现了室内剧。其三，从接受方式看，电影是在固定的公共场所放映的，人们的注意力比较集中；而电视剧则是在家中观看的，人们的心情较随意，注意力不太集中。再加上很多电视剧是连续剧，剧情缓慢，人们必须要有耐心，为了提高这种耐心，电视剧往往在每集的结尾设置悬念，以引起人们继续看下去的兴趣。由于存在上述差异，电影文学和电视文学也各具特点：一般来说，在人物处理和情节安排上，电影文学比电视文学要集中紧凑得多；电影文学较注意动作的刻画和宏大场面的描绘，电视文学则偏重写某一有限空间内的人或事，注重对话，与戏剧比较接近；与电影剧本相比，电视剧本对叙事技巧的关注要更多一些。

二、影视文学的特征

电影文学和电视文学虽然各具特点，但和其他的文学体裁相比较，影视文学又有共同的特征。这些特征主要体现在以下几方面：

其一，形象的视觉性。由于影视艺术主要是通过画面来塑造形象，从而作用于观众的感官，因此，影视剧本中的形象必须具体、鲜明、可感，具有“可视性”。影视剧作者所写的东西必须是看得见的，是能够表现为画面的，容易转变为一种视觉的造型形象。影视文学的语言应该可以最大限度地转换成画面。出于画面的视觉性考虑，影视文学可以渲染环境和氛围，将环境和氛围形象逼真地刻画出来；在交代人物之间的关系时，可以通过人物之间的行动或语言来完成，而剧作者不宜出面交代；在表达某种抽象的观念，诸如伟大、渺小、崇高、丑恶、美丽、卑鄙时，也必须设计成可见的形态、物件、场景、动作等，而不宜直接将这些抽象观念直接说出来。总之，影视文学中的一切，都要以能提供形象逼真的画面为基本要求。

其二，冲突的行动性。由于影视艺术是通过视觉形象来反映生活的，所以影视文学在反映事件的冲突时，就要尽可能地贴近视觉形象的要求。既然要满足视觉形象的要求，就应该通过可见的外部行动来表现冲突。可以说，影视文学的冲突主要就是通过不断的运动来展开的，是一种“运动中的冲突”。戏剧文学的冲突有时可通过人物的对话和独白表现为内心冲突，影视文学则更多地依靠具体的画面和动作，尤其是属于人物精神领域的一些隐藏着的东西，不好用语言直接说出来，必须借助人物的动作行为来加以表现。所以，影视文学时常要考虑到影视艺术中的“无声成分”，“无声成分”使人物的语言不再像戏剧那样重要，也使人物的动作和行动显得比较突出。如果说电视文学有时候（如室内剧）还可以用一些人物对话来显示冲突，使冲突与戏剧冲突多少有些类似的话，那么电影文学，尤其是宏大叙事性的电影文学，一般则用外在的宏大场面和集体行动来展示冲突，突出地表现了冲突的行动性，这种冲突的行动性和戏剧文学的内心冲突的区别相当明显。影视文学中常见一种“追捕”模式，“追捕”模式强调“追捕”的过程，行动性非常突出。如警匪片和侦探片大多采用这种“追捕”模式。

其三，时空的灵活性。由于影视摄像机的镜头可以自由转动，影视的结构手段和思维原则是剪辑和联结镜头的“蒙太奇”，因此影视文学在处理时空关系时，可以高度灵活。它可以反映某一个确定时空中的场面和情节，也可以表现跨时空的情节的全过程，再现广阔的社会背景和自然环境，还可以用特写镜头来表现细小的动作和细微的面部表情。具体来说，影视文学时空的灵活性主要有如下表现：一是时空自由转换。由于影视艺术的“蒙太奇”手段，影视文学在创作时，时空的处理非常自由，可以一会儿写某一个场面，一会儿又写另一个千里之外或百年之后的场面，将这两个场面放在一起，形成某种对比，获得较好的美学效果。二是特写镜头。在某一个宏大的场面之后，紧接着可以来一个特写镜头，将镜头迫近人物或某一物件，以突出人物的细微特点和物件的重要性。比如，可以先展现一片茂密的丛林，然后镜头拉近，突出丛林中一双明亮的眼睛；或者在熙熙攘攘的闹市画面之后，突然出现闹市某一隐秘角落中炸弹的镜头。显然，特写镜头是影视文学所特有的处理时空的方法，它显示了时空衔接的灵活性。

三、影视文学的结构

由于影视文学自身的特性，它在结构原则和结构形态上都表现出一定的特色。

（一）影视文学的结构原则

就结构原则来看，影视文学特别重视结构上的跳跃性。影视主要是用镜头来表现形象，用蒙太奇手法完成镜头之间的互相联结，这就为影视文学结构上的跳跃性提供了极大的方便。既然影视是用一个个镜头来塑造形象的，影视文学就可以写分镜头剧本，分别将一个个镜头的场景用剧本的形式写出来；既然是蒙太奇，镜头之间可以根据需要自由组合，影视文学就可以在写完一个场景之后，再写另一个场景，这另一个场景可以不是前一个场景的自然延伸，可以和前一个场景有巨大的时空差异，甚至可以和前一个场景没有必然关系，从而体现出强烈的跳跃性。当然，由于电影和电视之间的差异，结构原则上的跳跃性也有一定的差异。一般来说，电影由于时间比较短，电影剧本在一开始就要进入情节，而且情节要相对集中单纯，细枝末节的东西比较少。也就是说，电影文学的结构在跳跃的同时还要求节奏紧凑。相比之下，现在的电视多是连续剧，时间上拉得比较长，电视剧本可以多写一些细枝末节的东西，可以对涉及的主要人物逐个进行刻画，在丰富的情节和缓慢的节奏中运用跳跃性原则。

（二）影视文学的结构形态

影视文学的结构形态，主要有以下几种：

第一，时空顺序式。按照时空的逻辑顺序来叙述故事情节，也称“因果式线性结构”。这种结构形态有两个要点：一是以事件的因果关系为叙述动力来推动故事进展；二是叙事线索在单一的线性时间内展开，回忆或插曲式的片段较少。如意大利影片《玫瑰的名字》，主要是通过主人公修道士威廉姆和他的年轻弟子安奇欧调查修道院的死亡事件来组织线索，情节虽然复杂多变、扑朔迷离，但基本上按照时空顺序沿线性发展。

第二，时空交错式。有两条或两条以上不同时空中的情节线索，这些线索交错进行，把过去、现在、将来交织在一起，或者将现实和梦幻等不同时空中的内容巧妙地结合在一起。当然，这些线索之间有内在的联系，但每条线索都不是一下子就显示出来，而是到影视剧本最后，所有的线索才完整地凸显出来，所有的线索才最终交织成一个整体。如《穆斯林的葬礼》通过韩子奇和韩新月两代人的生活来建构故事，影片一会儿叙述韩子奇的故事，一会儿叙述韩新月的故事，将两个故事交错在一起，直到影片快结束时，两个故事的全貌才分别显示出来。

第三，多角度叙述式。由几个剧中人物共同叙述一个故事或一个人物的经历。由于每个叙述者的立场、观点不同，每次叙述的侧重点也有所不同，所以每次叙述与事实真相或多或少都有出入，但综合所有叙述者的叙述，故事的真相则不难看出。因而，多角度叙述可以通过逐次的叙述累加来获得完整的故事，使故事具有立体感。如日本影片《罗生门》围绕武士被害一案的审讯经过展开，先后由卖柴人、行脚僧、捕快、罪犯、武士的妻子、女巫等人讲述这一凶杀案的情况，每个讲述人都有自己的立场，但又都不够全面，只有将所有人的讲述综合在一起，才能看出事情的真相。

第四，主观叙述式。以剧中某个人物的口吻和视角来叙述故事情节，叙述者的讲述通过画外音来完成。叙述者可以讲自己的故事，随着叙述者的讲述，画面上逐渐出现了他所经历的事情或正在经历的事情，带有明显的感情色彩。如《伤逝》以涓生的口吻来叙述他和子君的爱情和婚姻，带有较强的忏悔色彩。叙述者也可以讲别人的故事，随着叙述者的讲述，画面上逐渐出现了他所讲述的内容，这种讲述常常是对过去某个事件或人物的回忆。如《红高粱》通过“我”的口吻来叙述“我爷爷”和“我奶奶”的故事。

第五，套层式。一个剧本里叙述了两个故事，也叫“戏中戏结构”。套层式有两种具体方式。一种是在叙述的故事中再叙述另一个故事，这两个故事一主一副，互相交织对照，通常揭示思想性和哲理性较强的主题。如《法国中尉的女人》，通过一个现代电影摄制组在拍摄一部以 19 世纪英国维多利亚时代一桩奇特爱情故事时，组内一对扮演男女主角的演员发生的感情纠葛，用对比的方法表现了两个不同时代的人们在价值观念和生活方式等方面的差异。另一种是同时叙述两个故事，这两个故事几乎平行展开，通过这两个故事之间的内在关系，显示出剧作者的某种观念。如《海滩》，一方面通过石油化工厂对渔民生活的影响，反映了海滩作为自然力的象征和工厂作为人类文明的标志之间的对立；另一方面又通过新一代青年男女的爱情纠葛，显示了自然力和人类文明之间存在一定的互补性。剧作者的观念在对立和互补中得到较好的体现。

当然，影视文学的结构形态远不止以上几种，我们只是对几种有代表性的结构形态作了简要说明。

第四章　文学创作

第一节　文学创作活动

文学作品是文学活动的核心所在，作品的生成过程即文学创作则是文学活动的自然起点，对前者的系统探讨自然蕴含着对后者的深入分析。文学创作是非常复杂甚至难解的精神创造过程，牵连既广且深。本章旨在对其进行学理阐述，主要包括对文学创作主客体基础的分析考察、对文学创作一般过程的理论描述、对历代创作活动所显现出来的基本原则或形态进行归纳辨析。

一、文学创作基础

作为独特的精神创造过程，文学创作虽然异常复杂甚至具有某种不可理解性，但参与其中的基本要素还是分明的，不外乎“人”“物”两端。这里的“人”，不是现实的人，没有实用的目的，而享有充分的自由，还有着某种特别的能力和才能，世人尊其为艺术家、文学家或作家（者）；这里的“物”，不是通常意义上的物品，而是指进入作家观念中的一切社会生活，尤其指那些反映着时代精神和社会心理的富有特征性的人和事，理论家称其为文学的独特对象。我们把前者称为“创作主体”，后者称为“创作客体”，这二者之间有着一体两面的双向建构关系。

（一）文学创作主体

1. 创作主体的历代解释

从文论史看，由于群体性口头创作是一切民族艺术创作的滥觞，艺术创作还没有被当作艺术来看待，作品的社会功能和教育意义一直处于思想的前台，这就使得人们对文学创作主体即作家的关注，要晚于对作品本身的研究。在中国，由于言志和抒情传统的根深蒂固、怨刺诉求和比兴手法的代代传承，从《诗经》“君子作歌，维以告哀”（《小雅•四月》），到王国维《人间词话》“诗人之于宇宙人生，须入乎其内，又须出乎其外”，中国理论家大多把文学家看作人类情感的表现者。我们可以把这种对创作主体的理论定位简称为“表现者”。

在西方文论史上，对创作主体的理解和定位较之中国则复杂得多。按时代来说，古希腊至17世纪，从《荷马史诗》到达·芬奇的“镜子说”再至布瓦洛的《诗的艺术》(1674)，因受相关哲学理论尤其是柏拉图和亚里士多德的影响，创作主体常常被界定为“模仿者”。18世纪启蒙运动尤其是浪漫主义以降，因近代思想界对“主体性”的开掘和张扬，艺术创作主体的重要性得以彰显，艺术家无中生有的创造才能因而得以高扬；情感、想象和天才成为艺术家的身份标志，作家因此又被定位为“创造者”。艺术家与上帝间的互相比拟是这个时期非常普遍的理论现象：艺术家创造了艺术世界，如同上帝创造了现实世界。

19世纪末以来，由于心理学理论的繁荣和发展，对创作主体的理解又有了新的进展。比较重要的有三家：“旁观者”“移情者”和“集体人”，它们均倚重于理论心理学。借康德的审美非功利理论，瑞士心理学家布洛提出心理距离说，主张艺术家应该是“旁观者”，与所表现的对象应保持适当的心理距离以成就所谓的“审美观照”。在类比和象征的基础上，德国心理学家里普斯在前人理论的基础上提出所谓的“移情说”，认为艺术创作最重要的心理过程就是移情——“物本无情，我自移注”，艺术家因此被称为“移情者”，正所谓“感时花溅泪，恨别鸟惊心”(杜甫《春望》)、“蜡烛有心还惜别，替人垂泪到天明”(白居易《赠别》其二)是也。西方的“移情者”与中国的“表现者”有相通之处，都强调文学创作的情感特征以及抒情的对象化机制。但中国的“表现者”除了“移情”一端外，尚有“共感”的意味，实质是“物本有情，物我共鸣”。在弗洛伊德“个体无意识”理论的基础上，他的学生荣格提出“集体无意识”理论，认为“原型”是一切心理活动的普遍模式和先天因子，是人类亿万年生存经验的积淀和浓缩。文学连同神话、宗教等文化形式都是对这种原型的复现和传达，艺术家由此成了人类本能和精神原型的操控对象，并按照它们的要求进行展现和传承——艺术家成了“集体人”。

不论是表现者、模仿者、创造者，还是旁观者、移情者、集体人，都有其深厚的现实成因和理论依托，都从一个不可忽视的方面揭示了创作主体的重要价值和艺术地位。“表现者”揭示了创作的主体情感特征，“模仿者”强调了创作的根源对象问题，“创造者”突显了创作的创造性和艺术世界的超越性及独立性，“旁观者”彰显了主体进入创作时所必备的心理准备以及审美态度的确立，“移情者”把握了创作过程中的主客体交流感通的动态特征，“集体人”有利于我们从宏观角度理解文学创作的继承性和作品的深层结构。因此，对创作主体应采取立体式的理论观照，不能偏于一隅而排斥其他。

不论我们如何理解和界定作家的工作性质和艺术地位，文学作品有别于日常用品的显著特征都昭示着：艺术家一定拥有某种独特的能力。这种独特的能力是多方面的，且当以整体发挥作用。对应于文学作品所具“言、象、意”的结构层次，可以把作家的创造能力大致划分为语言表达能力、审美感受能力和思想开掘能力三个层面。艺术家因此成了美的创造者、体验者和评价者，也因此既是感性主体又是理性主体，根本上还是诗性主体。

第一，语言表达能力。

面对一部文学作品，首先呈现在我们面前的是语言。小到一首五言绝句，大到一部长篇小说，都是语言的汇集。从这个角度来说，文学创作就是对语言的一种特殊的排列组合，一种有预谋的美学操作。正是这种操作让面前的“语言组合”既有了图物状貌、叙事写景和表情达意的功能，同时又有了洞察世情、娱心悦志和交流共鸣的作用。这种非常奇妙的操作能力，就是通常所谓的“艺术表达技巧”，中国人称之为“法”或“式”。沈从文《论技巧》云：“就‘技巧’二字加以诠释，真正意义应当是‘选择’，是‘谨慎处置’，是‘求妥帖’，是‘求恰当’。”细而言之，包括语言的准确运用、形象的成功塑造、情节的精心设置、结构的巧妙安排、意蕴的深浅显露，甚至包括描写、议论、抒情等手法的巧妙运用。

那么，经典作家高妙的艺术技巧是如何练就的呢？中国古人对此有着非常一致的认识：一要“积学”，二要“躬行”。

据载，有人问扬雄如何“为赋”，对曰：“读千首赋乃能为之。”（葛洪《西京杂记》卷二）刘勰也认为“神思”必以“积学以储宝”为前提。唐代文学家陆龟蒙与友生谈及“为文之法”时亦曾断言：“我自小读六经、孟轲、扬雄之书，颇有熟者，求文之旨趣规矩，无出于此。”（陆龟蒙《复友生论文书》）因诗称圣的老杜概括出的“读书破万卷，下笔如有神”两句足以指明此中深义，后人对此多有应和发挥。古今中外的经典作品，大多是作家呕心沥血而成，不仅内蕴丰厚、思想深邃，且极具艺术上的创造性，艺术手法极为高明，因而也就成为后来者学习、借鉴的范本，更是突破、超越和创新的基本前提。

然而，“纸上得来终觉浅，绝知此事要躬行”（陆游《冬夜读书示子聿》）。写作实践中常常会遇到眼高手低、文不逮意的问题，书本习得而来的毕竟只是眼力的提高，要想真正掌握艺术技巧，主要还得依赖于艰苦的反复实践，做到“熟能生巧”甚至是“大巧若拙”。所谓“苦吟”“推敲”“两句三年得，一吟双泪流”“语不惊人死不休”“新诗改罢自长吟”等，都是创作艰辛过程的极好写照。鲁迅就曾坦言，从前期的《呐喊》到稍后的《彷徨》，终于脱离了外国作家的影响，“技巧稍为圆熟，刻画也稍加深切”。

总之，积学以增识见，躬行始具才艺，二者互为表里。清代学者吴雷发《说诗管蒯》中说得好：“无识不能有才……作诗须多读书，书所以长我才识。然必有才识者方善读书，不然，万卷之书，都化尘物矣。诗须多作，作多则渐生才识也。然必有才识者方许多作，不然，如不识路者，愈走愈远矣。”

然而，凡是“技”的部分，都只是工具，艺术技巧概莫能外。文学创作绝不能“唯技巧”，那是魔道。正所谓“文艺上许多技巧，都是为打动读者而设”（朱光潜《谈文学》），技巧的运用意在引起读者的兴味，进而把作品所蕴含的思想情愫、是非观念、审美理想和人生价值传达给读者，以期获得超越时空的共鸣。这当然是从读者角度立说，深而言之，也可以说“一切技巧均为内容而设”，如何让读者感兴趣，关键还在于如何把内容安排得或引人入胜或动人心魄或含蓄蕴藉。因此，技巧的形成、选择与运用最终取决并服务于作家的创作意图和所要表达的对象内容，技巧当然也就成了创作主体艺术构思和腹稿能否成功外化的关键所在。不论是对创作者还是欣赏者来说，艺术技巧都应当是具体而鲜活的，“昔我往矣，杨柳依依”带给读者的无限深情，是“借景抒情、情景交融”之类的理论概括所永远无法替代的。这就说明文学创作“怎么写”的技巧问题与“写什么”的内容问题不仅无法分割开来，而且前者要以后者为准的。

第二，审美感受能力。

作品“写什么”取决于作家对生活的艺术发现。这首先要求作家具备一种独特的敏感力，罗丹称其为“能发现美的眼睛”，我们把它称为“审美感受能力”。读者从文学中发现生活，作家从生活中发现文学，所需要的都是这种审美感受能力。正如某位作家自己所说：“如果你的眼睛不敏锐，你能写出这大千世界的万紫千红吗？如果你的耳朵不灵，你能写出这生活的旋律和节奏吗？如果你的心灵结着厚茧，你能写出叫人哭、叫人笑、叫人拍案、叫人顿足的故事来吗？”因此，作家的美感能力与现实生活之间互为依存，前者发现了后者的美，后者则实现、确证并深化了前者的内涵。缺了审美，生活将了无情趣；没有生活，审美会钝化贫血。

审美感受能力是文学主体与生活世界借情感和想象而形成审美关系的中介，它非关功利因而是自由的，非关逻辑但又能从感性直观直接过渡到不确定的理解，虽起于感觉但实际上具有强烈的情感性和精神性。如果这一中介发挥积极作用，作家就能勘破外物的独特性和复杂性，把外界事物变成自己主观感受的对应物，从而使外物具有被表现的可能性，并具有了相应的审美价值。作家在社会生活中所产生的审美感受，不仅是获取写作素材的基本途径，也是获得创作灵感的主要渠道。

作家与常人对待生活的态度有根本上的不同。常人在生活中以实用的态度对待身边的一切，只关注它们的功能，留在脑子里的只是一些模糊的印象，一切都已自动化，日用而不自知。然而，艺术家则以情感的态度、陌生化的眼光对待生活，故而常常探得一些非常生动典型的形象和触动心灵的细节。就如巴尔扎克那样，据说他每到一个家庭，就到每一个大炉旁去寻找，在那些外表看来千篇一律、平稳安静的人物身上进行挖掘，挖掘出好些既如此复杂又如此自然的性格，以致大家都奇怪这些如此熟悉、如此真实的事，为什么一直没有被人发现。托尔斯泰也是这样。有一次，他和屠格涅夫一道散步，看到牧场上有匹瘦弱可怜的骟马。托翁根据自己的观察向屠格涅夫描述了这匹马，屠格涅夫听得入了迷，简直被带进这个不幸者的悲惨处境中去了，竟不禁问道：你过去什么时候真的是一匹马吧！

作家对待生活的态度不仅不同于常人，而且与伦理学家、宗教学家和科学家也有根本差异。伦理学家可能对道德有一种敏感，宗教神秘主义者对一切现象背后的神灵有种敏感，科学家眼中只有元素和规律。而对于艺术家来说，“他是审美类型的人，他所重视的只是体现于他所感知事物之中的价值。艺术家的机体生来就有对于感官印象极端强烈的感觉力，并对这些印象有高度的辨别力，而且他的心灵能迅速地去理解这些材料中所具备的那些对他的想象力特别有价值的东西”。

第三，思想开掘能力。

从某种意义上说，文学创作的确是作家的自我表达。因此，我们看到许多好的文学作品常常就是作家的心灵自传。但真正伟大的作品又一定要能击中人类的心灵深处，足以引起历代读者的强烈共鸣。这就有一个矛盾：读者期望文学者既有个性化和独特性，又有普遍性和共通性。由此看来，伟大的作家一定是用最个性化的方式来表达最普遍的内容。这里“最普遍的内容”就是作家在自己的生活体验中，通过不断的沉思和反省所开掘出来的具有人类普遍性的思想意蕴。它是人类心灵中最幽深的秘密，又是人类社会最内在的脉动。这也正好符合文学活动作为审美活动天生所要求的普遍性，即审美虽是单称判断，但又需要社会的普遍赞同。审美这种看似无理的普遍性诉求，其实深深植根于人类情感、思想和人性的共通性之中。这也许正是经典永恒性和当下性的根本原因所在。因此，伟大的文学家常常也是伟大的心理学家，甚至是伟大的思想家和哲学家。他们有着智慧的头脑、敏锐的神经和沸腾的热情，能洞幽烛微，有所发现，有所宣告，时常成为时代的先知先觉者。

要发现这种普遍的深层意蕴，就必须靠作家自身开掘思想的能力。但凡伟大的艺术家都具有此功力，莎士比亚对人性心理的揭示、歌德对精神超越性的展现、曹雪芹对人间世相的揭露，都是如此。没有对生活的深刻开掘，或许也能写出像样的文学作品，但绝不会有伟大的作品出现，“诗之不工，只是不精思耳”（姜夔《白石道人诗说》）。文学史上屡见同一题材因不同作家的思想开掘能力不同而差异甚大的情况。例如在现代文学史上，同样是对人力车夫的描写，胡适、鲁迅、沈尹默等人的作品都有所涉猎，但由于认识深度、思想倾向和世界观的差异，导致他们对形象的塑造刻画截然不同。胡适的《人力车夫》，虽然也写出了少年车夫的悲惨际遇和艰辛生活，但因为他个人思想上的倾向性，导致他以一种向“异己”阶层的成员施恩的形式，表达了一种高高在上的士大夫式的悲悯情怀。鲁迅的《一件小事》则深沉得多，通过“我”与车夫对待一件小事的不同态度，蕴含着一种对下层民众崇高善良品质的尊崇和敬佩之情，其思想境界确实有高有低。正如当代作家高晓声所说：“在大量熟悉的生活面前，如果写作的人缺乏应有的见解，也会像一个不会烧饭的人躺在米囤上饿死。而一个努力提高自己思想水平的人，却能够在熟悉的生活中发掘出自己原本没有认识的东西。”

当然，杰出作家之所以具有他人莫及的思想开掘能力，也不是天生的，而有内外两方面的原因。就外在来说，生活中有着取之不尽、用之不竭的宝藏，一个作家应当对自己所处的社会有着深刻的体察，即经受过各种生活磨炼，了解世情百态，体味过人间冷暖，这样才能从平常中见出深刻。可以残酷一点地说，经历过常人不可能经历的巨大苦难或人生巨变，甚至是生死考验，或者有过深刻的思想矛盾和人生危机的艺术家，常常更能写出思想深邃、艺术精湛的杰作。正如严羽《沧浪诗话》所说：“唐人好诗，多是征戍、迁谪、行旅、离别之作，往往能感动激发人意。”这并不是说非要作家都去经历一下人生的苦难，而是强调作家应当有丰富深刻的人生体验。更何况，这种经历也不是人人可有或者愿有、想有就有的，它常常是不期而至而又无可奈何的。对此，清代刻书大家张潮在《幽梦影》结尾处辨析过：

古人云：“诗必穷而后工。”盖穷则语多感慨，易于见长耳。若富贵中人，既不可忧贫叹贱，所谈者不过风云月露而已，诗安得佳？苟思所变，计唯有出游一法，即以所见之山川、风土、物产、人情，或当疮痍兵燹之余，或值旱涝灾祲之后，无一不可寓之诗中。借他人之穷愁，以供我之咏叹，则诗亦不必待穷而后工也。

这种外在的人生际遇迫使作家带着巨大的危机感和责任感反复思考人生的价值、理想和意义问题，沉思人类的生存处境，担荷人类的一切。这就启示我们，成就作家的杰出或伟大，除了具备天赋、对文学的挚爱和丰富的人生体验外，还必须有思想修养、文化修养，尤其是哲学修养，以及崇高的精神境界和文化责任感。

2. 作家的创造意识

文学作品是精神创造品，精神活动的目的性决定了文学创作必然贯穿着作家的创造意识。所谓“创造意识”，是指贯穿创作过程始终的促使创作行为持续进行的主体意识，它包括创作动机、创作预期和创新诉求三个方面。

贯穿于文学创作活动始终的作家的创造意识，鲜明地体现了作家主体精神的重要地位。在进行文学创作时，作家写什么以及怎么写，并不是随意而为之；相反，常常是有意识的、自觉的精神活动。这种自觉的活动，意味着人在与客体的特定关系中，不是完全被动地接受，而是积极主动地参与，它不仅体现于创作活动的全过程，而且在创作之前就已暗藏其中。

作家在进行艺术构思之前，是什么促使他去写作，甚至要为此辛勤劳作甚至终身不辍呢？这背后就潜伏着创作动机问题。关于创作动机，简单地说，就是推动作家从事文学写作的内在驱动力。根据具体情况，它有时体现于写作一部作品之前，有时则呈现为作家走上创作之路的根本性目的，有时也交错出现。但不管哪种情形，都在或明或暗地促进作家创作欲望的生长。当然，这一内驱性的力量，也并非作家无缘无故的遐想，其形成有着非常复杂的心理内涵，既有来自外部世界的刺激，也有来自自身的诉求，甚至是潜意识的推动。外在的客观对应物，往往预先就给了作家不同程度的启迪、暗示，加上作家本身此时此地独特的情绪和心境，两者交互感应，形成独特而复杂的生理心理结构，于是便产生巨大的感召力。可见，创作动机的出现，首先来自外部世界的有效刺激——“谁知道一次邂逅，一句记在心中的话，梦，远方传来的声音，一滴水珠里的阳光或者船头的一声汽笛，不就是这种刺激”，而这种外部刺激一旦与作家特定的心理需要相遭遇且相适应，那么就会自然而然产生一种强烈的支配性的力量，促使作家将自己的情绪、意念表达出来，以使动荡的心境恢复相对平衡状态。

创作与动机的紧密联系，在文学实践中是普遍的。鲁迅在日本留学，由学医转而走上文学创作之路，就是因为在幻灯片上看到一群中国人围观一个因当间谍而被处决的中国人，痛恨国人精神的麻木而引发的。这虽然带有一定的偶然性，却与鲁迅一直怀抱的“救国”情怀分不开。创作动机对于某一部作品问世的驱动力，更为明显。美国女作家斯托夫人因亲眼看见蓄奴制的野蛮和残暴，一直想写一部此类题材的小说，但却很长时间都无从下笔，直到《逃奴法案》颁布和弟媳来信呼唤等外在的刺激出现，其创作动机才被完全激发出来，半年多时间内就完成连载并出版成书。

当然，作家的创作动机是多种多样的，有远景、近景的，有集中、分散的，有高尚、卑下的，有有意、无意的，有纯粹、混杂的。与道德行为不同，在这里，动机与结果并没有直接的因果关系。巴尔扎克有时也为稿费忙碌；米开朗琪罗似乎一生都在为自己不喜欢的人干活；陀斯妥耶夫基斯总是先领稿费，然后去赌，输光了回来，要交稿的前几天，雇一个速写员，他在房间里走来走去，猛拽自己的头发，一个劲地不停说，一篇篇杰作就这样新鲜出炉了。作家的职责是创作伟大的作品，至于他出于何样的目的，倒不必过于计较。

作家的创作动机常常受到外在机缘的激发，才能明确起来。这并不是说，任何一种外在机缘都能随意引起创作动机，它总是与作家内在的心理质素相契合甚至相一致，才有可能起作用。同一件事情，对不同的作家所引起的感发往往有着很大的差异。有时某一物对此作家触动很大，对彼作家而言却视如常物。一个作家只能根据自身的思想状况及对某些事物的熟悉程度，来进行文本创造。也就是说，作家每写一部作品，都有自己的意向和目标，即创作预期。

创作预期意味着作家对所要苦心经营的作品的意向性期待。如果说创作动机意在发动创作，那么，创作预期就侧重于树立目标并促使创作行为朝着预定目标前进。老舍创作《骆驼祥子》的经过就是这二者关系的最好说明。不管是叙事性的作品，还是抒情性的作品，作家在创作之前都总是有目的、有意识地试图去表达一种“意”。没有情感、意绪、思想，作家就无法选择恰切的意象和适当的材料，也就无法从宏观上把握住自己所要描写和表现的对象。当然，这种预期不应是从众式的口味迎合，而应是精神创作者趣味的有效引导。

创新诉求可以说贯穿于整个创作过程。艺术本质上要求创新，创新性是艺术创作的前提条件，重复前人或自我重复都将无法容忍。故而艺术家对于前辈常有着非常矛盾的心态，既感谢他们的开路探险之功，又担心自己无法超越他们，这就是西方人所谓的“影响的焦虑”、中国人所说的“宋人生唐后，开辟真难为”的深层根源。“盖创之匪易，捷足者既已先登；而继之殊难，后来者莫能居上。”不过，艺术创作之所以会得到世人如此高的礼遇，正在于其难乎为继之际有人独辟蹊径，难能方才可贵。

（二）文学创作客体

1. 生活客体与文学对象

客体与主体相对应，与创作主体相对应的是创作客体。创作客体的内容极其丰富：从自然风物到人文景观，从日常生活到历史事件，从个人经历到社会变迁。一般来说，作为整体存在的社会生活因为是文学创作的唯一源泉，通常也就把它视为创作客体。所谓“社会生活”，按照现代社会学理论，可以看成是人与人之间在一定的物质条件下结成的相互关系和共同活动，包括环境、社会和个人三个层次。德国大文豪歌德写过许多伟大的作品，他的创作才能和艺术成就是世界所公认的，对客观生活之于创作的重要性，他说过一段非常精彩的话：

我只不过有一种能力和志愿，去看去听，去区分去选择，用自己的心智灌注生命于所见所闻，然后以适当的技巧把它再现出来，如此而已。我不应把我的作品全归功于自己的智慧，还应归功于我以外向我提供素材的成千成万的事物和人物。

但是，这种对生活之于创作的重要性的强调，只是从一般原则的角度来说的，还没有将文学作为一门艺术的特殊性凸显出来。文学使用的是语言文字这种非常独特的媒介，它所反映的事物必须以此媒介为基准；更具体地说，只有进入作品的“文学客体”才有资格被称为“文学对象”。

所谓“文学对象”，是指通过作家的审美选择和艺术处理而进入文学作品中的社会生活。对文学对象的理解和定位，不同民族、不同时代有着各不相同的认识。比如在像中国这样以抒情为主导的文学传统里，自然把主观情感作为文学的主要表现对象；而在西方，文学以叙事为主，所以更习惯于把目光放在社会、事件和行动等方面。当然，随着文学创作的突破与变异，以及各民族文学的相互交融，20 世纪以来的文学创作渐趋多元化，有的则另辟蹊径以发掘文学对象的深层内蕴，如把“集体无意识”“原始意象”等作为文学表现的对象，这就很难再用前面讲的二分法来予以说明了。从另一个角度看，这正是对文学对象的不懈探讨和深化，为我们深入理解文学的特殊对象提供了重要的理论资源。

2. 描写对象与认识对象

文学对象在具体的创作实践中，有着复杂的理论内涵。“生活说”“人学说”和“心学说”三种关于文学特殊对象的理论，正好揭示出文学对象的复杂性。在关于“文学作品结构层次”的讨论中，也可以看出，“象”与“意”皆是文学所表现的对象。若再考虑到作家的创作动机和创作意图，我们就能比较清晰地揭示文学对象的不同内涵，即文学对象包含两个维度：描写对象和认识对象。前者是直接的、表面的、工具性的，后者是潜在的、深层的、目的性的；前者是“形象”的层面，后者是“意蕴”的层面。

如上所论，一切存在，不论是现实的还是观念的，都可当作“文学客体”对待。但只有进入作品的“文学客体”才能被称为“文学对象”，它又可分为“描写对象”和“认识对象”。文学的特殊对象属于后者而非前者，不是说文学作品实际上描写了一个东西，那这个东西就是文学的特殊对象，它们通常只不过是文学借以表达的手段或方式，真正的目的和意图在彼不在此。在谈到“你为什么写作”时，世界百位著名作家的回答可谓五花八门，但细加体味，无不在他们的回答中看出他们对人性人情、灵魂命运和理想价值等人类普遍性问题的深刻认识和深切关注。“艺术所要达到的目的是对于情感生活之本质的洞察和理解。”因此，文学的特殊对象，即文学的认识对象，就是作家心灵深处时刻关切并寄寓在作品中的人类最根本、最普遍的人性、精神和价值问题，通常称为“普遍人性”。康德称其为“共通感”，我们称其为“普遍性的思想意蕴”。我们常说文学与哲学、宗教有着亲缘关系，着眼点即在此处。

当然，具体到个别的文学创作，比如纯粹写景与纯粹抒情的作品，前者似乎有“象”而无“蕴”，后者似乎无“象”而有“蕴”，确实不太容易非常清楚地区分出描写对象和认识对象。但是，这两类作品毕竟不是文学的基本状态，为数不多。另外，亦可视其为象、蕴二者合一的特例。更重要的是，这两类作品，比如分别拿苏轼的《饮湖上初晴后雨》和普希金的《假如生活欺骗了你》为例，若细细品味会发现，苏作中自有深厚意蕴暗藏其中，普作中亦有鲜活的生活场景隐居幕后。

混淆文学客体与文学对象，会带来非常严重的理论误解。比如在实际的文学研究中，会导致不能清晰地区分现实人物与审美人物、现实人性与审美人性。文学作品中所描写的对象固然有其现实根源，但实质上都是作家观念的对象化，是审美符号，与现实生活中的人、事、物并不能直接画等号。现实世界与艺术世界有着根源上的关联，但也有着本质上的差异：一个是现实的，符合生活的逻辑；一个是艺术的，符合艺术王国的法律。因这种误解而受灾最严重的是人物分析领域：把纯然虚构、实际上并不存在的文学人物，视为具有自然生命、真实存在的现实人物或历史人物，然后把人物的命运遭遇直接归结为人物自身生理或心理的、道德或观念的原因；进而对正面人物的分析变成对其高洁品格或忠贞爱情的热烈歌颂，对反面人物的分析则成为对其罪恶行为或卑劣品质的道德批判；更有甚者，当人物的行为动机在文本中得不到足够解释时，评论者便通过主观的“推断”“设想”，杜撰出作品中并不存在的人物经历，把评论者的“合理想象”作为客观论据，从而使动机臆测合理化。我们认为，文学人物分析必须遵循的一条原则就是立足文本，从文学人物的审美特性出发。

同样，无视文学对象的复杂性，看不到文学认识对象与描写对象的差异性，也会给文学欣赏和批评带来严重的阻碍，导致文学解释浮于表面。虽然不会过度阐释，但也因此丧失了对众多文学杰作深层意蕴的把握，也枉费了作者的一片苦心。可以断言，真正的文学创作绝不是嘲风弄月的随意任为，而恰恰有着非常深刻的人性根源和普遍性诉求。

（三）文学创作的双向建构

在客观世界中，主体与客体之间是一种矛盾运动的“对象性关系”，没有主体就没有客体，没有客体，主体也就失去了其作为主体的意义。主体发现了客体，并将之纳入自己的认识活动、实践活动或审美活动之中，赋予客体以内涵、意义和价值，主体因此成了真正的主体，有了自己的历史和存在。客体也在这个过程中被“照亮”，因而得以从原生的世界中脱颖而出，在世界中有了自己的位置和归属。总之，没有主体，客体是死寂的；没有客体，主体是空洞的。主客体之间的这种“对象性关系”最典型而鲜明地体现在作为审美意识的文学活动中。

1. 主客体之间的审美融合

所谓“审美融合”，是指有审美能力的主体在发现、提炼并表现对象审美价值的过程中所达成的情与景、意与象之间的交融契合。在艺术里，感性的东西被心灵化了，而心灵的东西也借感性而显现出来了，这是主体客体化与客体主体化的双向建构过程。朱光潜称其为“情趣的意象化和意象的情趣化”相统一的过程。正所谓“我见青山多妩媚，料青山见我应如是”（辛弃疾《贺新郎》）。文学活动中主客体之间的审美融合，与人类的其他创造活动的不同之处就在于，它并非一种直接的现实行为（现实中的自然人化），而是一种假定性的精神性建构（观念中的自然人化），最终指向一种具有价值生成功能的文化；这使得文学创作活动中的主客体趋于统一，既包含主体的审美心理，又包含客体的审美特征，是二者完美的审美融合。

对于创作客体来说，无论是自然界的花鸟虫鱼、山川景致，还是社会生活、历史现象，在没有进入作家的写作视野之前，都只是普通的客观存在物，没有多少艺术价值。只有经过作家的审美观察、体验、生发后，才会渐渐成为具有审美特征的审美对象。所以，作家审美心理诸因素的渗透、濡染，对于外在客体的对象化、情感化、审美化，有着特殊的重要意义。

中国古代的理论家，对于主客体间的审美转换过程，有过精辟的阐述。钟嵘在《诗品序》里说："气之动物，物之感人，故摇荡性情，形诸舞咏。"刘勰在《文心雕龙·物色》中说："岁有其物，物有其容；情以物迁，辞以情发。"这些都是讲自然景物与主体内在情感的相互映发关系。清代诗论家王夫之的论述则尤其精妙："情景名为二，而实不可离。神于诗者，妙合无根。巧者则有情中景，景中情。"（王夫之《夕堂永日绪论》）主客体的关系在诗歌中被移植成情与景的二元对立后又力求统一，这就将中国诗歌创作所具有的富于民族色彩的建构特征完整地展现了出来。

在文学创造活动中，正因为主客体之间的双向交流、建构，才最终生成既具有可感的形体又能超越事物且富于意蕴的审美对象。关于创作主客体融合的这种特征，现代美学家宗白华说得好："艺术家以心灵映射万象，代山川立言，他所表现的是主观的生命情调与客观的自然景象交融互渗，成就一个鸢飞鱼跃、活泼玲珑、渊然而深的灵境。"

2. 主客体的形象建构

在文学创造活动中，主客体的审美融合，必须与文学创作本身的特征相符合。任何一部文学作品，既然区别于标语、口号、演讲稿等其他的文字形式，就具有与自身规律相一致的规定性。作家在创作时，都是有意识、有目的地运用文学这种样式，再现客观现实或表现主观情志，而文学创作最重要的途径就是建构并依赖于形象体系。所以，作家对主客体融合的追求，最终还是通过动人、丰赡的艺术形象来体现，审美形象也是作家从事艺术创造时追求的最直接目标。

形象是艺术活动中的一种创造性的结构生成。作家在生活实践里，需要敏锐地感受，在客观现实纷纭无序的现象界，搜寻那些能真正体现时代精神状况和人性本质的人与物，加以创造性的改造，并把自己对人类普遍性问题的思考融入其中，建构既能提升人性品位又合于艺术特征的审美意象体系，即文学作品。为了实现这样的审美目标，他们时常殚精竭虑，将燃烧的情感、自我的心智毫无保留地展现出来，甚至付出自己毕生的心血。

形象的建构，在不同时期的文学作品中，呈现的情况各不相同。早期的创作，尤其是那些集体创作、口头流传的作品，因为受人们认识水平、思维方式的限制，主客体间的关系往往包含"宏大"的文化因子，所建构的形象更多是集体性的表征。像《荷马史诗》讲的是特洛伊战争前后的故事，里面描写了一些超越常人能力的英雄人物，设置了许多现实生活中难以重现的战斗场景，表现了古希腊民族早期的生活、思想、情感和理想，让我们领略到人类童年时代的普遍人性。近代以来的文学创作，作家的自我意识、主体意绪在形象中表现得更为明显，并力求做到主体的审美追求与客观对应物融合统一。曹雪芹创作《红楼梦》时，在“悼红轩中，披阅十载，增删五次”，洒尽“辛酸泪”，创造出了众多生动感人的人物形象，就是作者把自己真挚的人生体验和对衰败中的清王朝的切实认识，融入繁复错综的日常生活事件中去，借以表达个人对人生和社会的独特的审美理解。

主客体的双向建构，其实除了受处于社会关系网中的个人、自然环境和社会环境的影响之外，已成气候的民族文化传统的制约作用也是巨大的。的确，“一切已死的先辈们的传统，像梦魇一样纠缠着活人的头脑”。文学的发展有自己的历史，每个时代都或多或少涌现出一些有口皆碑的伟大作家和优秀的作品，他们以自己独特的才能和创造性的建构，给后人留下弥足珍贵的文学宝库和艺术遗产，成为后代作家攀登新的艺术巅峰的向导。

二、文学创作过程

人类对客观世界的掌握方式有多种，而文学艺术作为特殊的精神创造活动，既不同于物质劳动者、实验人员那种物质实践的掌握方式，也不同于哲学家、宗教家那种精神理论的掌握方式，它对世界采用的是审美的掌握方式。在从主客体的对立到交融互渗，最终完成文学作品的整个审美活动中，作家是其中的主体，为创造过程提供内在的尺度。

清代著名画家郑板桥曾对艺术创作过程有过一段精彩的描述：

江馆清秋，晨起看竹，烟光、日影、露气，皆浮动于疏枝密叶之间。

胸中勃勃，遂有画意。其实，胸中之竹并不是眼中之竹也。因而磨墨展纸，落笔倏作变相，手中之竹又不是胸中之竹也。总之，意在笔先者，定则也；趣在法外者，化机也。独画云乎哉！

这段引用自《郑板桥全集•题画》的文字，的确非常精辟且形象地概述了艺术创作最基本、最一般的过程。清代诗论家叶燮在《赤霞楼诗集序》中的概括更为精粹：“遇于目，感于心，传之于手而为象。”郑板桥主要从客体角度说，叶燮则主要从主体角度说，可从“馆中之竹”经“眼中之竹”进而形成“胸中之竹”乃至“手中之竹”，正是艺术创作从“艺术素材”经“艺术发现”，进而形成“艺术意象”乃至“艺术形象”的过程。其中四个环节形成三个阶段：从“馆中之竹”到“眼中之竹”是艺术创作的发生阶段，从“眼中之竹”到“胸中之竹”是艺术构思阶段，从“胸中之竹”到“手中之竹”是艺术传达阶段。据此，本书把文学创作的一般过程概括为三个相互联系又相对独立的阶段：文学创作的准备阶段、构思阶段和传达阶段。

（一）文学创作的准备阶段

1. 生活体验与艺术发现

体验生活是为了积累写作素材。巧妇难为无米之炊，文学创作亦不能“白手起家”。创作开始前会有一个或长或短的准备期，需要作家在生活中摸爬滚打，积累丰厚的生活体验和尽可能多的写作素材，这就是创作前的材料准备阶段。创作材料是以一种精神或观念的形式储存在作家心灵中的，一位没有丰富的生活积累的作家，不可能对生活有非常深入的反省，也绝写不出有血有肉的人物及感人至深的作品来。比如在《契诃夫手记》中，读者会看到“有一个男人，笨得像匹灰色的骟马”“有一位小姐，她的笑声，简直像是把她的全身浸在冷水里发出来的一般”“他的胡须像鱼尾巴”“人们都喜欢谈论自己的疾病，但生病明明是他们生活中最乏味的事情”“头脑必须清楚，心地必须纯洁，身体必须干净”等丰富的素材和生活体悟。

材料获取，有有意获取，有无意获取，有直接获取，有间接获取。有意获取是指作家在某种创作动机的支配下，自觉地对某类素材进行收集整理，中国当代新时期的作家往往是这种类型。我们过去常说的“体验生活”，就是这个意思。如魏巍为了反映志愿军战士的生活与思想深入朝鲜战场进行采访，契诃夫 1890 年的库页岛之行，都是有意深入生活获取素材的例子。相对于无意获取而言，有意获取的时间较为集中。无意获取如杜甫，他不是为了创作“三吏”“三别”才去经受战乱之苦的，而是在经历战乱之苦后，抑制不住自己内心的冲动创作了这些流传千古的诗篇。杜甫的亲身经历，就是无意获取。相对于有意获取而言，无意获取的时间要长一些。但是，正如当代作家史铁生所说：“体验生活不同于生活体验”，因为，体验生活未必就会有生活体验。所谓“生活体验”，是指作家在自己人生的各个阶段，从自身的切实感受中，通过反思或反省所形成的对生活和人生的理解和感悟。由此可见，从实地体验生活到形成生活体验，中间必须经过主体自身的反思和体悟。材料的获取还有直接、间接的差别。直接获取就是通过实践、通过亲身参与来获取，比如司汤达有从军的经历，王安忆有下放的生活体验。中国艺术家对此常有如下概括：陆游说“工夫在诗外”，杜甫说“读书破万卷”，董其昌说“读万卷书，行万里路”。间接获取就是通过文字、语言、音像等方式获取创作材料，比如凡尔纳创作的 100 多部（篇）幻想小说，材料大部分来自法国国立图书馆的书刊。再如长篇历史小说的创作，更是如此。

一个人独特的人生经历、教育背景以及生活道路，都会对他今后的创作产生巨大的制约力量和影响作用，也为以后积聚了迥异于他人的个性化的创作素材。在作家一生的经历中，有些原初体验是根本性的、奠基性的，比如“童年经验”。有一位喜欢文学的初学者曾问过海明威：“一个作家最好的早期训练是什么？”海明威回答：“不愉快的童年。”童年经验包括童年时代的各种人生经验，作为人生最初的原型体验，常常在人的生活历程中成为摆脱不去的情结。当他后来成为一个作家时，童年经验自然像幽灵一样，时隐时现地在他一系列的作品里游荡。高尔基就以自己悲苦的童年生活为背景，写过许多自传性的小说。鲁迅小说中众多的人物、场景，都深深地烙有他早年生活的印记。这种生活体验是直接的、根深蒂固的，常以无端的方式融入作品的形象和思想之中。

不论生活体验是直接、间接的，还是有意、无意的，都构成了作家创作活动重要的材料来源。但是，材料的积累固然重要，也只是创作活动的必要条件，并不是唯一的决定因素。生活材料毕竟和文学作品的内容题材不在同一个层面。生活中的诸多材料，常流于杂乱无章的表象层面，混合着偶然性因素，不可能毫无筛选就进入审美领域，其间还要作家从中发掘有代表性、有审美意义的材料，它们深深地打动过作家，写入作品中才能打动读者。这就是艺术发现。

所谓“艺术发现”，就是作家依据个人的创作个性、审美理想，从观察到的事物中无意间突然获取的一种独特的领悟。艺术发现是长久追寻后的蓦然领悟，正像“蓦然回首，那人却在，灯火阑珊处”。常常需要独特的眼光和非凡的观察力，需要外在机缘与长期积蓄的内心体验的猝然相遇。它是一个触媒，一个火捻，像磁石吸引铁屑，常常会带来意想不到的创作情景。1927 年夏天，茅盾在牯岭养病，接触到不同职业、阶层的人群，多数人没有引起他的注意，唯独一位云小姐使他产生了兴趣。这是一位“肝病第二期”患者，疾病的威胁使得云小姐的心情时而消极时而兴奋，摇摆不定。后来，这个人物的影子，一直活动在茅盾的《幻灭》《动摇》与《追求》三部曲中。茅盾把云小姐摄入自己的艺术注意圈，不是偶然的。那时他和许多动乱中的中国人一样，面对变幻无常的时事政局，正陷入对人生、前途的矛盾困扰之中。面对周围灰色的人生，有时看到一丝希望的微光，有时又极为悲观消沉，云小姐无常的情绪，正好和他的心境产生共鸣，成为艺术创作所需要的材料。歌德创作《少年维特之烦恼》的情形也是如此。总之，艺术发现是创作的重要契机，可以说，没有发现就没有创造。这种创造的实质和原则是，同中见异和异中见同。比如《日出》《啼笑因缘》和《第一炉香》，虽然都是女人因金钱而沉沦的故事模式，但写法各异，足以显出艺术的创造性。

2. 准备阶段的心理机制

整个文学创造活动，都与作家的心理活动密切相关，只是不同阶段会以某种独特的心理机制为主导。在文学创作的准备阶段，参与运行的心理机制主要有两方面：审美感知和妙悟。

“感知”是感觉和知觉的合称。感觉获取对象的个别特征，知觉在此基础上形成对对象的整体直观。主体首先必须通过感觉和知觉才能同世界发生相应的关系，这是整个人类心理活动的前提，也是审美心理和文学创作活动的基础。从心理学角度看，感知是美感的门户，又是信息的选择器。在各种感官中，视、听是最主要的两种审美感官，也是接收信息的主要渠道；由于与语言这种独特的符号相关联，又被称为有认识功能（黑格尔）和交际功能（帕克）的感官。“语言”不仅是文学存在的基本状态和文学创作的基本媒介，也是深化、提炼和升华生活经验和创作素材的主要工具和触媒，更是主体反思生活、形成体验和获得感悟的主要参与者。

同日常感知相比，审美感知具有三大特点：一是与日常感知的客观冷静不同，审美感知带有浓烈的情感色彩。二是伴随着敏锐的选择性。审美感知要求主体对众多对象作出分析筛选，也要求主体对同一个对象的不同侧面进行有选择的感知，以形成独特的直观和形象。同一个对象在艺术家与常人眼里有着鲜明的差异，艺术家能迅速地抓住对象的典型特征，而常人只能形成一个模糊的印象。三是审美感知有整体性的特点。

“妙悟”一词的完整表述，最初出自宋代诗论家严羽，他在《沧浪诗话》中说：“大抵禅道惟在妙悟，诗道亦在妙悟。”试图以之说明诗歌创作活动中特殊的审美心理机制。从严羽的话里可以看出，“悟”本来是佛教用语，指对“真如”“佛性”等精义的理解、洞识。隋唐以降，还发生过“渐悟”“顿悟”之间旷日持久的论争。后来人们在文学理论尤其是诗歌理论中，才逐渐广泛地使用。文学创作活动准备阶段的“妙悟”，是指达成艺术发现的心理机制，包含且超越日常思维逻辑，在无意之中达到对事物的超常规的体察，获得对对象审美属性的整体把握，近似于西方重要的审美心理范畴——艺术直觉。

妙悟体现了作家在接触外物时，在感性观照中艺术地发现事物深层意蕴的能力。但妙悟并不神秘，作家之所以能在短暂的时间内蓦然领悟，主要是因为作家此前已经对某一问题有过长久的观察、体验，只是一时没有找到合适的对应物，心里无法形成完整的表象。一旦外在事物与内在的情绪相契合，一直以来想写一部什么样的作品，便豁然开朗了。假如没有作家固有的艺术素养和非凡的洞察力以及长久的思索苦寻，就永远不会有对生活材料的准确把握和妙悟带来的艺术发现。

（二）文学创作的构思阶段

1. 艺术构思与构思方式

当作家拥有了相当丰富的创作素材，并获得艺术发现，领悟到部分素材所包含的深刻思想意蕴，涌动起强烈的内心冲动和表现欲望后，这时创作活动就可以进入艺术构思的阶段了。所谓“艺术构思”，是指作家根据自己获取的材料储备和艺术发现，在观念中创造出完整的形象系统的思维过程，即鲁迅所说的“静观、默想，烂熟于心，然后凝神结想”，终而“一挥而就”。它承接着文学创作的准备阶段，即在某种不可抵御的创作欲求的推动下，进入构思，同时又赋予自身一个中心任务，即孕育出具体的、活生生的艺术形象。它包括提炼素材、孕育形象、设计情节、凝聚情感、意境呈现，等等。可以说，在整个文学创作过程中，艺术构思是最为关键的环节。只有通过构思活动，才能将生活素材转化为审美形象，最终形成完整的形象体系。

艺术构思过程是知、情、意有机统一的过程。按照艺术形象在构思过程中成型程度的不同，大体要经过前后关联的三个时期：

第一，形象的发轫。文学创作是一种生命活动，文学史上每一个新的富有魅力的艺术形象的问世，都意味着一个新的生命——艺术生命的诞生。在积累素材阶段，作家观察了形形色色的生活事件，碰到各种各样的人物的悲欢离合，生活的经验和情感的体验积累到一定的程度，由于某一事物或现象的触发，这些能量迅速聚集起来，就会产生火山爆发式的创作冲动，艺术形象便找到了生长的基点，这就是形象的发轫。作家的创作经验表明，形象发轫的缘由和方式多种多样。有的是作家某一次亲身经历的突然触动。比如，“四人帮”被粉碎后不久，张弦回去办理平反事宜，在公共汽车上遇到原单位一位遭受迫害回来要求复查的放映员。放映员的遭遇很不幸，但她见到张弦，没诉自己的苦，反而关切地问起其他受迫害同志的处境。这使作者想起另外一种人，他们只为自己的冤屈怒形于色，对别人的痛楚漠不关心，特别是对挨自己整的同志，还不肯认错。两相对照，作者产生了强烈的写作冲动，写成了以“我们在十几年颠倒了人”为主旨的著名小说《记忆》。还有的是作家旧日积累的情感，激发起了创作冲动。巴金在自己的小说《门槛上》里明确写道：“那十几年的生活是一个多么可怕的梦魇！我读着线装书，坐在礼教的监牢里，眼看着许多人在那里面挣扎、受苦，没有青春，没有幸福，永远做不必要的牺牲品……我离开旧家庭，就像摔掉一个可怕的阴影。”这种对堕落、颓败的封建旧家庭的强烈憎恶的情感，成了巴金创作《家》的动机。

第二，形象的孕育。这一时期是作者运用形象思维创造性地重现生活印象的过程，特别是主要人物形象或意境的酝酿和发展过程。作者的构思从“形象的发轫”开始，“神思方运，万涂竞萌”，过去经历过的生活情景又历历在目。作家好像再一次回到了过去历练过的世界，而在作家的思维中则仿佛有了分身术：一方面，他清醒地检视、品评着自己的艺术构思、幻想和想象，并按照自己的思想观念和审美理想，对人物的思想和行为作审美性的评价，同自己意念中的人物保持一定的距离；另一方面，他又好像化成了自己“内心视觉”中的人物，体验着不同人物的喜怒哀乐。总之，这是作者进一步感受、回味、理解生活体验的时期。像托尔斯泰的《复活》，它的原始情节“科尼的故事”，曾深深地打动过作者，激起他强烈的创作欲望。但该书是十年后才完稿的。这期间，托尔斯泰经过了艰苦、痛楚的思想探索和艺术探索过程。他不断地否定原来的艺术构思，一再探求新的艺术构思，从对个人道德心理的谴责转向对社会黑暗政治的控诉，从人物重心的移位到作品形象体系的重新安排，从卡秋莎个人悲惨故事引申到对沙皇专制制度的揭露抨击。最终，随着作者对主题的不断开掘和深化，人物、情节和结构都随之有了较大的变化。作品的艺术形象，就在不断孕育中趋于成熟。

第三，形象的生成。作家的艺术构思，经过形象的受胎、萌芽、生长，主要的人物、意象有了眉目之后，随着构思的越来越深入，主题亦越来越深刻，情感亦越来越集中，时间、空间变得越来越具体，文学对象间的内在关联越来越契合，整个作品的艺术形象体系明朗起来。这是一个全新的艺术世界，“全部是生活的，又全部是想象的；全部是客观的，又是主观的；全部是具体的，又是抽象的。在这个艺术世界里，每一草一木，一砖一石都放射着人类的文明与智慧的光辉。”个性与共性、现象与本质融合为一体，臻于完善的艺术形象在作家的头脑中诞生，艺术构思步入崭新、完整的层面。这时候，作家生活阅历的深广度、情感记忆的深广度、思想境界的深广度，就直接影响到艺术构思和形象体系的深广度。托尔斯泰的《安娜·卡列尼娜》，是从一个简单的离婚故事开始构思的，作家以此为出发点，把眼光投向当时俄国的整个上层社会，投向那时的各种社会领域、社会制度和社会观念，把种种人物同安娜的离婚纠结起来，反复比较，反复构造。据说，单是作品的人物关系草图，作家就修改了六七次。这既说明完成一个好的艺术形象构思的艰难，又说明了形象内蕴的开掘与作者本人素养间的决定性关系。

艺术构思是一个复杂的过程，上面列出的三个阶段，只是表明在处理材料的不同时期侧重点不同罢了。在实际构思时，诸多的因素常常纠缠在一起，难以用精确的方法将它们截然分开。

那么，构思过程的具体情形如何呢？我们还是可以找出一些规律性的东西来的，即通常所说的“构思方式”。从内涵的角度看，构思方式就是指在艺术构思过程中塑造形象和结构作品的方式。过去的文论著作里，已经有了许多总结，这里择其大要，谈谈综合和变形两种突出的构思方式。

艺术构思中的综合，是指作家对储存的材料进行加工、合成，糅合成一个有机艺术形象的过程，具有定向性、选择性和整体性等特点。法捷耶夫在谈到这一问题时说：“从意识中存在着的大量印象和形象中挑选最有价值的材料，你选出一切需要的，抛掉多余的，在那样一个方向上浓缩事实和印象，以便尽可能全面和清晰地表现出、传达出在意识中愈来愈定形的作品的主要思想。”就是说，作家根据准备阶段积累的材料，经过去粗取精，将一些不能纳入此作品的材料“抛掉”。这种有取有舍不是随意为之的，而是有明确的定向性，必须围绕一个中心主旨或曰“主要思想”来完成。正如托尔斯泰所说，“拿过达尼雅来，把她同苏妮亚一同捣碎，于是就出现了娜塔莎”。

在艺术构思中，作家为了达到某种特定的艺术效果，通过艺术想象创造出有意违反常规的艺术形象的方式，被称为“艺术变形”。例如，在卡夫卡的《变形记》里，人一夜之间变成具备人的思想方式的大甲虫；在吴承恩的《西游记》里，孙悟空是既具人性又具猴性和神性的奇异艺术形象；蒲松龄笔下的鬼女狐仙系列，都属于艺术变形的经典例证。在创作活动中，艺术变形手法的普遍运用，更能激发独特艺术形象的构思创造，也能让读者从中获得一种全新的艺术感受。具体方法有扩大、缩小、黏合、漫画、夸张和幻化等。

此外，常用的艺术构思方式还有突出、简化、陌生化处理等。突出的方式有两种：淡化背景和浓涂重抹。简化常有言尽意远的艺术效果。

2. 艺术构思的心理机制

艺术构思是一种形象思维，是一种创造意象的审美心理活动，各种心理机能和心理机制在其中形成一种有机统一的整体性运用。参与这个创造过程的心理要素有很多，从最简单的感知，到再现性的想象、联想，最终形成创造性想象。尤其是情感，其中还渗透着理解和认知。参与其间的诸多心理要素形成的心理机制和心理过程大致有：回忆与沉思、想象与联想、灵感与直觉、意识与无意识等。其中最主要的因素和过程是情感、想象和灵感。

在艺术构思过程中，情感作为一种动力因素十分明显。中国古代文论很早就提出“诗缘情”的命题，“重情”是中国文学和文论中的一个悠久传统。托尔斯泰也说：“艺术是对世界的感性认识，是借助作用于感情的形象思维……形象应该作用于情感……形象的辩证法应该作用于感情。”作家从接触某个事物开始，就被事物美的本质所打动，并掀起情绪的波澜。在形象的形成过程中，情感一直起着引导和催生作用，与里面的人物同悲同乐，完成艺术的创造性构思。由于作家的情感反应与艺术形象纠缠在一起，这时的情感迥异于出于有机体生物需要而产生的情绪，它是一种审美的情感，是超越世俗欲求的高尚的体验。当然，为防止情感的任意泛滥，避免走向非理性的宣泄式的冲动，作家的理智在其中常常起制约和规范的作用，从而保证艺术构思活动处于符合“美的规律”的情感运动过程之中。正如颜之推所说，“为文尤须放荡，但又须随时以嚼勒制之”。

与情感相辅相成的心理活动是想象。黑格尔说过：“真正的创造就是艺术想象的活动。”艺术构思时，不管是材料的筛选、综合，还是人物、情景的回忆，所使用的都是想象这一独特的心理机制。情感的强烈介入，又极大地使想象的空间扩展得更加广远。艺术构思过程通常称为形象思维的过程，而形象思维的核心就是通过想象进行的思维。对于一个作家来说，要想体验不属于自身的处境和情绪，并且，还要将信息以读者能理解的方式传递出来，必须也只能利用想象才能实现。古人所谓的“形在江海之上，心存魏阙之下”“眉睫之前，卷舒风云之色”等，都是对艺术构思活动中想象运行机制的具体生动的描述。

另外，灵感也是艺术构思阶段最重要的心理机制之一。“灵感”一词来源于希腊语，原意是指神的灵气。最早使用“灵感”这一术语的是德谟克利特。我国古代文论中虽然没有“灵感”这个词，但对其探究由来已久，像陆机《文赋》中描述的“若夫应感之会，通塞之纪，来不可遏，去不可止。藏若景灭，行犹响起”，就是用形象化的语言，十分明确地指出了灵感的心理特质和起结规律。灵感是作家在艺术构思过程中的一种非自觉、非逻辑地获得创造性领悟的思维爆发状态。

灵感的特征主要表现为：第一，突发性。灵感来临时，既没有抽象思维概念、判断、推理三段论式的推导，也不能通过联想、想象渐次将积累的素材加以意象组合，灵感到来的表征为作家创作情绪的突然勃发或实际创作过程中“瞬间的顿悟”。第二，亢奋性。在艺术构思中，灵感一旦到来，往往伴随着高度投入的情绪体验，作家这时精神亢奋，理智难以自控，甚至进入与现世短暂隔绝的迷狂状态。第三，创造性。灵感是创造性的思维成果，能突破人的常规思维定式。就像一个人不可能两次踏进同一条河流一样，同一类型的灵感也不可能以同样的方式出现在两个人的头脑中，即便是同一个人的头脑，一旦灵感消逝，也难再复现。作家正是凭借灵感思维，开辟了一个个独特的艺术境界。对灵感的内在轨迹，周恩来的“长期积累，偶然得之”八个字总结得简练、精确。大量的创作实践表明，艺术家在捕捉到灵感之前，都有一个反复思考、苦心追求的过程。

（三）文学创作的传达阶段

1. 艺术传达与艺术技巧

经过艺术构思之后，文学形象基本上趋于成熟。但文学不只是情感和想象的艺术，同时还是语言的艺术。艺术形象体系如果仅仅停留在观念形态的蓝图之中，还不能算是文学作品，还需要经过最后的艺术传达阶段。艺术传达是指作家运用语言文字符号，将酝酿成形的形象体系通过相应的艺术技巧转化成具体文学作品的过程。正如歌德所言：“到了描述个别特殊这个阶段，人们称为‘写作’的工作也就开始了。”

从心中构思好的意象，到作品呈现出来的形象，并非一蹴而就的。作家写作时“文不逮意”和眼高手低、心手不一的现象也是经常存在的。陆机在《文赋》中谈到创作中的困难时感叹道:“恒患意不称物，文不逮意，盖非知之难，能之难也。”刘勰在《文心雕龙·神思》里也说：“方其搦翰，气倍辞前，既乎篇成，半折心始。何则？意翻空而易奇，言徵实而难巧也。”从“意翻空”到“言徵实”的过程中，艺术技巧的适当运用，就成为举足轻重的一环。在文学理论史上，研究者对技巧本性的理解莫衷一是，有人将其视为天生的不可模仿的能力，有人则将其看成后天训练所习得的表现手法。其实，艺术技巧不等于表现手法，它是表现手法的巧妙运用；表现手法是知识，艺术技巧则是智慧。因此，艺术技巧就是艺术家在创作中对技术手法巧妙而恰当的运用。

文学作品中一个小小的细节，就可能影响到整个作品的效果。鲁迅曾经对别人给阿Q戴上瓜皮帽极为不满，说“我记得我给他戴的是毡帽”。因为在20世纪初，戴上瓜皮帽，很容易使人联想到上海滩的“混混”形象，有太多的流氓气；而鲁迅创造的阿Q，却是地道的有乡土气息的无产乡村农民。“媒介即信息”，它制约着所要表达的内容，因此，在艺术传达过程中，语言的提炼尤为重要。为了使“文逮意”，提高作品的艺术质量，中外文学史上流传着许多“字斟句酌”的故事。像贾岛的“僧推月下门”改为“僧敲月下门”；王安石的“春风又绿江南岸”的“绿”字，就是在“到”“过”“入”“满”“绿”等字中挑选出来的；曹雪芹写《红楼梦》“披阅十载，增删五次”等。他们为了文字的恰切、生动，可谓呕心沥血。类似这种对艺术技巧认真探索的例子数不胜数。

有了艺术技巧的出新，才有文学作品的独特创造。这并不是说，技巧可以随意运用。选择哪一种艺术技巧，在传达过程中还是有规律可循的。基本的原则，即必须契合表达内容本身的性质，同时还要注意不能游离于所要表现的主旨之外。上面提到的阿Q的毡帽事件，就是一个例证。因为在客观世界中，每个事物都有自己质的规律性，作家若体察不到或者漠视这种规律性，写出来的作品就会违背常理，不但起不到表达主旨的作用，还会破坏作品的艺术真实性。如鲁迅分析过李白的诗句“燕山雪花大如席”，不能换成“广州雪花大如席”，就属于此类情况。

2. 艺术传达是构思的深化

在艺术传达中，作家根据已经构思好的框架，力求将它们形诸笔墨，但实际的情形却要复杂得多。有时在文学作品完成之后，会发现与以前的想法有着非常大的差距。艺术传达过程，也是一个不断更新、不断创造，对艺术构思逐步深化的过程。

一方面，作家要重新审视以前积累、构思好了的材料、审美意象，再度进行必要的合成，最终加以物化、外化。因为传达过程并不是对大脑中的意象的摹写和复制，相反，它是按语言艺术的独特规律展开加工过程。随着人物、事件、场景和意象越来越清晰，艺术世界的自足性也会越来越明显，作家以前构思好的结构路径，有时会由于不适应人物的性格、情节的发展，不得不有所改变。法捷耶夫说：“在作者最初用几笔勾画出主人公们的行为、心理、外表、姿态等之后，随着小说的发展，这个或那个主人公就仿佛自己在修正原来的构思，在形象的发展中仿佛出现了自身的逻辑……如果作品的主人公为艺术家所正确了解，那么在某种程度上他就会自己带着艺术家走。”人物一旦活动起来，作家的主体性渐次淡化直至隐匿，只能跟着作品里的人物前行。所以从这个角度讲，物化活动也是作家善于顺从的过程。这就是所谓“作品人物的反叛”的问题。但必须牢记的是，人物形象是艺术符号，是受作家“整个内心系统制约的”。

另一方面，作家在构思时，囿于材料和思维的限制，也许有很多有待完善的不成熟甚至粗糙的地方；还可能由于在写作过程中又遭遇新鲜的外物刺激，或在原材料里发现了新的更有意味的东西。这时作家构思好的内容，相应地就要作些调整，甚至还可能引起创作动机的中途转换。鲁迅阅读了弗洛伊德精神分析学理论之后颇受启迪，准备以此为基点，探究人类文明和艺术的起源。但在构思好框架后，看到报刊上发表了一篇攻击情诗的文章，于是创作《不周山》的动机不由自主地发生改变，在女娲两腿之间添加了一个古衣冠装饰的小丈夫，以表达自己的愤怒。于是作品的意向直指现实，主题得到深化和升华。

3. 艺术传达的操作类型

刘勰《文心雕龙•神思》云：

人之禀才，迟速异分；文之制体，大小殊功。相如含笔而腐毫，扬雄辍翰而惊梦，桓谭疾感于苦思，王充气竭于思虑，张衡研《京》以十年，左思练《都》以一纪。虽有巨文，亦思之缓也。淮南崇朝而赋《骚》，枚皋应诏而成赋，子建援牍如口诵，仲宣举笔似宿构，阮瑀据案而制书，祢衡当食而草奏。虽有短篇，亦思之速也。

刘勰从构思和传达的角度，对文学史上不同类型的操作风格进行了分类：张衡之类的“思之缓者”和曹植之类的“思之速者”。一般称前者为“即兴”，后者为“推敲”。按刘勰的看法，文学创作物化风格的差异主要源于“人之禀才”，当然也和“文之短巨”有一定关系。

即兴是作家因眼前物事或心中念想而突有所悟，兴致大发而迅速地在无事先构思的情况下创造出某一优秀作品的情形。即兴是艺术创造或艺术表演中常有的情形，特点是兴致突来，一气呵成。此时，作家文心勃勃，诗兴大发，才思泉涌，势不可遏，笔落惊风雨，诗成泣鬼神。李白“斗酒诗百篇”，司汤达五十三天写出《巴马修道院》，歌德用四周时间写成了《少年维特之烦恼》，皆属此例。朱自清《中国歌谣•歌谣的起源与发展》云：“那可羡可喜的歌工，以歌为业，不但取传统的材料，还能自己即兴成歌，用旧的语句，而情事是随意戏造的。”姜妙香《追怀往事》亦云：“我们在演出之前并没有计划这样改动，是兰芳在台上即兴的创造。”即兴的出现，一般需要多种无法事先预料的条件：足够的材料积累和情感聚结、娴熟高超的艺术技巧、适当的创作气氛和契机、艺术的天分和灵感。

“推敲”一词典出贾岛诗句“鸟宿池边树，僧敲月下门”的创作记载，意即斟酌字句，后泛指对事情反复考虑。在文学创作中，推敲是指作家在实际创作过程中，反复思索考量以选择恰当的语词和语序，以求准确妥当地把构思中的形象体系和所要表达的意蕴具体化为语言文字的过程和手段。在文学创作史上，推敲的情况要比即兴更为常见，作品的艺术价值也常常更高。正如王蒙所言，你只要亲眼看看那些大作家的创作手稿，你就知道有些传记中的离奇记载尽是在胡扯。如果说即兴的特点是灵感飞呈，那推敲的特点就是苦心经营。李频“只将五字句，用破一生心”，杜甫“语不惊人死不休”，托尔斯泰花了十年时间安排玛丝洛娃在《复活》中的出场，歌德用了六十年时间来创作《浮士德》，徐志摩夫子自道作诗经历如“唐僧取经”，皆是推敲的经典例证。文学创作中的推敲，不仅表现在字斟句酌上，还包括细节的提炼、人物的安排、章节的承接、意境的组合等方面。于此，需要明确的有如下几点：由于文学是语言艺术，推敲最终还是落实在语言文字的经营上；推敲与即兴是相辅相成的，属一体两面，不可截然分开，即兴也需要推敲的完善，推敲亦常伴即兴的光临；推敲的好处是精雕细琢，但亦常有斧凿之痕，艺术创作的理想境界是“艺术像似自然”，虽千锤百炼，亦感自然天成。因此，推敲的最终目的是让人看不出推敲痕迹。

三、文学创作形态

文学创造是主客体双向的审美建构活动。在这一活动过程中，主客体间自始至终表现为复杂的审美关系，其中既表现为感觉、情感和想象的体验功能，又表现为认知、理性和沉思的范导功能。在这种具体的交互作用中，不同作家、不同类型的创作，却遵循着某种相通的、约定的原则和规范，形成特定时代关于文学的观念或惯例。创作虽然是人类最自由的精神活动之一，但它之表现为精神创造又必然遵循审美的原则和艺术的规范，必须用审美的态度对待创作客体和艺术对象，否则就不可能进入实际的文学创作之中。作家的创造动机可以是外在的、功利的，但创作的态度则一定是审美的、艺术的：这就是艺术创作必须遵守的基本原则。在此基本原则下，作家会因自己对文学应当是什么、应当表现什么、应当如何表现等问题的不同理解而在实际的创作中表现出不同的倾向并形成不同的创作形态。从表面看，文学创作的不同形态是历代文学作品通过自身特征鲜明地表现出来的理论形态；从根源看，则是作家不同文学观念的必然结果。

（一）文学观念与创作形态

1. 作家文学观念的形成

文学观念，简单地说，就是文学主体（创作主体和欣赏主体）对“文学是什么”以及“文学应当如何”的理解。它既可以是不自觉的、潜在的，也可以是自觉的、甚至表现为明确的理论形态。从作家角度说，文学观念是制约作家创作活动的内在因素，是创作得以展开的指导性因素。它不仅决定了作家的审美倾向和题材偏好，还决定了作家对题材的处理、表现和艺术技巧的运用，以及对文学功能的理解。

作家文学观念的形成，主要与三种因素相关。首先，与作家自身的个性心理和性格倾向密切相关。大凡精神活动都有如此特点，正如费希特所言：“你是什么样的人就决定了你会选择什么样的哲学”；同样，你的个性也会决定你偏向于某种类型的文学，比如有人喜欢阅读小说，有人喜欢吟诵诗歌。作家的个性特征很大程度上决定了其心理结构和情感趋向，进而导致不同的创作个性和趋向。歌德和席勒可能是最好的例证：歌德生性厌恶脱离感性的抽象思考，始终保持着精神与感性具体的深切关联；而席勒则性好沉思，喜从抽象的高处俯视大地。正如歌德自己所说：“我俩尽管志同道合，生性却很不一样，而且不只是精神方面，生理方面也如此。例如一种气息，席勒觉得很好闻，我却感觉像毒药。”歌德所说的“气息”，就是后来广为流传的席勒创作时喜欢抽屉里烂苹果的味道。他们俩一个“主张写诗要用客观的方法”，一个“完全以主观的方法写作”，不能说与此没有深刻的关联。其次，作家文学观念的形成与其所处地域的文学传统，尤其是与其性情相合的那一部分传统也有着内在的关联。任何创作开始之初，都必然会有一个模仿的过程，模仿就得有一个范本，这个范本常常就来自作家所认同的文学传统。进而，作家的文学观念会在其具体的文学创作过程中，或得以深化，或得以补善，或得以校正，终于得以定型，并表现出一定的生命力和典范性。

2. 创作形态的历史划分

文心有别，其异如面。但是，丰富多样的文学创作并非不能从整体把握并予以分类，从亚里士多德以来的西方文论史，对此曾予以特别关注。亚里士多德在《诗学》第二十五章中就曾区分过两种不同的创作形态，即“按照人应当有的样子来描写”和“按照人本来的样子来描写”。这大致对应于理想主义和现实主义的创作方法和形态。歌德在 1830 年 3 月 21 日同爱克曼的谈话中提道：

古典诗和浪漫诗的概念现已传遍全世界……这个概念起源于席勒和我两人。我主张诗应采取从客观世界出发的原则，认为只有这种创作方法才可取。但是席勒却用完全主观的方法去写作，认为只有他那种创作方法才是正确的。为了针对我来为他自己辩护，席勒写了一篇论文《论素朴的诗和感伤的诗》。

歌德所谓的古典诗与浪漫诗、席勒所谓的素朴的诗和感伤的诗，实质上是两种不同的创作方法和形态，即上文所说的模仿现实的现实主义和表现理想的浪漫主义。在《说不尽的莎士比亚》一文中，歌德进一步将古典诗与浪漫诗作了更为细致的对比。别林斯基在《论俄国中篇小说》中继承并发展了早先俄国批评界提出的“现实的文学”和“理想的文学”的提法，指出在“理想的文学”里，诗人“按照自己的理想来改造生活”，着重主观性，“须与情感相协调”；在“现实的文学”里，诗人“按照生活的全部真实性和赤裸的面貌来再现现实，忠实于生活的一切细节”，着重文学的客观性，“则与所表现的生活协调”。王国维在《人间词话》中也提出“主观之诗人”与“客观之诗人”、“理想家”与“写实家”、“有我之境”与“无我之境”之分，其中的主观与客观、理想与写实、有我与无我亦可看作对文学创作形态的基本划分。至此，我们可以对创作形态作如下界定：作家在艺术创造过程中根据自己的文学观念在处理文学与世界、理想与现实、主观与客观、一般与特殊之间的关系时所表现出来的一般方式和倾向。从作家的角度说，是创作方式和创作倾向；从作品角度说，是创作形态。

必须明确的是，在实际的创作活动和具体的文学作品中，这两种基本的创作方式和倾向既不是截然分开的，也非水火不容，而是常常交融在一起，只是各自有所偏重而已。理论概述所依据的也多是这种偏重的衡量。故而常有不同创作倾向的作家或理论家发生争执，上面提到的歌德和席勒即是一例。法国作家乔治•桑和福楼拜也曾就这一问题展开过一场争论。福楼拜主张要写他在现实中亲身所感、亲眼所见的生活，“我不能换掉我的眼睛”，写那些游离于作家自己“气质”以外的东西。乔治•桑不同意福楼拜的观点，认为“这种描写本色事务和生活上实际遭遇的意图，并不十分通情达理”。她反对把文学当成社会生活的“书记”，标举的是另一种强调主观色彩的写作原则。桑塔亚那在评论欧洲文学时，从创作形态和寓意角度对古希腊、中世纪和近代的代表性文学家作过精当的分析：“歌德，浪漫主义地以人类生活的直接性来处理人类生活；卢克莱修，处理自然的景象和人类生活局限方面的景象；但丁，处理对这一生活的精神把握、对善恶有透彻的了解。”根据对创作形态的理解，本书把文学创作大致划分为两种基本形态，即文学的再现形态和文学的表现形态。

（二）文学创作的两种基本形态

文学通过形象显现普遍人性。在不同类型的文学作品中，其所创构的形象体系有着各自的特点，正如本书第三章所详细论述的：抒情性作品形象体系的典型形态是意境，叙事性作品形象体系的典型形态是典型人物。前者让人感受到的是创作主体内心深处喷涌而出的思想感情的激流，后者让人接触到的是一幅幅具体细致的生活画面和一个个鲜活生动的艺术人物。主客体之间交互方式及话语结构的不同，形成了再现性文学和表现性文学迥异的形态。在实际的创作活动中，作家在处理文学与世界、理想与现实、主观与客观、一般与特殊之间的关系时会表现出两种不同的主导倾向。再现性文学注重艺术真实与艺术概括，表现性文学强调艺术理想与艺术夸张。

1. 文学创作的再现形态

再现形态的文学一般具有如下特点：主体的现实性、形象的逼真性和表达的客观性；它遵循艺术真实的原则，力求做到主体意识与所描写的客观事物和对象相符合或相一致。巴尔扎克说过，“获得全世界闻名的不朽的成功的秘密在于真实”，“真实”是对文学的第一要求，我们读一部作品时，“心里总有一种求真的意识，碰到不真实的情节，求真意识就会叫起来：‘太假！’这本书就没有也不可能有任何价值”。“艺术家的使命就是把生命灌注到他所塑造的这个人体里去，把描绘变成真实。”但是，文学的真实性问题又有其复杂的一面，这种复杂来自生活走向文学的中介性，即必须通过主体因而必然带有的主观性。不论多么强调“如实反映”“按照生活的本来面貌”，都不能完全排除主体意识的介入；就如同无论怎样标榜“天马行空”“纯粹自我”“超现实”，也必然离不开现实一样。更深层的理由是，文学的独特对象和认识对象决定了文学必然是主观性的。因此，要想理解文学真实性的内涵，首先必须弄清生活真实与艺术真实的关系。

生活真实与艺术真实的关系从某种意义上说，就是生活与艺术的关系。因此，首先可以明确的是，艺术真实来源于生活真实但又高于生活真实。“来源于”标示着两者的联系，“高于”则指向它们的区别。生活真实是指客观存在的一切具体的生活现象，凡历史上出现过或现实中存在的自然与社会、物质与精神等原生态的事物和现象，都可归结为生活真实。生活真实的特点是一次性、独特性、原生性，常常不够典型、不具普遍性，还只是个别事实的真实。而且这些事实真实的背后，真与假、善与恶、美与丑相混合，现象与本质、偶然与必然、个别与一般相杂陈。这些都为文学创作提供了取之不尽、用之不竭的源头活水，是提炼文学价值的原材料。但是，艺术真实之所以是艺术真实，就在于它“高于”生活的那部分，两者的差异正可揭示这种“高于”的内涵。

艺术真实是文学尤其是再现性文学追求的基本价值之一，通常是指作家在文学作品中创构的艺术形象契合人类生活的某些本质和规律的程度。这是一个有层级性的概念，不是一个绝对价值。因此，“尽管都是真实的，仍然有开阔与狭小、恢宏与偏激、深邃与肤浅、健康与病态、崇高与卑下、细密与粗疏等之别”。与生活真实和科学真实相比，艺术真实具有如下特点：它是假定的真实而非事实的真实，因而追求虚拟的逼真性；是内在的真实而非现象的真实，因而追求深刻的普遍性；它是主观的真实而非客观的真实，因而遵循情感的逻辑；是诗艺的真实而非事理的真实，因而遵循审美的规律。如《阿Q正传》中，阿Q最后被稀里糊涂地判成死罪，要他画押时，他还“生怕被人笑话，立志要画得圆些”，因而“要使尽平生的力画圆圈”，只是“这可恶的笔不但很沉重，并且不听话，刚刚一抖一抖的几乎要合缝，却又向外一耸，画成瓜子模样了”。在现实生活中，这种情况并不会存在，作者正是通过这一虚构的含泪的细节，既淋漓尽致地刻画了阿Q极端麻木无知的精神状态以及心理世界的精神胜利法，又饱含“哀其不幸，怒其不争”的极为复杂的感情，达到了很高的艺术真实性。

文学作品需要超越生活真实，走向艺术真实。但从内容上看，艺术真实所依附的还是具体、个别的事件，而个别的事件总是同现象层面的偶然性联结在一起的。如何才能穿越现象世界进入艺术世界？这要通过艺术概括才能很好地完成。所谓“艺术概括”，是指作家依据自己对生活的体察和理解，将个别事物进行特殊的处理，使之具有普遍性的艺术手段。艺术概括的实质是“用最小的面积惊人地集中了最大量的思想”。可以说，在再现性的文学创作活动中，艺术概括是创作素材在作家的构思中得以典型化的最基本、最重要的途径，也是抵达艺术真实的最有效的手段。通过艺术概括，再现性文学对艺术真实的追求，得以转换成作品中的现实存在。古代文论家常讲的“以少总多”“触类而长”，都属于这种情况。巴尔扎克还说过：“偶然性是世上最伟大的小说家，若想文思不竭，只要研究偶然就行。”这里既强调了偶然性的重要意义，又提出了“研究偶然”即运用艺术概括的必要性，艺术概括在此成为从生活表象走向本质真实的通道和桥梁。

从艺术概括的定义我们知道，它主要包含两方面的规律。一是通过审美意识介入文学对象以获得形象的逼真性与理想性。在再现性文学的创作中，着重对外在事物的观照和描绘，作品的题材要与文学描写的对象努力做到相近、相似，尊重生活真实。但客观外物一旦进入文学作品的创造活动中，就都被观念化、艺术化了。作为创作主体的作家，会根据自我的审美意识进行能动的介入。所以，在进行艺术概括时，主体与客体是相统一的。二是通过个别概括一般以达到形象的普遍性与典型性。虽然写进作品中的是生活事实，但由于艺术概括的参与，这些事实是从众多类似的事实中提炼、综合出来的，因而艺术概括既是个别的，又蕴含着一般，是个别与一般的统一体。孙犁的小说《荷花淀》写的是抗战时期作者家乡“家家户户的平常故事”，没有传奇的色彩，甚至没有特别用力的情节设置，但仔细考量，小说写得又十分出奇、十分精巧。全篇不写妇女“拖后腿”，不写新娘“送郎出征”，不写“拼刺刀”，而选择几个妇女由于荷花淀里的一场奇遇，终于投身抗战，以集中的点代时代的面，显示了人民战争的某些本质，反映了深刻的历史主题。

艺术概括是文学创作再现形态的一个基本方法，是创造艺术真实的基本手段和途径。运用这一方法，作家能够创造出异乎常人且既有个性色彩又具普遍特性的各类人物形象。艺术概括的具体方法是多种多样的，有人列出过合成法、原型法、变异法、选择法等不同的技巧。我们根据多数作家的创作经验和各种理论概括，将其概述为两大方面，即取材途径和人物塑造。就前者而言，既可以通过大量常见的场景来实现，在量的普遍性中见出规律性的东西，如杜甫的“三吏”“三别”；亦可以通过罕见的新生事物来实现，在质的必然性中见出规律性，如众多的科幻作品。就后者而言，我们将其大致划分为两大类型：第一类，“杂取种种人，合成一个”。这种方法要求作家在广泛地占有生活材料的基础上，把分散在许多人身上的、最能集中体现某种人性心理和社会本质同时又浸润着鲜明个性色彩的典型特征综合起来。这是再现型文学家最常用的艺术手法。鲁迅是其中最具代表性的作家，他在回顾自己的创作时说过：“所写的事迹，大抵有一点见过或听到过的缘由，但决不全用这事实，只是采取一端，加以改造，或生发开去，到足以几乎完全发表我的意思为止。”另外，这种“合成”还表现为某种“移花接木”式手法，比如《三国演义》中关羽的形象就是如此塑造的。第二类，以生活中某一原型为主，再吸纳一些其他素材。在社会生活中，有的人物、事件本身就具有典型性，或者作者具有的深厚、独特的人生体验，它们都有较大的审美价值，作家就可以直接以之为框架，适当地加工，写入文学作品之中。《钢铁是怎样炼成的》《李自成》《少年维特之烦恼》等就是这样完成的。

2. 文学创作的表现形态

表现形态的文学一般具有如下特点：主体的理想性、形象的奇幻性和表达的主观性。它往往按照作者的艺术理想，按照生活应有的样子，再造理想境界，塑造神奇形象，理想化地表现人生追求和人生情怀。所谓“艺术理想”，就是作家对悬于心目、尚待实现的美的价值、事物和境界的向往与追求。作家在生活中，与普通人一样，经常会遭遇各种各样的挫折，这些人生经历将成为写作时重要的情感资源。但日常生活里的情绪、情感，如何通过审美中介物转换成审美情感，以感性形象的形式呈现出来，就需要创作主体通过独特的艺术手法去实现。

在《离骚》中，诗人通过想象的自由驰骋，熔神话传说、历史人物、自然现象和现实生活于一炉，创造了一幅意象纷呈的画面。借此屈原表现了自己进步的政治理想以及为了追求美好理想而不断求索、始终不渝的斗争精神，表现了关心人民、热爱祖国的深厚情怀，同时也表现了他憎恶丑恶与黑暗的光辉高洁的人格。在这部作品里，屈原能够通过自己所熟悉的材料，将内在的主观世界状况近乎完美地呈现出来，契合了诗人创作的艺术理想。正如一位德国作家说的那样："创造者变成了自己的创造品。"主观的意绪，无论在创作活动过程中，还是在完成了的作品形象体系里，都占据着举足轻重的地位。

值得一提的是，在表现性文学创作中，作家的艺术理想是建立在对一定的客观事物描绘的基础上的。作家要表达自己的审美情感，不能仅仅靠直抒胸臆，毫无节制地宣泄，那样只能使创作出来的作品缺乏艺术性，没有审美意义。作家总是试图利用外物这一道具，通过美的境界的创构，更鲜明、更有力地表达自己的情志，使得作品更吸引人。从这个角度来说，艺术理想依然逃脱不了主客体关系的限制。只不过在表现性文学的创作过程中，作家更加倾向于主体意识对作品的统摄而已。

艺术理想的传达和表现，催生了表现性文学的另一重要方法——艺术夸张。艺术夸张，就是作家在创作过程中，抓住事物某一方面的特征加以夸大铺排，以达到表现审美理想的目的的方法。作家为了尽可能准确地使创造出来的艺术品符合自己的艺术理想，光靠现实生活中真实但有限的材料还难以实现，所以常常依凭想象、联想甚至幻想，创造一些超越日常生活的神奇意象，获得更佳的表现和接受效果。可以说，艺术夸张常常是在创作主体"精言不能追其极"的情况下，采用的"壮言可以喻其真"的非常规的艺术手段。

艺术夸张在表现性文学作品中的使用是普遍的。在古今中外众多的作家作品里，都有所体现。"君不见黄河之水天上来，奔流到海不复回"（李白《将进酒》）、"霜皮溜雨四十围，黛色参天二千尺"（杜甫《古柏行》）、"白发空垂三千丈，一笑人间万事"（辛弃疾《贺新郎》）等，它们之所以具有极强的艺术感染力，并作为经典名句传承下来，不仅因为它们表达了人生际会中一些规律性的内容，更主要是因为使用了契合主体审美理想的艺术夸张手段。上面的诗句，初读起来根本不符合生活逻辑，但由于诗人抓住了所描绘事物的某一具体特征，并竭力加以夸大，从而更准确而富于艺术感染力地表达特定的思想感情。相反，这时若不使用艺术夸张，就达不到想要的审美效果。

在表现性的现代主义文学作品里，艺术夸张也被广泛地运用，并经常与艺术变形结合在一起。卡夫卡《变形记》里，人一夜之间变成甲虫，尤金·奥尼尔《毛猿》中的主人公杨克生活在轮船的舱房里，贝克特《最后一局》里的人物更是生活在垃圾筒里。在这些作品中，作家将人的生活处境作了极度的变形和夸张，以便更鲜明地展示现代人的精神状况。总的来说，艺术夸张的恰当运用，能使语言的表达更加形象化，使人物的创造更加新奇，作者的艺术理想也能更有效地渗融在作品之中。

第二节 文学创作风格

文学风格是文学活动中出现的一系列具有重要价值的文学现象。文学风格的出现，既标志着作家个人创作走向成熟，也标志着文学发展的成熟，同时还意味着读者欣赏、接受水平的提高。文学风格涉及一系列与文学活动相关的因素，诸如风格的形态、风格的形成以及风格的特征等，同时还涉及文学风格在地域、文化、流派、民族等方面的表现。

一、风格的审美特性

（一）文学风格的界定

1. 风格概念辨析

“风格”一词源于希腊文，后经由拉丁文转译成德文和英文。本义为“雕刻刀”，喻指“组成文字的一种特定方法”和“以文字装饰思想的一种特殊方式”。显然词源学意义上的“风格”主要是修辞学概念，强调语言使用过程中的修辞运用，包含修辞、笔调、韵数、文笔、文体和文风等含义。如亚里士多德就认为，高明的修辞就是风格，“语言的准确性，是优良风格的基础”。在中国，较早使用“风格”一词的是南朝宋刘义庆，其《世说新语》云：“李元礼风格秀整，高自标持，欲以天下名教是非为己任。”此处“风格”主要是用来品评人物的风度品格，有时亦称“品”“体”“体式”“式”“体貌”“体性”“风骨”“格调”等。中国文论史上，风格的内涵有一个历史演变过程：从品人到品书，再到品画、品乐，最后才用来品文、品诗。

在现代语境中，“风格”也是一个含义宽泛的概念。从比较宏观的角度说，有时代风格、民族风格、地域风格、流派风格；从比较具体的角度说，有作家风格、作品风格、文体风格、语言风格；从不同艺术类型来说，有建筑风格、绘画风格、雕塑风格、音乐风格、文学风格等。同样，有关风格的理论也极为复杂。下面我们将通过对历史上风格理论的梳理，给出本书所理解的“风格”概念。

2. 风格的诸种理论

中西文论史，都对“风格”有着非常详细的探讨。综而观之，人们在探究风格的内涵时，不外乎有三种切入点：客体、主体和主客统一，从而形成了各异的风格理论。

站在客体的立场，着眼于作品的外在形式，尤其是语言形式所呈现出来的特色，就会认为风格是文学语言不同组合而构成的属性。这种说法由来已久，“风格”一词的词源义就是如此，主要是一种修辞效果，亚里士多德的风格理论是其代表。至 17、18 世纪，受近代“二元论”的影响，更加强化了语言形式与思想内容的分离，文学作品被看成是作家对思想、真理的一种发现，语言只不过是思想的一件外衣，采用不同的语言文字进行装饰，自然就形成不同的风格类型。思维上明显的二分法与文本的整一性原则相悖，使之遭到

19 世纪一些作家和评论家的激烈批评。到 20 世纪，整个人文科学都掀起了“语言论”的转向，结构主义与符号学一度居于统治地位，文学的创造被简略为形式的探索。其后果是，既使风格的物质构成因素得到深入有效的研究，又使风格的内涵大大缩水，遮蔽了风格形成的其他复杂因素。

与纯客观的风格理论相对立的，是强调创作主体在风格生成中的作用的创作个性理论。有关创作个性与作品风格之间的关系，在中外文论中都有较多的论述。中国古典诗学倡导“诗言志”，所谓“志”即情志、志向。既然诗歌作品是诗人主观情思的自然流露，那么诗人个体的才力、气质等主体因素，必然会对作品的风格产生影响。早在西汉时期，史学家司马迁就曾据此观点评价过《离骚》的风格，他认为《离骚》“其文约，其辞微，其志洁，其行廉，其称文小而其指极大，举类迩而见义远。其志洁，故其称物芳；其行廉，故死而不容”（《史记•屈原贾生列传》）。这里将屈原诗歌作品的文约辞微、意旨深远，同他宏大的志向、高洁的人格联系起来，以表明作家的个人修养、志向追求对艺术作品整体状貌的辐射力量。后代的许多文论家在自己的著述里，都应承这一主张。如刘勰在《文心雕龙•体性》里说的“各师成心，其异如面”就是同一个意思。这种对创作主体人格志向、审美趣味、个性气质的重视，可以说贯穿了中国古典文论的始终。在西方文论史上，也不乏相同的观念。其中最有名的莫过于 18 世纪法国博物学家、文学家布封了，他在《论风格》中提出“风格就是本人”的著名命题，强调风格是只属于作家本人而任何别人都不具有的东西，至今仍被人们所津津乐道。别林斯基也说过：“风格——这是才能本身，思想本身。风格是思想的浮雕性、可感性；在风格里表现着整个的人；风格与个性、性格一样，永远是独创的。”从某种意义上说，这种透过主体的精神世界来考量文学风格的做法，有着非常重大的意义，尤其是对于读者在鉴赏、品味作品时，提供了把握作品主旨的极好的视界。但若稍作反思，其普遍性又值得怀疑，无数的创作实例告诉我们，日常个性不能等同于创作个性，这两者之间的关系甚为曲折复杂。

为防止对“风格”概念理解上出现片面化倾向，历史上也有一些文论家试图将创作主体的内在禀性与表现对象结合起来予以综合考察。这种理解的前提或基础就是，要把文学作品看成有机统一体。事实上，对于具体的文学作品来说，一旦它被主体创造出来，就像一个鲜活的生命一样，难以再作人为的切割，我们只有像看待生命体那样去看待它，才能予以恰如其分的分析和阐释。中国古代文学讲究情动于中而形于言，外物对创作主体具有催化和推动作用，而情只能通过文字符号以间接的方式展现出来。所以，风格的最终形成就不只是单一的内容或形式的外化，而是主客体渗融后产生的结果。这就使得作家、作品的风格不是某一种因素的物态化，相反，是蕴含在创作活动中主客体多种质素组合的结果。在西方甚至有人认为，那些不顾文学描写对象，一味地张扬个性，并不能构成风格，最多只能算是作风。黑格尔曾对风格与作风的差异性进行过甄别，他指出，真正的风格是适应“主题本身及其理想的表现所要求的”“至于作风则是特属于某一艺术形象构思和完成作品时所表现出的偶然的特点，它走到极端，可以与真正的理想概念直接相矛盾。就这个意义来说，艺术家有了作风就是拣取了一种最坏的东西，因为有了作风，他就只是在听任他个人的单纯的狭隘的主体性的摆布”。

必须明确的是，黑格尔的论述已是另一层面的判断。作家、作品有无风格和这种风格审美价值的高低，分属两个不同的领域，前者是认知判断，后者是价值判断。黑格尔所谈属于后者。歌德也在同样的立场上论述过“作风”与“风格”的差异，排列的次序是这样的：自然的单纯模仿—作风—风格。按王元化的解释：“‘自然的单纯模仿’偏重于单纯的客观性，这就是在审美主客关系上以物为主，以心服从于物……‘作风’则相反而偏重于单纯的主观性，这在审美关系上是以心为主，用心去支配物……至于‘风格’，则是主客观的和谐一致，从而达到情景交融、物我双会之境。因此，歌德认为它是艺术所能企及的最高境界。”歌德所谈基本上是说文艺创作有三个层次或三种境界。本书将主要从认知判断的角度展开论述。

3. 风格的界定

那么到底什么是风格呢？如上所述，风格有不同的层次，就其外延特点可划分为两类：作为单独概念，就是作品风格；作为普遍概念，包括作家风格、文体风格、时代风格、民族风格、地域风格、流派风格等。但在文学领域，不论风格的内涵多么复杂，作品风格一定是其中的核心，也是理解其他相关概念的基石。作品风格同其他相关概念的关系是这样的：作品风格是单个作品显示出来的，是就“某一范围”而言的“作品群”所显示出来的，比如同一作家的“作品群”对应于作家风格，同一文体的“作品群”对应于文体风格，同一时代的“作品群”对应于时代风格，如此等等。就此思路，我们应当首先明确作品风格，次及作家风格，而后论述风格的审美形态与文化形态。

对作为起点和根基的作品风格，我们作如下界定：体现了作家创作个性的文学话语系统所显示出来的独特而稳定的整体格调和风貌。自不必说《孔雀东南飞》的作品风格不同于《春江花月夜》，就是描写同一对象的柳宗元的《江雪》和毛泽东的《沁园春•雪》的风格也迥然不同，虞世南那只清高自许的“蝉”也定然不同于李商隐那只满腹牢骚的“蝉”。然而，成熟的作家会在他一系列的作品里，表现出独特而如一的特点，甚至当作家想刻意隐藏时，也会像“孙悟空的尾巴”，不管如何变化，总会在屁股后面显露出来一样。这个在所有作品中都抹不去的“尾巴”，所指向的就是作家风格。所谓“作家风格”，就是同一作家的众多作品所体现出来的具有统一性和整体性的独特风貌和格调。“各师成心，其异如面”，作品风格如此，作家风格亦然。世界上一切优秀的作家都有他独树一帜的风格。在我国现代作家中，郭沫若气势磅礴，茅盾细致入微，老舍幽默诙谐，巴金缠绵悱恻，赵树理明朗隽永，张光年热情澎湃，方纪潇洒流畅……各有特色，不容混杂。这些作家的风格，不是天生就有的，而是在创作实践中经过长期艰苦的磨炼，在艺术上不断追求探索的结果。因此，风格是作家在艺术上臻于成熟的标志，是作家的创作个性，包括其个性心理、创作理想、文学观念等因素，在作品中的持续表现。此外，风格本身如同每个人的音色、每个时代的思想气候，还具有某种艺术领域的识别功能。高棅《〈唐诗品汇〉总序》中的话可以作为代表："今试以数十百篇之诗，隐其姓名，以示学者，须要识得何者为初唐，何者为盛唐，何者为中唐、为晚唐，又何者为王、杨、卢、骆，又何者为沈、宋，又何者为陈拾遗，又何者为李、杜，又何者为孟为储，为二王，为高、岑，为常、刘、韦、柳，为韩、李、张、王、元、白、郊、岛之制。辩尽诸家，剖析毫芒，方是作者。"高氏所谈，不仅有作品、作家风格，还有时代风格。

总之，作品风格是连同作家风格在内的一切文学风格的基础。在风格理论研究中，其具有基础性意义。但是，作家某一部作品艺术风格的具有并不代表作家的艺术风格已经形成。因此，我们将首先明确作品风格形成的条件，而诸条件的汇合加上作家不懈的艺术探求，就是作家风格的形成过程，然后探讨作家风格的基本特征。

（二）文学风格的形成

文学风格的形成包括两个方面，一是作品风格形成的条件，二是作家风格形成的过程。前者从共时层面揭示作品风格形成的诸种因素，后者从历时角度探讨作家风格形成的一般过程。

1. 作品风格的形成条件

如上所述，作品风格的形成受制于多种因素：既有作家个人的，亦有作品本身的；既有接受群体的，又有文化传统的。

第一，作家的创作个性。

作家的创作个性是作品风格得以形成的直接主体原因。所谓"创作个性"，是指作家在审美创造过程中形成并表现在创作活动各个环节的成熟的独特性。这种独特性，是作家个人独特的世界观、艺术观、审美趣味、艺术追求、气质禀赋等综合而成的特征。体现在创作过程和作品中的创作个性主要包括：审美理想和审美趣味的个性化、形象塑造和意蕴提炼的个性化、艺术手法和艺术技巧的个性化三个方面。创作个性并不是每一个作家都能有的。文学史上，毕生致力于创作，至死也未形成自己创作个性的大有人在。一个作家成熟的标志，就外在说，是有了自己的创作风格；就内在说，是形成了自己的创作个性。创作风格是创作个性在作品中的外化和体现，二者同生共存，创作个性的形成过程也是创作风格的确立过程。

这里所说的"创作个性"，既可以指单个作家，亦可以指整个民族的个性。比如歌德就曾精辟地对比过德国、英国和法国的民族个性与民族风格之间的内在关系："总的来说，哲学思辨对德国人是有害的，这使他们的风格流于晦涩，不易了解，艰深惹人厌倦。他们愈配以某一哲学派别，也就写得愈坏……席勒每逢抛开哲学思辨时，他的风格是雄壮有力的……英国人照例写得很好，他们是天生的演说家和讲究实用的人，眼睛总是朝着现实的……法国人在风格上显出法国人的一般性格，他们生性好社交，所以一向把听众牢记在心里。他们力求明白清楚，以便说服读者；力求饶有风趣，以便取悦读者。"

“创作个性”作为文学理论的重要概念是到现代才被认可的，但其思想萌芽却可以上溯到古代。其中不少理论家还作过精辟的分析。像刘勰在《文心雕龙·体性》里提出的才、气、学、习四要素，就很符合创作个性的生成实践。唐代韩愈强调诗文“必出于己”，要求“不袭蹈前人一言一句”，虽然侧重语言的革新，但也包含了个人艺术的独创。李贽的“童心说”、公安派的“性灵说”、王夫之的“现量说”，都倡导作家应该挣脱传统观念的束缚，排除过去的印象和概念的比较，将直接感兴和瞬间的真实感受和真实见解表现出来，以求独特性和不重复性。西方早在亚里士多德的时代，就已经提出“诗人必须有所创现”的观念。歌德把创作个性视为“内心生活的准确标志”。后来英国诗人扬格在《论独创性的写作》一文中，则明确地提出了伟大诗人的个性和创造力使他放弃模仿、追求独创的必然性。现代的中外理论家，对创作个性认识得更清楚，强调得也更多。

必须指出的是，创作个性与日常个性并非一回事。日常个性主要指不同的个体所拥有的性格禀赋、才能气质、思维习惯、行为方式等。对于一个作家来说，他当然有自己的个性特征，这种个性特征可以直接渗融到创作实践中去，达到生活个性与创作个性的一致性。但更多的时候或更多的人，他们的创作个性往往与本人的实际个性相距甚远，甚至“同人世生活的经验毫无关系”。歌德曾惊叹于拜伦“放荡不羁”的个性同其“柔顺”的创作个性间的巨大反差。通常在表现性文学中，因为作者表达的是自己由外在的客观景物引发而来的情思、意念，作家自我表现的成分浓烈，创作个性与日常个性容易保持统一；而在再现性文学中，由于情节设置、艺术构思、主旨开掘等都呈现出非常复杂的态势，作家匠心独运的成分更浓些，创作个性与作家本人的性格特征易出现较大的裂痕。对此，赫拉普钦科正确地指出：“创作个性与艺术家日常生活中的个性的相互关系可能是各种各样的。绝不是所有标志艺术家日常生活中的个性的东西都可以在他的作品中得到反映。另一方面，并不经常总是，而且也不是所有一切显示出创作的‘我’的东西，都能在作家实际的个性特点中找到直接的完全符合的表现。”只有了解了这一点，我们在分析具体问题时，才不会犯盲目一刀切的错误。

个性与风格之间的关系，就是中外文论史上争论不止的“文”与“人”的关系难题。因布封“风格就是本人”观点的传入，遂激起中国学人对此关系的极大兴致。相关的中西方理论资源甚多：中国古代，从汉扬雄的“心声心画”到梁简文帝萧纲的“立身之道与文章异，立身先须慎重，文章且须放荡”，从金元好问评潘岳的“心画心声总失真，文章宁复见为人”，到清代画家松年的“吾辈处事不可一事有我，唯作画必须处处有我。我者何？独处一家之谓耳”，再到刘熙载的“诗品出于人品”；在西方，除18世纪的布封外，古罗马的朗吉弩斯提出“崇高是伟大心灵的回声”，19世纪的凡·高亦说过“我愈是疯癫，就愈是个艺术家”，心理学家荣格也认为艺术家有着双重人格，韦勒克将文学作品称作“隐藏着作家真实面目的‘面具’和‘反自我’”。钱锺书《谈艺录》第48则，对此有非常精辟的论析。综而观之，基本观点可分为两类：“文如其人”和“文不如其人”。我们觉得，对此难题，一是要知道“文如其人”这样的命题，与“字如其人”一样，都须在较高的层次来讲，不是只要有一两篇作品、只要会写字就能以之相评的；二是必须明确文如或不如的那个“人”到底是什么内涵；三是必须在日常个性、创作个性与风格三者的结构关系中，方有可能解决此难题。

第二，作品的题材内容。

风格形成的根源主要在作家的创作个性，但是，风格并不完全是主体性或主观性的，它又有客观性。这一方面是因为作家本身就是客观世界的一分子，他脱离不了他的时代、民族和社会的某些特性；相反，他只有扎根客观世界，才有可能在创作上成就一番作为。更值得强调的另一方面是，创作题材和表现内容制约着作品风格的形成。生活的多样决定了题材的多样，多样的题材要求着多样的风格。同一作家，在不同题材上也会表现出风格的不同方面，甚至是不同的风格。如鲁迅的《阿Q正传》与《伤逝》、契诃夫的《变色龙》与《新娘》和《草原》，显然就因题材不同而各具特色。

题材内容对风格的制约作用主要是通过选材、主题、笔调等方面来实现的。布封一再强调:“为了写得好，必须充分地掌握题材，必须对题材加以充分的思索”，壮丽之美只有在伟大的题材里才能有。这就是说，题材的选择决定了作家的风格。如赵树理，他从小生活在农村，熟悉农民的生活，了解他们的思想、愿望和要求，他的作品所描写的事件和人物，几乎都是他亲身经历过的。《小二黑结婚》中的二诸葛就是他父亲的缩影，兴旺、金旺就是他工作地区的“旧渣滓”，《李有才板话》中的老字辈和小字辈人物基本上都是他的邻里和朋友。作者在小说中记叙这些熟悉的人和事，自然构成了他作品中特异的生活色彩和泥土气息。其他一些作家也是这样，像沈从文经常描写湘西风情，魏巍经常描写部队生活，高尔基经常描写流浪汉，他们通过对自己熟悉的题材的描绘，结构出各个不同的艺术形象，为他们各自不同的艺术风格增添了风采各异的特殊因素。

风格的统一性要求作家的行文笔调必须适应题材的表现。笔调是作家描绘客观事物、抒写主观情感的笔触和格调。笔调必须和题材保持统一，因此对题材有一定的依从性。在文学作品中，伟大的题材，当然要运用崇高的笔调去表现。在自然界，有了泰山的巍峨，才会有《望岳》的雄浑；在社会领域，有了岳飞的抗金爱国斗争，才会有《满江红》的壮烈，有了文天祥的为国捐躯，才会出现《过零丁洋》的悲慨。总之，虽然题材不能决定风格，但它影响着风格。同样，风格也选择着题材，某种风格的作家会对某类题材特别感兴趣，而对其他的则无动于衷或力不从心。

第三，文体的自身特点。

文学体裁的选择客观上也制约着作品风格的特点。文学作品的体裁是作品存在的具体形式，而每一种文体都有着自身的质的规定性，都有一定的审美规范和艺术惯例。当不同的文体以各自的形式规范去表现与其相适应的特殊内容时，就必然形成风格上的差异。俄国古典作家克雷洛夫并不擅长诗和戏剧文体，但他开始写作时却总写诗和剧本，结果都失败了。后来经过苦苦探求，终于找到了适合他的个性表现的文体——寓言，因而获得属于自己的风格。这种风格，就是果戈理所赞美的“一种纯粹俄罗斯式的婉转曲折的理智和新型的幽默”。

中国古代文论十分讲究文体风格。曹丕在《典论·论文》中已有粗略的分类：“夫文本同而末异，盖奏议宜雅，书论宜理，铭诔尚实，诗赋欲丽。”陆机的《文赋》谈得更为具体：“诗缘情而绮靡，赋体物而浏亮，碑披文以相质，诔缠绵而凄怆，铭博约而温润，箴顿挫而清壮，颂优游以彬蔚，论精约而朗畅，奏平彻以闲雅，说炜晔而谲诳。”他历数了十种文体的不同风格，表明对文体风格问题认识的进一步拓展和深化。后刘勰在《文心雕龙·定势》里也有近似的表述，他指出：“夫情致异区，文变殊术，莫不因情立体，即体成势也。”作文必须“循体而成势，随变而立功”。刘勰在这里提出“体性”和“体势”两个概念，以探究创作主体与文体风格之间的相互关系，其中“体性指的是风格的主观因素，体势则指的是风格的客观因素”。由于创作主体审美趣味、秉性天赋各不相同，创作风格也就各有差异，但都根据主体的情思志趣来确定体势，并顺乎一定文体以形成各自的风格。

在我国，随着文学实践活动的演进，人们的观念逐渐从杂文学向纯文学过渡，加之文体的多向流变，理论家还在文体上作过许多细部研究。其中对诗体与词体风格的比较研究最值得回顾。词本起源于民间曲调，起初多俗艳，并时常夹杂着俚语，内容上也多婉约、言情之作。后来虽渐趋文雅，但大多仍是风情缠绵篇什。李清照说“词别是一家”，便力求与诗相区别。李煜开始将人生苦难和生命感慨融入词中，豪放派词人苏轼、辛弃疾以诗为词，把词的意境和题材进一步扩大了。尽管如此，词与诗相比，依然主要是委婉、细腻的风格。田同之《西圃词说》言：“魏唐曹学士云：词之为体，如美人，而诗则壮士也；如春华，而诗则秋实也；如夭桃繁杏，而诗则劲松贞柏也。”都说明词呈现的是一种委婉、含蓄的风格。王国维《人间词话》则说：“诗之境阔，词之言长。”所谓“言长”，也是指区别于诗的宏大气势，词具有曲折、幽深的审美特征。

第四，特定读者群的审美趣味。

英国著名作家高尔斯华绥说：“风格——这是作家消除自己和读者之间的一切隔阂的能力，风格的最后胜利是确立精神上的接近。”这里把风格与读者的阅读效果结合了起来，风格只有在读者的理解中，尤其是产生共鸣的过程中，才能为人们所接纳、领受。这是符合文学活动完整的动态系统的。文学创作实质上是作者与读者之间审美信息的交流活动，交流是文学创作的基本功能之一，有着人性的深层根源。在创作时，作者与读者就开始了一种潜在的交流，整个创作过程就是作者寻求交流的内容、探索交流的方式和途径的过程。没有创作中作者企图交流的种种努力，就很难有作品产生以后的交流和对话。即便像心远尘世的陶渊明，也极为重视自己诗文的传播。其《饮酒·序》曰：“既醉之后，辄题数句自娱，纸墨遂多，辞无诠次，聊命故人书之，以为欢笑尔。”其中“聊命故人书之”，即有让诗文传播于世之意。在“交流”心态的支配下，自然会影响到作家的创作心态和表达策略，进而影响到作品的艺术风貌。

作家的风格受到潜在读者的影响，但这里所说的“潜在读者”并非专指某一个读者，而是指具有一定普遍性的读者群体，包括作家拟想中的读者群。群体的范围有大有小。小的像某一阶层的人，大的像整个社会的审美要求和艺术趣味，甚至于读者长期养成的欣赏习惯，都制约着风格的形成。丹纳说过："最大的艺术家是赋有群众的才能、意识、情感而达到最高度的人"，而"要了解艺术家的趣味与才能，要了解他为什么在绘画或戏剧中选择某个部门，为什么特别喜爱某种典型某种色彩，表现某种感情，就应当到群众的思想感情和风俗习惯中去探求"。群众的审美趣味和艺术诉求，一定程度上决定了艺术家的创作面貌。屈原有意识地选用楚地民歌的形式进行创作，白居易自觉地践行"文章合为时而著，歌诗合为事而作"的主张，都不仅因为这样的创作原则适合所要传达的内容，更是为了让读者容易接受，传播久远。

在各类创作中，通俗文学作家最注重读者群体，作品的风格受时尚的影响最大。五四时期，文言文被白话文所代替，是由于传统遗留下来的负载思想感情的媒介体式的转移。当时很多新文学作家，都力图到国外文学里找出新的表达方式，于是欧化语体颇为流行，但效果却并不好，给阅读人为地增加了许多麻烦。张恨水在自己的写作过程中，对民族语言情有独钟，他反对生搬硬套西洋文法结构的白话文，认为那会"使匹夫匹妇莫名其妙"，起不到欣赏、交流的作用，因而坚定地提倡用大众易懂的"真白话文"进行写作。他本人就是在这种旨趣的支配下，创作出了许多为各阶层人都能欣赏并喜闻乐见的优秀小说。

第五，文化传统和时代精神。

文化传统和时代精神是文学风格形成的最终社会根源。正如丹纳《艺术哲学》所揭示的艺术根源的"三总体原则"所示："要了解一件艺术品，一个艺术家，一群艺术家，必须正确地设想他们所处时代的精神和风格概况。这是艺术品最后的解释，也是决定一切的基本原因。"在此基础上，丹纳对精神气候如何通过艺术家最终制约艺术创作作了翔实的探究。这是一种"时势造英雄"式的艺术史观，自有其解释力度。但必须明确的是，时代精神与思想气候对艺术的影响，不论好坏，均需要通过艺术家这个"特之又特"的中介来实现；否则，我们就无法解释为什么只有一个莎士比亚、只有一个歌德、只有一个李白，等等。对一切"精神事件"的回溯式研究，都必须正视这个问题。回溯式研究确实能揭示对象得以形成的诸多根源，但也只是揭示其中的某些根源而已。根源无法穷尽，所谓的主次要作用对根源的定位，在对象生成的实际历史过程中是否真的起到了研究者所认为的主次要的作用，尚无法确知。更为重要的是，我们所揭示的诸多因素在一个个体（比如莎士比亚）和一个时代（比如文艺复兴时期）中，如何融合发酵并最终生成我们面对的这个精神对象，至今的科学研究仍无法予以彻底解释。起源"揭示"着本质，但绝不能"决定"本质。当然，无法最终、完全解释并不意味着不需要解释，只是提请研究者应当始终保持此间应有的张力而已。

正如著名作家王蒙在《论风格》一文中所说，艺术创作确实需要有"我自己"，但是，同时他也指出：

与此同时，我们如果不注意风格的客观性，如果以为可以不把眼光投射到时代、民族、社会上，不植根于客观世界之中，如果以为可以不必费力地去研究各种生活样式、各种人物并从而研究各种题材的特点，而只需要挖掘自我、挖掘内心，便可以保持风格的特色，这样，不免包含着一种作茧自缚、使自己的风格钻入牛角尖的危险。

风格是主观的，又是客观的。它从不怕客观，不但不怕，而且炽烈地、如饥似渴地面向着生活，不断地从生活中汲取养料以滋养和丰富自己。在它面向内心的最细微、最深邃之处时，它一刻也不应该放松，要把自己的视线投放到祖国、人民、大自然、无限广阔与丰富的客观世界上去。

这是从创作的角度提示后来的作家们，文学创作必须植根于生活之中，同时也揭示出风格形成的辩证法：文学风格中不能没有“我”，更不能没有“我们”；没有“我”就不会有风格的独创性，没有“我们”则断不会有伟大的文学产生。但是，也应看到，时代和社会对文学创作和艺术风格的影响具有两面性：作家既可以成为时代的应和者，也可以成为它的批判者。不管应和还是批判，都可能产生伟大或庸俗之作：盛唐气象造就了诗的盛唐；当代的大众文化带来了文学创作和风格的“媚俗倾向”和“消解倾向”；19 世纪西欧社会的人情冷暖成就了巴尔扎克小说的伟大，也促成了不少作家的偏激和促狭。

2. 作家风格的形成过程

单个作品的成熟风格并不能代表作家创作的成熟，只有当作家一段时期内的大部分创作皆已具备了相对统一的艺术风格，作家风格才算形成，作家创作才算走向成熟。这时才有可能做到上文引述的高棅在《唐诗品汇总序》中所提的要求，依据作品的风格判定作品的归属。对作家个体风格的形成过程，理论家有着非常一致的看法，认为大致经过三个阶段：模仿—摆脱—独创。著名作家汪曾祺在《谈风格》一文中，对作家个体风格的形成过程说得更为明确：“一个作家形成自己的风格大体要经过三个阶段：一模仿；二摆脱；三自成一家。”“模仿”可以说是人类一切技能得以形成的基础，亚里士多德曾指出，模仿是人的本能，人能从模仿中获得快感。正如朱光潜所说：“为着自己创作，就要钻研一些模范作品。无论是写诗或写散文，都要精读一些模范作品。就像写字作画都要‘临帖’一样，从而摸索出大家名手的诀窍。这是文艺创作成功的秘诀，也是一切行业成功的秘诀。”我们可以汪曾祺自述其风格形成的经历为例，来理解作家个体风格形成的一般过程。紧接着上述的话，汪曾祺自述道：

初学写作者，几乎无一例外，要经过模仿的阶段。我年轻时写作学沈先生，连他的文白杂糅的语言也学。我的《汪曾祺短篇小说选》第一篇《复仇》，就有模仿西方现代派的方法的痕迹。后来岁数大了一点，到了“而立之年”了吧，我就竭力想摆脱我所受的各种影响，尽量使自己的作品不同于别人。郭小川同志……有一次碰到我，说：“你说过的一句话，我到现在还记得。”我问他是什么话，他说：“你说过：凡是别人那样写过的，我就决不再那样写。”我想想，是说过……我现在不说这样的话了。现在岁数更大了，已经无意于使自己的作品像谁，也无意使自己的作品不像谁了。别人是怎样写的，我已经模糊了，我只知道自己这样的写法，只会这样写了。我觉得怎样写合适，就怎样写。我现在看作品，已经很少从形成自己的风格这样的角度去看了。对于曾经影响过我的作家的作品，近几年我也很少再看。然而：菌子已经没有了，但是菌子的气味留在空气里。影响，是仍然存在的。

（三）文学风格的特征

文学风格作为作品整体情境和作家全部创作呈现出来的风貌格调，有其自身的特点。概括地说，主要有以下三个方面：

1. 独创性

作家的任务是创造。文学贵在独创，没有独特风格的艺术，就不能激起读者情感的波澜，最终就会被淘汰。读者正是通过作品的这种独创性，面对哪怕略去作者姓名的作品，也可以读出它是哪个时代的哪个作家的作品来。李白和李贺都是唐代著名诗人，从创作形态来讲，都被看成浪漫主义的代表。但因为二人生活经历、知识学养尤其个性禀赋不同，在风格上的差异极为明显。李白一生抱着“济苍生”“安黎元”的志向，积极奔走和追求实现自己的理想，他的诗歌“想落天外”“横被六合”，语言清新自然，不事雕琢，风格上豪迈奔放。李贺因父名晋肃，“晋”与进士的“进”同音，须避讳不能考进士，愁苦终生，他的诗歌受楚辞影响，立意新奇，刻苦经营，风格上奇崛冷艳、瑰丽凄恻。这不难理解，风格是体现创作个性的一种独特性，每个人的创作个性都不一样。当作家激情澎湃、走笔为文时，那适应激情表达的词汇、音调、节奏、气势等随之出现，那适合内容、感情表现的形式和语言，也就跟踪而至。这种作品，当然有其独创的风格。总之，风格是一种追求，追求用最适合自己的、最好的方式和角度，来表现自己感受最深的体验。创造是无止境的，因此，风格也是无止境的。风格要求发展，要求突破，要求连续性与统一性；同时，风格也要求变革和飞跃。正如汪曾祺所言“文备众体”又“自成一家”。

风格的独创性，常常是作家有意为之的。英国诗人雪莱曾说过：“我不敢妄图与我们当代最伟大的诗人们比高下，可是我也不愿追随任何前人的足迹。凡是他人独创性的语言风格或诗歌手法，我一概避免模仿，因为我认为，我自己的作品纵使一文不值，毕竟是我自己的作品。”不重复他人的风格，是独创性的前提；相反，模仿则是独创性的大敌。因为“饰貌以强类者失形，调辞以务似者失情。”（王充《论衡·自纪》）模仿之作，即便制造得再精致，也如蜡制的花朵，只有花的外貌，没有花的风韵和芳香；或如公园里的假山，案头的盆景，与自然界真切活脱的山水大异其趣。雪莱虽然只活了三十个年头，却从未因袭过别人的足迹，他诗里的高山峻岭、湖泊海洋、森林荒野、战争场景、风俗人情，无不化为主体生命的一部分。当诗人把它表现为活生生的审美形象时，必然打上个性的印记，为独创风格的形成提供了坚实的基础。

强调独创性，并不意味着全盘否定模仿的价值。在文学史上，有些伟大的作家在创作早期，也有不同程度的模仿。普希金谈到自己的第一部现实主义作品《鲍里斯·戈东诺夫》时，承认“我曾模仿过莎士比亚”。上文提到的汪曾祺亦复如是。但这种汲取别人艺术经验并化为己有的办法，不同于纯粹的模仿，与抄袭更是两回事。托尔斯泰也并不讳言，他的创作是“从模仿开始”的，这种模仿似生活中的摸着石头过河一样，是为了探索一条适合自己的创作路径，为今后艺术风格的独创性作铺垫。所有伟大的作家，都只会把模仿当成手段，而不会当成目的，因为风格终归要发展创造。

2. 稳定性

稳定性是作家风格的另一特征。正像作家的创作个性不是在一朝一夕中形成的一样，作家的风格也是经过较长时间艰苦的创作实践凝聚而成的。而且，作家一旦形成了属于自己的独创性的风格，就会像一条红线长期地贯穿于他的作品中，即便有风格上的变化，我们也可以看出内在的血脉联系。作家的个性在成长过程中，一朝定型，以后变化总不会太大，根源于这种个性的风格也就不会天翻地覆。这就使得作家风格具有明显的连续性和稳定性。否则，在文学史上，就不会出现每提到一个作家，我们都能概要地总括出其风格特征的情况。关于这一点，法国理论家丹纳分析得极为透彻、恰当，他说：“人人知道一个艺术家的许多不同的作品都是亲属，好像一父所生的几个儿女，彼此有显著的相似之处。你们也知道每个艺术家都有他的风格。”这儿讲的“几个儿女”说明作家的每一部作品都是独特的、不可重复的；“相似之处”，就意指作家相对稳定的创作风貌。

正因为作家的风格有连续性、稳定性特征，同时，由于时代的变革、生活的变化以及艺术趣味的转换，在不同的作品中又有各不相同的昭示和体现。所以，有的理论家将这种“相似”的风格，干脆称作主导风格。如莎士比亚的创作，他早期的作品有着浓烈的欢乐明快的基调和浪漫传奇的色彩，后期的作品则着力营造深沉抑郁、雄浑悲壮的悲剧氛围。但不管他哪个时期的创作，背后都潜隐着执着的人文主义关怀，洋溢着对作为宇宙精华、万物之灵长的人的自信和赞美的乐观主义的情调。

3. 多样性

从文学创作的实践来看，作家的风格还具有多样性的特性。因为，在文学的舞台上，既需要小号的昂扬激越、小提琴的清新秀丽、单簧管的飘逸委曲，又需要大提琴的沉郁雄浑，唯此，才能组成文学的交响乐，满足大众不同的欣赏习惯和精神需求。同为诗歌，有的热情奔放，有的激越高亢，有的清新婉约，有的清新明丽，有的雄浑厚实，有的幽默风趣；同为散文，有的风清骨爽，有的舒卷自如，有的潇洒飘逸。这是文学史上常见的现象。历代评论家对文学风格的多样性的认同和辨识，都是出于对风格多样性事实的考虑。关于盛唐气象影响下的诗歌创作，有人这样总结过：“开元、天宝间，则有李翰林之飘逸，杜工部之沉郁，孟襄阳之清雅，王右丞之精致，储光羲之真率，王昌龄之声俊，高适岑参之悲壮，李颀常建之超凡，此盛唐之盛者也。”在同一时期，各个作家的风格迥异，才促成了当时文学创作的繁荣局面。杰出作家常不会孤立特出，而多是结伴而来，扎堆而生。

就是同一个作家，在不同的创作时段甚至在同一时段，因题材处理、情感酝酿、主题开掘的不同，也会表现出多样风格或风格的多面性。有时，作家因为生活境遇发生了巨大的变化，创作动机也发生了翻天覆地的转换，作品会呈现出完全不同的风貌。如南唐词人李煜开始过的是沉溺声色的末代皇帝生活，写的作品亦多为反映宫廷糜烂生活的无病呻吟之作，后因国破家亡沦为阶下囚，“日夕以泪洗面”，写出了像《虞美人》等不事饰绘、直抒情怀、语言精美的经典作品。有的作家，因为自身情感的丰富性和复杂性，当他用不同的意象表达相异的情思时，也会呈现多样的风格。如陶渊明的诗歌整体风格是冲淡自然，出于自然，像“采菊东篱下，悠然见南山”；但他也写过像“刑天舞干戚，猛志固常在”之类“金刚怒目”式的名句名篇。

总之，风格是创造的产物、创造的成果、创造的过程。风格本身便是一个探求的过程。风格是一种追求，追求用最适合自己的、最好的方式、方法和角度，来表现自己感受最深、体验最切的生活。创造是无止境的，最好的东西总是难以企及的，所以是无限的、无止境的。因此，风格也是无止境的。风格要求发展，要求突破，要求自由，要求连续性与统一性；同时，也要求连续性与统一性的中断，即多样性和创新。正如汪曾祺所言：“一个人也不能老是一个风格，只有一种风格。风格，往往是因为所写的题材的不同而有差异的。或庄、或谐，或比较抒情，或尖刻冷峻。但是又看得出还是一个人的手笔。一方面，文备众体，另一方面，又自成一家。”

（四）文学风格的功能

风格是艺术作品的感诉力。风格在整个作品的每个部分、每个细胞中，都有着自己独特的审美建构功能。这种建构功能也同样体现在文学活动的方方面面。认识到风格的这些功能，有助于深入理解风格的审美本质。

文学风格的功能主要表现在以下四个方面：第一，它是创作过程的一个因素。因为有风格，作家在文学创作时，就会自觉或不自觉地以个人已经成型的风格特征为主导，统一着创作过程的各个环节，对素材的提炼、题材的处理、主题的开掘，甚至于看待人与世界之间的关系等，都纳入同一风格的运行轨道。它促使文学家把在现实世界遭遇的各种印象加工成统一的艺术整体，使他不是折中和拼凑式地，而是沿着一条清晰的路径，完整地把握世界。第二，它是艺术发展过程的一个因素。它为艺术家在创作过程中指示方向。源远流长的文学史，贡献过诸多类型的完美风格，它们作为艺术传统，已成为后来者从事风格创造的规范和难以逾越的栏杆。但不是说风格就不能改变与发展，社会生活自身的日新月异，也在时时刻刻推动着风格的发展。新的风格恰恰能确保作家在艺术传统的基础上推陈出新，重新开创文学艺术的新天地，使得各个时代的文学相互影响；与此同时，又不破坏与作家的创作个性和时代精神相适应的作品结构。第三，风格是作品社会存在的一个因素。风格逃离不了作家个人，也逃离不了身处其中的社会，相反，它是作家对于社会关系的一种艺术实现。它规定着艺术家必须创造艺术整体，从而确保作品能作为一个完备、独特的社会现象而存在。第四，风格是艺术发挥其影响的因素。成熟的风格是文艺作品拥有较高审美价值的标志，它是一种吸引人、化育人的感诉力，决定着文学作品对欣赏者的审美影响的性质，使艺术家面向一定的欣赏者类型，又使后者面向一定的艺术价值类型。

风格的上述功能，显示了风格在文学活动中的能动的选择性。它不只是作家有意识、自觉地匠心经营的结果，也是对人的情感、意志施加强有力的影响的巨大反馈力量。作品的风格更是“作者向读者表示的一种最高的礼节”。有了风格，作家与欣赏者之间才能消除个体差异带来的隔膜，拥有一种心理上的亲和力，才能真正地进行“精神性”的交流。

二、风格的审美形态

风格形态的划分可以从两个角度入手：一是着眼于风格发生的历时态划分；二是着眼于风格审美表现和形成因素的共时态划分。前者以俄国美学家鲍列夫《美学》一书为代表，后者以国内大多数“文学理论”教材为代表。

鲍列夫《美学》一书认为，风格以自己的各个层次集中体现着作者的整个个性以及艺术文化的整个历史传统。据此，他按风格的内在结构和历史发生的先后顺序，由外而内、由表入里，把艺术风格分为八个层次或八种形态：作为“原始现象”的原始“地域风格”、具有文化统一性的“民族风格”、特定历史文化阶段的民族风格、相互竞争的艺术流派中的流派风格、艺术家的个人风格、同一作家不同作品共具的作品风格、作品要素的风格和具有统一性的时代风格。国内一般文学理论教材大多采取共时态划分，着眼于风格的审美表现和形成因素，把文学风格分为审美形态和文化形态两大类型。前者指风格的文体形态，后者指风格在不同文化上的表现。

本书力图把这两种划分方法统一起来，用历时来贯通共时。如上所述，作品风格是一切风格的基石，而作品的基础类别（文体）不外乎叙事与抒情两类。故而，在作品这个层面，我们可以把风格划分为抒情风格与叙事风格两大类，这是风格在文体方面的划分，可以称为风格的审美形态。由作品进入“作品群”，作品风格也相应地体现为如下几种：同一作家的作品群形成“作家风格”；不同作家的作品群，要么是同类作家形成“流派风格”，要么是同地作家形成“地域风格”，要么是同代作家形成“时代风格”，要么是同祖作家形成“民族风格”。作家风格的审美特征、作品风格的形成条件与过程已如前所述。由于作品风格是一切风格理论的基础，作品风格的审美形态也因此成了一切风格表现的基础；而且，通常的风格论也主要讲抒情风格与叙事风格这两大类。故而，本节先论“风格的审美形态”，次论针对“作品群”的“风格的文化形态”。

（一）抒情风格的形态

1. 抒情风格的性质

（1）抒情风格的界定

在文学作品中，根据话语的结构形式，看它更侧重于表现性的功能还是描述性的功能，可以将其划分为两种形态，即抒情性作品和叙事性作品，其他一切文体形态均以它们为基础。这两种不同形态的作品，因其具体构成方式不同，从而也影响到它们外在的整体状貌。

抒情性作品着力于对主体情绪意念的表现与传达，或者主体有意识地将一己的情感投射到外在的客观事物上去，因而作品的形象就以独特的意境形态为准的。换句话说，只要能创造出艺术意境，作者就可以根据自己的情感体验，直抒甚至夸大本身的情感值。而这种情感值的大小，常常直接决定着作品的感诉力，决定着作品的价值优劣，乃至能否传播久远。风格作为作家创作成熟的标志，作为作品个性化的印记，也一定携带着这种总体性的痕迹。所以，在抒情性作品里，这种区别于叙事性作品的整体的艺术格调，就是抒情风格。

所谓“抒情风格”，是指在包括词气、格调和情境在内的抒情话语和抒情内容的有机融合中，作品整体所体现出来的风貌和情调。由于抒情风格体现在作品的各个部分中，这些部分自身的构成和特性，直接关涉着风格的类型及其状貌。譬如在诗歌里面，风格的形成不仅借助于情感表现这些内容性的因素，还要受诗歌文体独特的写作方式的种种限制和约束，像语词的烦冗或精练、节奏的明快或迟缓、音调的高昂或低沉等，都是作品风格的有机组成部分。

（2）抒情风格的呈现

①词气

钟嵘在《诗品序》中说：“干之以风力，润之以丹彩，使味之者无极，闻之者动心，是诗之至也。”所谓“风力”，犹言风骨，也可以泛指风格之类；“丹彩”是指文辞的藻饰。钟嵘意在指明好的诗歌作品，不仅有内在的构成力度，而且还要有外在相应的装饰，只有内外达至统一，才有“滋味”。这就是词气的问题。“气”在中国古代是一个经常碰到的词汇，也是我们了解古代文化的根基性的概念，一般指精神、气概。在抒情性作品里，词气主要指通过言语结构体现出来的气势。作家在作品中能否表现出气势，反映了他在创作过程中所呈现的精神的自由度。刘勰在《文心雕龙•养气》中说：“是以吐纳文艺，务在节宣，清和其心，调畅其气；烦而即舍，勿使壅滞。意得则抒怀以命笔，埋伏则投笔以卷怀。”如此，表现在作品中的气力、精神，就可畅通无阻，而显示出活泼泼的状态。

气势具有自然、连贯、流动等特点，刘勰打了一个生动的比方：“譬激水不漪，槁木无阴，自然之势也。”（《文心雕龙•定势》）它发自作家心灵深处，按照客观事物规律而自由地运行，文辞呈现出一种流动的美。在作品中，它是从头到尾一气贯注、不可阻挡的。气势的厚薄缓急，在不同作品里面，各具特色，进而使作品呈现不同的风格。杜元凯说《左传》“其文缓”，吕东莱说《左传》“以容委曲”“辞气不迫”，刘熙载解释“缓”字的含义是“无矜无躁”。与《左传》气势不同的是《战国策》，《战国策》的特点是“沉而快”“雄而隽”（《艺概》）。气势的厚薄缓急与特定作品的性质、内容的特殊性有关。相传苏轼官翰林学士时，曾问幕士说：“我词何如柳七？”幕士答道：“柳郎中词只合十七八女郎，执红牙板，歌‘杨柳岸晓风残月’。学士词须关西大汉，铜琵琶、铁绰板，唱‘大江东去’。”（见俞文豹《吹剑录》）柳永词承袭晚唐五代以来的绮靡婉约词风，写的多是男女艳情，格调低徊柔婉；而苏轼以诗为词，写的大多是激昂慷慨的情怀，节奏疾迅，气势宏大，风格自然。

词气的刚柔缓急，同风格所呈现的形状、姿态息息相关。刘熙载云：“气有清浊厚薄，格有高低雅俗。"(《艺概•诗概》)大凡词气柔顺舒缓者，其风格常呈现稳定状态或静谧状态，如清新、婉约、典雅、冲淡；大凡词气刚劲疾速者，其风格常呈流动状态，如豪放、雄浑、粗犷、悲慨;有的词气亦刚亦柔，或疾或徐，故其风格刚柔相济、疾徐兼备，如诙谐、潇洒、洗练、朴素。刘熙载说："文家用笔之法，不出纡陡相济，纡而不懈者，有陡以振其纡也；陡而不突者，有纡以养其陡也。"（《艺概•经义概》）这可说是对于紧密结合着的刚柔缓急的词气的极好注脚。

②格调

讨论风格，离不开对格调的讨论。所谓"格调"，原意是指人的风度仪态，后来逐渐演变为文章风格的同义词，包括语言格调与情感格调。这种观念，源于中国古代的文论系统，我国传统的诗文品评特别重视对接受者鉴赏心态的研究，认为文学作品的风格，就是经过读者品味后能够辨认出来的一种格调。因而，有无格调，被看成文学作品是否形成自己风格的重要标尺。李东阳在《怀麓堂诗话》里记载过这样一则故事："费侍郎廷言尝问作诗，予曰：'试取所未见诗，即能识其时代格调，十不失一，乃为有得。'费殊不信。一日，与乔编修维翰观新颁中秘书，予适至，费即掩卷问曰：'请问此何代诗也？'予取一篇，辄曰：'唐诗也。'又问：'何人？'予曰：'须看两首。'看毕曰：'非白乐天乎？'于是三人大笑，启卷视之，盖《长庆集》印本不传久矣。"李东阳之所以通过浏览具体的诗歌作品，就能判断出诗歌诞生的朝代甚至于作者，一方面说明他阅读面广，知识丰赡；另一方面也说明他把握住了作品精髓性的东西——风格，因为每个时代、每个人的创作，都有作为自己独特标记的"格调"。在西方，虽然历代理论家们没有像我们的古人那样，明确地使用"格调"一词，但在探讨作者和读者的关系中，也涉及作品整体风格的呈现。鲍列夫就曾指出，风格的传递是"艺术交际的关键和焦点，在这一焦点上集结着从艺术家经由作品到达读者、观众和听众的一切联系纽带。在这一焦点上，作家的创作过程开始产生实际的作品，然后进入艺术欣赏过程"。正是因为风格（格调）的存在，作品在其传播过程中，才能给欣赏者留下拂之不去的深刻印象，才能在历代的艺术欣赏里，与读者共鸣相契。

关于格调问题，现代学者钱锺书在论述"文如其人"的悖论时，有过一段精彩的阐释：

"心画心声"，本为成事之说，实是少先见之明。然所言之物，可以饰伪：巨奸为忧国语，热中人作冰雪文，是也。其言之格调，则往往流露本相；狷急人之作风，不能尽变为澄澹，豪迈人之笔性，不能尽变为谨严。文如其人，在此不在彼也。

钱锺书在这里，虽然不是专门探究格调，但通过对"文如其人"观念的反驳，指出一个鲜为人们注意的事实，就是作家虽然可以隐藏自己的真实品行，却无法完全改变文章的格调，而这格调中极其明确地显现着创作主体写作时的动机和情感。正因为格调与情感联系得如此紧密，不少理论家甚至将它们合称为情调。

③情境

透过具体的场面、景物、环境，弥漫于文学作品的整个氛围，就是情境。作为文学作品整一性的体现，它不仅以活泼泼的运动状态存在着，而且直接使作品以自己独立的风格形态呈现出来。如果说词气是以话语的形式，从纵的方面贯穿着作家精神脉搏的运动节奏的话，那么，情境就是从横的方面来渲染特定场景的情状。因此，情境虽则是一种氛围，却不是虚幻缥缈的，而是有形的实体性的存在，它的活动处所是一个个充满生机的场面。大凡人与人之间所产生的关系形成的特定的氛围，都属于情境之列；可以说，情境是离不开人的。黑格尔说过："外在环境基本上应该从这种对人的关系来了解"，"情境供给我们以广阔的研究范围，因为艺术的最重要的一方面从来就是寻找引人入胜的情境，就是寻找可以显现心灵方面的深刻而重要的旨趣和真正意蕴的那种情境"。假如我们避开情境来谈作品、作品风格，就不可能把握住其实质。

由于情境是笼罩在人与人之间的关系上面的氛围，因而它的表现形状和情态，就要以人为转移。当人与人之间的关系紧张时，情境也呈现出紧张；当人与人之间的关系融洽时，情境也就呈现出和谐。这种或紧张或融洽的情境，主要表现在人与人之间的矛盾纠葛，特别是冲突上；而人与人之间的矛盾纠葛、冲突，在不同性质的作品中，也是姿态各异的，这自然影响到情境的呈现。一般来说，在叙事性作品和戏剧作品中，由于冲突的尖锐性，便造成情境的紧张状态；而在冲突不那么尖锐的文学作品中，其情境就不显得那么紧张。有的作品的情境甚至是轻松、和谐的。文学是这样，其他类型的艺术样式的情境亦各异。例如，绘画、音乐比之于雕塑，就易于形成情境，因为在表现人与人之间的关系方面，绘画、音乐比雕刻有更大的自由空间。

从艺术的角度来看，情境在抒情性的文学作品中，可以是局部的，也可以是整体的，解读时务必获取局部的清晰和整体的把握。白居易有诗《赋得古原草送别》，浏览全篇可以知道，"春风吹又生"的"草"是本诗的中心意象，各个分句包含的有关意象，如"古原""枯荣""野火""春风""古道""荒城""王孙""萋萋"，皆紧扣中心，组合成一个辐射式的整体结构情境。作为唐诗中常见的沿袭意象，"春草"可以引起三条现成思路，均由楚辞而来。其一是人生盛衰的感叹，白诗首联"离离原上草，一岁一枯荣"即用此义。其二为异域飘零的悲凉，白诗颈联"远芳侵古道，晴翠接荒城"即含此义。其三为送人远别的感伤，白诗末联"又送王孙去，萋萋满别情"不仅义由此出，且直用该典。本诗的"古原草"是用来借题发挥的物象，由感叹人生枯荣起兴，转入远涉荒城的漂泊之感，然后由凄凄满怀的离愁别苦作结而切合依依"送别"的本意，体现了白诗"寸步不遗，犹恐失之"（苏辙语）的风格特点。但不管采用哪种情境，都是有意识、有目的地去渲染、烘托，渗融了作者的精神向度和价值判断，为所要创造的能传达自我的风格服务的。所以，情境与词气、格调一样，是风格的有力体现。

2. 抒情风格形态的划分

文学风格的多样性是文学史上普遍存在的现象，但这并不妨碍我们对它们各自不同的个性和彼此相通的共性进行总结概括，并从中找出带有规律性的东西来。这就为我们对其进行分类提供了可能性。总结理论史上历代文论家们的一些看法，可以见出，不外乎简分法和繁分法两种。

（1）简分法

中国古代的文论家，对风格的认知历史非常久远，且有着系统的风格美学。先秦《易传》说的“一阴一阳为之道”就已经蕴含着阴与阳、刚与柔对立统一的哲学思想。后来的许多文论家在此基础上，阐释了文学艺术中阳刚与阴柔的不同性质和内涵。曹丕《典论•论文》提出“文以气为主，气之清浊有体”，以“气”的概念来划分清、浊二体，这里的清近于刚，浊近于柔。到刘勰那里，他就直接表述为“气有刚柔”。有的理论家虽然不使用刚、柔这样的词汇，但内里表达的含义却十分接近，如诗词品评时常说的豪放与婉约之别，都明显带有区分刚柔的印痕。

清代的桐城派作家姚鼐则进一步从美学高度进行了整体把握和抽象概括。在《复鲁挈非书》中，姚鼐写道：“鼐闻天地之道，阴阳刚柔而已。文者，天地之精英，而阴阳刚柔之发也。”在他看来，文章之源，本乎天地，天地有阴阳之分，人有刚柔之气，因此文亦有阳刚、阴柔之美。凡是雄浑、劲健、豪放、壮丽等风格，都可以纳入阳刚一类，这类作品“其文如霆，如电，如长风之出谷，如崇山峻崖，如决大川，如奔骐骥”。凡属轻盈、淡雅、高远、飘逸等风格，都可以纳入阴柔一类，这类作品“其文如升初日，如清风，如云，如霞，如烟，如幽林曲涧”。可见，阳刚有雄伟劲直的气势，阴柔有温柔徐婉的特征。在区别这两者的同时，姚鼐认为阳刚、阴柔是对立统一、相辅相成的关系，不可偏废。他的风格观，继承了前代的研究成果，而且化繁为简，极大地完善了中国古代的文学风格论思想体系，并提出了风格的理想。

与中国人的阳刚、阴柔二分法近似，在西方，人们把文学作品的抒情风格简单划分为：崇高和优美。鲍桑葵曾言：“单是‘崇高’一词成为美学批评和修辞批评的一个术语，就是一个值得注意的事实。”可见这一范畴在西方文艺学史上的重要位置。古罗马时代，朗吉努斯就专门写过《论崇高》一文，他指出：“伟大的语言只有伟大的人才说得出”，“崇高风格是伟大心灵的回声”。他还详细分析了崇高风格形成的五大来源，认为具有崇高风格的文章的最大力量便是，能给人带来“狂喜”的强烈效果。

其后，将崇高与优美作为审美范畴加以对比研究的，是英国经验主义美学家柏克。他的《关于我们崇高与美观念之根源的哲学探讨》一书，是风格美学的经典文献。此书分五部分：论崇高与美所涉及的快感和痛感以及人类基本情欲；论崇高；论美；论崇高与美的成因；论文学的作用与诗的效果。他认为，崇高的对象都有一个共同的性质，即可怖性，“凡是可恐怖的也就是崇高的”，“惊惧是崇高的最高效果”。而与之对立的“美”，“是指物体中能引起爱或类似爱的情欲的某一性质或某些性质”，在接受的情感效果上，则始终是精神愉快的。柏克的观念影响深远，德国古典时期的美学家像莱辛、康德等人，在研究文学艺术问题时，都从他那里汲取过不少理论资源。至近代，随着中西文化交流的频繁，这种风格论也传到我国，王国维在叔本华美学思想的熏染下，结合本土传统的文学风格论，提出过“壮美”和“优美”两种类型的审美范畴。

（2）繁分法

因为风格的形成是多重合力作用的结果，每个作家的创作个性又截然不同，风格的具体形态便呈现出纷纭复杂的状况。所以，更多的理论家注重对风格形态作细致的划分，划分的种类也有很大的不同。“在西洋，最先提出风格问题的是希腊的狄米椎耶斯，他在《风格论》中把风格分为四种，即平民的风格、庄严的风格、精练的风格和强力的风格。”同时，他还认为，这四种风格有的是可以相互结合的。而在歌德那里，我们可以见到极为精致的排列，“如奥妙、创造、妥帖、崇高、个性、精神、高尚、敏感、趣味、适用、适宜、力量、文雅、显赫、圆满、丰富、热情、妩媚、优美、魅力、巧妙、明快、气魄、娇弱、壮观、世故、时新”，等等，并且感叹“这或许是一项无法以圆满而明确的方式完成的任务”。

我国古代的文学理论家，在风格的划分方面，也有许多人做过细致的工作。其中影响最大的当数刘勰和司空图。刘勰在《文心雕龙·体性》中，谈到风格的“各师成心，其异如面”时指出：“若总其归涂，则数穷八体：一曰典雅，二曰远奥，三曰精约，四曰显附，五曰繁缛，六曰壮丽，七曰新奇，八曰轻靡。”他还对八种风格的内涵给予了明确的界定，并比较它们之间相反相成的关系，认为“雅与奇反，奥与显殊，繁与约舛，壮与轻乖。文辞根叶，苑囿其中矣”。所有的文章，虽有各不相同的状貌，但不外乎在这八种风格间徘徊和选择。日本的《文镜秘府》一书中的《论体》篇，将风格分为博雅、清典、绮丽、宏壮、要约、切至六种，与此一脉相承。但因局限于当时文体观的模糊，刘勰所讲的“八体”，包括非文学在内的全部文章的风格。

唐皎然在《诗式》里把风格概括为高、逸、贞、忠、节、志、气、情、思、德、诫、闲、达、悲、怨、意、力、静、远等 19 种，只是有的谈及的是内容类型。司空图的《二十四诗品》则分析得更为具体，标准亦更为统一。他从文学风格的本体构成出发，把诗歌风格区分为 24 种，即：雄浑、冲淡、纤秾、沉着、高古、典雅、洗炼、劲健、绮丽、自然、含蓄、豪放、精神、缜密、疏野、清奇、委曲、实境、悲慨、形容、超诣、飘逸、旷达、流动。虽然后世也有人批评这种二十四诗品的划分“相似者甚多”（林昌弈语），但已是很高的成就了。清代袁枚在《续诗品三十二首》中，把诗的风格分为 32 种，然因其分类驳杂，对后世的影响反而不如司空图大。

3. 抒情风格基本形态

前人有关风格的分类，不乏精辟的见解和正确的判断，但同时由于分类标准的错综杂乱，也存在着明显的局限性。有的涂上了宗教神秘主义色彩，如神悟；有的则含有道德的观念，如贞、忠、节；有的显示了传统士大夫的闲情逸致，如闲逸、超诣；有的则根本不是风格范畴，如涉及主题的崇意、相题，牵涉到结构的布格、割忍、藏拙，牵涉到语言的振采、结响、择韵，等等，比现代意义上风格概念的范畴要小得多。

我们认为，划分抒情风格的种类，应该从风格本身的特殊性出发，应该依据作品的思想内容和艺术形式的有机统一中所集中显现出来的词气、格调、情境。我们在确定特定的风格时，就必须把握这个特点，而不是只抓住作品中的某一个因素就企图对整个风格的特色作出判断。而且，随着文学创作实践的绵延，文学状况已经发生很大的变化，各种风格也不断地出现整合、渗融的现象，新的文学风貌需要新的风格形态来进行概括，才能适应风格批评的内在要求。相比较而言，现代的风格学理论对风格的分类，则更为严谨、客观、科学，更符合现代文体发展的态势，也便于学习和掌握。其中陈望道的《修辞学发凡》一书，作出过突出的贡献。他在继承中国古代、近代风格学理论的基础上，将“体性”分为四组八种：

一组——按内容和形式的比例，分为简约和繁丰；

二组——按气象的刚强和柔和，分为刚健和柔婉；

三组——按话里辞藻的多少，分为平淡和绚烂；

四组——按检点工夫的多少，分为谨严和疏放。

需要注意的是，这八种风格并没有网尽全部抒情风格的类型，而且各种风格形态之间有的是对立排斥的，有的则是可以兼容并蓄的。下面对此八种典型风格形态分别予以介绍。

（1）简约和繁丰

简约，是力求语词简洁扼要的风格形态。例如《书》曰：“尔唯风，下民唯草”，便可说是简约的了，表达意思时语词已经简得不能再简。同它表达一样的意思，在《论语》里就说：“君子之德风，小人之德草，草上之风必偃”，语词扩展到16个字，类似于繁丰的风格。至于刘向《说苑》里说的：“夫上之划下，犹风靡草，东风则草靡而西，西风则草靡而东，在风所由，而草为之靡”，语词增至32字，传达的意义却与前二者相同，就更是繁丰了。所以，相对于简约而言，所谓的“繁丰”，则是指不节约词句，任意衍说，说到无可再说而后止的风格形态。

简约风格的最大特征是辞少而意多。辞少，就要洗尽铅华，精练简洁。刘勰在《文心雕龙》里谓之“精约”，司空图《二十四诗品》谓之“洗练”，解为“犹矿出金，如铅出银，超心炼冶，绝爱缁磷”。总之，使人感到洗练峻洁。意多，就是要用尽可能少的话语容纳尽可能多的意蕴内涵，做到有言外之意、味外之味，能够点中见面、小中见大。如杜甫诗“两个黄鹂鸣翠柳，一行白鹭上青天。窗含西岭千秋雪，门泊东吴万里船”。此诗作于安史之乱平息之后，诗人开朗的心境、愉快的情绪、爱国的热忱，虽未直接表露，却洋溢于字里行间，是以景写情、寓情于景、以一当十的杰作。又如马致远的《天净沙•秋思》：“枯藤老树昏鸦，小桥流水人家，古道西风瘦马。夕阳西下，断肠人在天涯。”这一曲，只有短短的28个字，却绘出一幅壮美、苍凉、寂寥的秋风夕阳图，充分地流露出羁旅漂泊的忧伤情怀，是何等的精练简洁。

繁丰风格辞义详尽。刘勰《文心雕龙•体性》以“繁缛”冠之，说“繁缛者，博喻酿采，炜烨枝派者也”。辞采铺排，思绪稠叠，是其特征。汉武帝时，天下一统，幅员辽阔，仓廪充实，武帝经常同群臣遨游、狩猎，文人趋势奉承，纷纷作赋，习者陈陈相因，遂使赋体夸张铺饰，而形成繁丰的风格。司马相如《子虚赋》《上林赋》，场景壮阔，绮艳瑰诡，为繁丰之典范，也是繁丰之极致。繁丰的风格非汉代所专有，其他文体中也有许多的作品呈现出这种面貌。繁丰的文辞必须表现稠密意象和丰富的思想，才有价值。否则，只图搜寻丰富的辞采，而无视内容的显现，则无异于作态，必如刘勰所批评的“碌碌丽辞，则昏睡耳目”（《文心雕龙·丽辞》）。

简约与繁丰的风格，在历代文学作品中都有体现。“在各国，大抵古代偏于简，而近代则多趋于繁。其原因不在乎辞体本身的优劣，而在乎社会情状的发展。”人类社会的不断发展，社会生活的逐渐丰富，必然显现于精神性的艺术作品中。从效果来看，二者互有短长，需在创作实践中慢慢探索，以顺畅为上，以自然为准，择而为之。

（2）刚健和柔婉

刚健，是刚强、雄伟的风格形态。在古代，常常与雄浑、豪放联结在一起。司空图的二十四“诗品”，把雄浑放在首位。他说：“反虚入浑，积健为雄。”意思是说向实处求则不可能得浑，而必须返而求之于虚，才可达到入浑的极境；积聚健壮有力之气，则可为雄。清代的杨廷芝认为：“大力无敌为雄，元气未分曰浑。”总之，都强调雄壮、浑厚之格。豪放要求豪迈、奔放，司空图《二十四诗品》里用“吞吐大荒”“处得以狂”来形容豪放的情状，以“天风浪浪，海山苍苍”来描绘豪放的气势，拿“晓策六鳌，濯足扶桑”来比喻豪放的行踪，活化出豪放的英姿。刚健，就是将雄浑、豪放等风貌一致的作品总括起来，自然阳刚之气显而易见。柔婉，则是指柔和、优美的风格形态。柔和重温馨、静谧，在含蓄中保持生机。

刚健风格的作品，往往感情奔放热烈，气势恢宏磅礴，格调昂扬激越，想象夸张奇特。有的壮志凌云、抱负远大、刚毅雄健，如刘邦的《大风歌》：“大风起兮云飞扬，威加海内兮归故乡，安得猛士兮守四方！”有的慷慨悲歌、视死如归，如项羽的《垓下歌》：“力拔山兮气盖世，时不利兮骓不逝，骓不逝兮可奈何？虞兮虞兮奈若何？”有的胸襟辽阔、目光深邃、悲怆豪爽，如陈子昂的《登幽州台歌》：“前不见古人，后不见来者；念天地之悠悠，独怆然而涕下！”有的豪迈豁达、奋发向上，如王之涣的《登鹳雀楼》：“白日依山尽，黄河入海流；欲穷千里目，更上一层楼。”激荡的情感，须以特殊的音调、技巧来表现，才能适应这类作品的风格，甚至格调、修辞都异于一般类型的作品。“噫吁嚱，危乎高哉！蜀道之难，难于上青天！”李白《蜀道难》的起句就气势非凡，令人有昂首天外之感。诗人以夸张式的一声惊呼，就紧紧攫住读者的心弦；接着，就把这根心弦随手抛入天际，忽听铿然一声，它便飘落在高耸入云、崎岖险峻的巴山之巅。难怪贺知章一读此诗，便称作者为“谪仙人”了。

柔婉风格的作品，体现出“曲、柔、细”的特点，给人以柔和、婉约的感觉。陆机早在《文赋》中就提到了近似柔婉的风格形态，司空图在《二十四诗品》中专列“委曲”。从创作上看，晚唐温庭筠被视为婉约词的开山鼻祖，他写的“一叶叶，一声声，空阶滴到明”（《更漏子》），“花落子规啼，绿窗残梦迷”“人远泪阑干，燕飞春又残”（《菩萨蛮》），缠绵悱恻，凄楚动人，显然属于此类。在新诗创作中，也有这种格调的诗篇。如徐志摩《沙扬娜拉·赠日本女郎》：

最是那一低头的温柔，
像一朵水莲花不胜凉风的娇羞，
道一声珍重，道一声珍重，
那一声珍重里有蜜甜的忧愁——
沙扬娜拉！

诗人通过“那一低头的温柔”这一微妙的细节，描绘了一位日本女子与情人作别时的动人画面：情牵意缠，默然低首，静寂中更显温柔。同时，又用妩媚多姿的水莲花这一形象作比，与温柔含羞的日本女子叠印烘托，相得益彰，从而使这位日本女子的形象更加鲜明可爱。后面“蜜甜的忧愁”一句，用“矛盾语”，恰到好处地表现了日本女子彼时彼地的矛盾心情：过去的“蜜甜”不堪回首，今后的“离愁”如影随形。整首诗韵味十足，极好地体现了柔婉的美。

刚健和柔婉作为两种对应的风格形态，自古有之，它们分别适合于不同的情感、题材，像阳刚、崇高类的事物，就宜用刚健的风格；而阴柔、优美类的材料，就更切近柔婉的风格。

（3）平淡和绚烂

根据陈望道《修辞学发凡》中的辨析，平淡和绚烂的区别，是由话里所用辞藻的多少来决定的。少用辞藻、务求清真的，便是平淡风格；尽用辞藻、力求富丽的，便是绚烂风格。自然、清新、冲淡，是平淡风格的显著特征。若春秋代序，如树枝抽条，毫不勉强，决不做作，从从容容，自然而然，谓之自然。司空图《二十四诗品》中的解释是：“俯拾即是，不取诸邻，俱道适往，着手成春。如逢花开，如瞻岁新，真予不夺，强得易贫。”要求述本色之相，达本性之情。自然之外，还要清新，杨升庵说：“清者，流丽而不浊滞；新者，创见而不陈腐也。”（《清新庾开府》，《总纂升庵合集》卷一百四十四）要求色彩淡雅，格调清峻，又不落入俗套。所谓“可人如玉，步屧寻幽，载行载止，空碧悠悠”，就是这一情境的写照。

绚烂的风格，在司空图《二十四诗品》里，有“纤秾”一品，曰：“采采流水，蓬蓬远春，窈窕深谷，时见美人。碧桃满树，风日水滨，柳阴路曲，流莺比邻。”极言文辞之繁华绮艳、绚丽多姿，让人饱尝眼福，感到愉悦。例如，杜甫的“风含翠筱娟娟净，雨浥红蕖冉冉香”（《狂夫》），写风摇翠竹，光洁柔美，雨洗荷花，袅袅吐香，是何等的细致入微。再如“黄四娘家花满蹊，千朵万朵压枝低。留连戏蝶时时舞，自在娇莺恰恰啼。”（《江畔独步寻花七绝句》）这里，花朵是多么盛、多么密、多么沉啊！戏蝶、娇莺是多么繁忙、多么愉快啊！李贺的“飞香走红满天春，花龙盘盘上紫云”（《上云乐》），无数朵花，驾着清风，织成飞龙，盘盘旋入天际，香飘万里，是多么美妙的春景。杜牧的“停车坐爱枫林晚，霜叶红于二月花”（《山行》），其色泽又是何等的鲜艳、深厚、浓郁。

一般来说，平淡给人带来朴实无华、质木鲜文，即朴素的印象，它适合于描叙事实，表达“取语甚直，计思匪深”的单纯、率真的情感。绚烂的风格更宜于描绘欣欣向荣的满园春色、夏天绿油油的田野、层林尽染的秋景，而不适合表现萧瑟肃杀之气和寒风凛冽的冬天。人与自然景致处于一种极为一体化的境地，这些表现对象、情感隐显的不同，甚至决定了主体在创作时风格的选择。比如现代作家朱自清的抒情散文，既有《背影》的自然朴素、真切率直，又有《荷塘月色》的浓妆艳抹、曲达隐情，通过迥异的风格形态，读者得到的是截然不同的美感体验。

平淡和绚烂绝非截然对立，水火不容。文学风格中极端纯粹的风貌，少之又少，多数处于两种倾向的中间或模糊地偏向某一方。而且，中国古代文论家还常常把绚烂的极致，看作是平淡的境界。薛雪《一瓢诗话》说："古人作诗到平淡处，令人吟绎不尽，是陶熔气质，消尽渣滓，纯是清真蕴藉，造峰极顶事也。"可见，平淡并非随意书写，淡而无味；相反，它是洗炼的结果，超越了绚烂的藩篱，是绚烂后的"有致、有味"之境。苏轼说得好："凡文字，少小时须令气象峥嵘，彩色绚烂，渐老渐熟，乃造平淡；实非平淡，绚烂之极也。"（《与赵令畤书》）因此，这种表面之"淡"，背后实则隐含着长期的艰苦磨炼，是淡而深远、淡而蕴藉的。

（4）谨严和疏放

这两种对应的风格，在文学作品中也非常多见。谨饬严密，谓之谨严，是指那种从头到尾严严谨谨、细心检点而成的风格形态。而疏放则指在起稿之时，纯循自然，不加雕琢，不论粗细，随意形成的风格形态。从效果上看，谨严可以使人有庄严、拘谨之感，疏放可以使人有朴质、粗野之感。按照陈望道的说法，旧小说中《儒林外史》的风格近乎谨严，而《西游记》的风格就近乎疏放了。

在谨严风格中，谨和严是统一的。谨而不严，则结构松散；严而不谨，则敷陈冗杂。形象的逻辑性是谨严的精髓。它层次清楚，条分缕析，首尾连贯，简洁匀称。像古代文体中的章表奏议、箴铭碑诔、符檄史论等，都需要这样的文风，以适应所要表达的严肃、庄重的内容。诸葛亮写的《后出师表》，以委婉的笔触回溯了先帝的知遇之恩，说明自己出师北伐的理由，向皇帝表"鞠躬尽瘁，死而后已"之忠心，就不能以其他不着边际的笔调来写，不然就会显得不够忠实、诚恳。正由于严谨富于逻辑性，因而它重视静观默察，追求刻画事物的客观性。它的笔锋犀利爽净，剖析毫厘，往往体现在说理性作品中。先秦时代，韩非子、荀子的论述体散文，都可以归入谨严一类。抒情性作品因注重情感的流动性、跳跃性，谨严风格的较少，但像字工律严的杜甫诗歌，可列入其中。王安石晚年的一些绝句，如《泊船瓜洲》亦于谨严中见其清新。

疏放风格既然在写法上讲究随意，那么，创作主体的情感、意念就可以在艺术传达过程中任意挥洒，即兴抒发。它无须过多地考虑作品接受者的因素而拘束、收敛，只要有利于把一己之情倾洒而出，任何技巧、手法都可拿来使用。作品给人的感觉，好像是一气呵成，不留半点琢磨的痕迹。很多运用了大量离奇想象、出格夸张的豪放雄浑格调的作品，都可被看成疏放风格的典型代表。譬如李白的《行路难》：

金樽清酒斗十千，玉盘珍馐直万钱。停杯投箸不能食，拔剑四顾心茫然。欲渡黄河冰塞川，将登太行雪满山。闲来垂钓碧溪上，忽复乘舟梦日边。行路难，行路难，多歧路，今安在？长风破浪会有时，直挂云帆济沧海。

全篇用鲜明的形象，写出了人生的行路难。作者在诗中“心游万仞，思接千里”，尽情地抒发了自己的人生感慨。即景抒情，随意宣泄，境界阔大。

还有的疏放风格的作品，不事雕琢，在朴质中见狂野。北朝时鲜卑族的《敕勒歌》就是这样：

敕勒川，阴山下。

天似穹庐，笼盖四野。

天苍苍，野茫茫，

风吹草低见牛羊。

在这里，作者用粗线条描绘了北国的山川、草原、牛羊和少数民族的游牧生活，多么辽阔、壮美、质朴、强劲有力。

谨严和疏放作为不同的风格形态，看似对立，实则往往相互交织。谨严中包含结实，疏放中体现空灵。刘熙载说：“文或结实，或空灵，虽各有所长，皆不免著于一偏。试观韩文，结实处何尝不空灵，空灵处何尝不结实。”（《艺概·文概》）可见，谨严与疏放，是对立地统一在一起的。

（二）叙事风格的形态

1. 叙事风格的性质

（1）叙事风格的界定

与抒情性作品不同，叙事性作品不以情感为中心来结构形象体系，而是通过对一个或多个故事的陈述，来完成艺术世界的创造性建构。叙事性作品本身固有的这些特性，决定了它的艺术格调别具特征。在叙事性作品中，因人物、情节和场景的独特诉求，从而使它拥有不同于抒情性作品的个性化的艺术风貌，我们一般称之为“叙事风格”。

叙事风格既然来自作品自身的结构形式，那么我们在讨论它时，就不仅要抓住节奏、气势等抒情性作品共同具有的东西，而且要更加关注在叙事作品中起着关键作用的诸如叙述语气、题材选择、情景设置等因素，总结出属于叙事文学所独有的品格，这样我们才能有效地把握叙事风格的特点，并将其与抒情风格明确地区分开来。

（2）叙事风格的呈现

在叙事性作品中，因具体表现方法多种多样，叙事风格在不同的作品中还会有各不相同的体现。但综而观之，叙事风格从宏观的视角来看，不外乎表现在内容诸因素和形式诸因素里。

作家的风格首先表现在作品的内容诸因素中，即体现在题材的选择、人物的刻画、情节的提炼、环境的描写等方面。文艺作品的题材与人物只能从生活中来，作家只能描写他所熟悉与理解的生活与人物，只能描写他独特的生活经历中所认识到的特有的生活。题材选择的这种一贯性，就使作品带有作家鲜明的个人特色。譬如老舍，他对北京地区的生活很熟悉，他自己说："我的朋友并不都是教授与学者，打拳的、卖唱的、洋车夫也是我的朋友。"因此他的作品都以北京下层劳动人民的生活为题材，描绘他们的痛苦与挣扎，表示作者对他们的同情与关怀。由于作者熟悉他们，了解他们的生活和心理状态，因此他的作品有浓厚的"北京味"，幽默诙谐而富有哲理。另外，题材有大有小，也影响到风格的呈现。大凡描绘大规模战争、抒发炽热的激情者，如《三国演义》《水浒传》《黄花岗烈士事略序》等，则见气势磅礴、节奏迅疾；大凡刻画人情世态、男女之爱者，如《牡丹亭》《红楼梦》等，则见气势委婉、节奏舒缓。作品所描绘的环境也会影响到作品风格。《红楼梦》大观园内幽雅的环境，绝不会出现李逵、鲁智深这样的草莽英雄，也不会产生像《水浒传》那样粗犷、流动、豪放的风格和江湖气派。梁山泊中绝不会产生宝黛式的爱情，也绝不会出现《红楼梦》那样旖旎、缱绻、缜密的艺术风格。当然，环境描写的方式又不是唯一的，有局部与整体的区分，这要看作者的艺术匠心了。局部描写如鲁迅的小说《故乡》，开头一大段有关渐近故乡时的场景描写，就取得了很好的艺术效果。它将阴晦的天气、呜呜的冷风、苍黄的天宇、萧索的荒村，勾勒进同一幅衰败的乡村画面中，为故事的展开、演进提供了恰切的情境。有的作品情境，不局限于某一部分，它以一以贯之的氛围囊括整部作品。如孙犁的《荷花淀》，写的虽然是战争年代的故事，里面也隐含着战争的场面，但作者撇开正面的描写，只是选取日常生活中的细节，从侧面反映当时全中国人民的抗战热情和舍一己之利的高尚品质，通篇洋溢着明丽、活泼、自信的诗的情调。

叙事风格同时也表现在形式诸因素中，包括作品结构的安排、形象塑造的技巧以及文学语言的运用。其中语言对叙事风格的表现尤为重要。因为一般读者对叙事作品的认识，总是先从构成故事的语言开始的。如赵树理的语言明朗隽永，有幽默感，如果有人把他的作品的片段混在别人的作品里，细心的读者也是可以辨认出来的。老舍的语言形象生动，音调铿锵同时又富有幽默感。沙汀的语言有地方色彩，字斟句酌，严谨含蓄，耐人寻味。我们在这里以赵树理的小说《三里湾》里的一段叙述为例：

玉生媳妇叫袁小俊，是本村袁天成的女儿，从小是个胖娃娃，长大了也不难看，说话很利落，她和玉生的结婚，是在个半新半旧的关系上搞成的。她比玉生小一岁，从小跟玉生也常在一块玩。后来玉生成了村里的小"能人"，模样儿长得又很漂亮，年纪虽说不大，大人们却也不得不把他当成个人物来看待，特别是在他得了奖状那几天，人们就更看重他——每当他从人群中间走过去，总有人在后边说："小伙子有本领！""比他爹还行！"……在这时候，村里的年轻姑娘们，差不多都愿意得到像玉生这样的一个丈夫，袁小俊也是其中一个。

赵树理的作品向来以语言风格浅显易懂而著称，这段话的语言也不例外。叙述时没有一个冷僻的字，使用的都是口语化、大众化的句式，都是从大众口语中采撷来的很有表现力的词语，极平易、极朴素、极传神，又不失机趣。无怪乎人们称赞赵树理是描写农民的"神笔"和"圣手"。

2. 叙事风格的形态

中国向来号称诗的国度，叙事文学不甚发达，因而不管是从文学实践上还是从理论阐释上讲，这块园地的开垦都是比较薄弱的。中国的叙事文学作品，主要表现为小说和戏曲等文类。虽然“盖自秦汉而下，文愈盛；文愈盛，故类愈增；类愈增，故体愈重；体愈重，故辨当愈严”（吴纳《文章辨体序说》），历代的文论家对文类的研究也时见新意，但并未能改变对叙事文学风格的模糊界说。当然，叙事文学在中国文学结构中的边缘地位，也不是一无是处，传统士大夫们的隔膜和疏离，使得它们的内容与风格较为接近民间生活和民间欣赏趣味，情节性强，娱乐色彩浓厚，艺术创新的自由度相对而言也会增大。这也是元杂剧、明清小说在后世文学史上，更值得大书特书的重要原因。由于中国现代文学的创作主要来自对西方文学的借鉴和模仿，没有特别的艺术技巧上的创新，所以我们这里所谈的叙事风格，主要着力于中国古代。对古代叙事类型的研究，自古至今，即便著述繁多，却依然不出鲁迅的小说研究所给出的概念及结构框架。我们根据鲁迅的小说分类原则，略加改造，将中国的叙事文学风格划分为讲史、世情、讽刺三种形态。

（1）讲史

那些以虚构的情节来演化历史事件或讲述历史人物的虚构故事的小说，被称为“讲史小说”。中国讲史小说的典型代表是章回体的《三国演义》和《水浒传》。宋代商业经济的兴盛，使得勾栏瓦肆遍布街头巷尾，出现了许多的讲史高手。他们虽然未能传下什么著作，但对后世叙事文学的发展起到了很大的推动作用。像《三国演义》，虽有史书《三国志》作为前身，但说书人根据前代民间的传说“添油加醋”，补充众多精彩的细节，即使有文笔不逮、词不达意之处，却为罗贯中的总结式的写作，提供了生发、创造的纲领。《水浒传》故事亦是南宋以来流传甚广的传说，宋江实有其人，《宋史》载他“转略十郡，官军莫敢撄其锋”。于是民间自有奇闻异说，口耳相传，渐成相对完整的故事。元代戏曲里的《梧桐雨》也是这样，虽然故事起源于唐代皇帝李隆基与杨贵妃之间的情感纠葛，但延续到后代，渐渐演变成一场带有“文化想象”性质的缠绵悱恻的爱情悲剧。

既然是“讲史”，就涉及处理艺术真实与历史真实之间的关系问题，这将影响到作品整体艺术风貌的呈现。但作为文学作品又不能仅仅局限在史实、平话的范围内，必须有所推演发挥，二者之间的矛盾显而易见。鲁迅在评价《三国演义》时认为它“七实三虚”，“至于写人，亦颇有失，以至欲显刘备之长厚而似伪，状诸葛之多智而近妖；惟于关羽，特多好语，义勇之概，时时如见矣”。就是说，在艺术风格上，讲史作品带有许多夸张、失实的“杂虚辞”的成分。这在《水浒传》中表现得尤为明显。它塑造人物、铺陈故事时，在缺乏信史的情况下，常常依据朝野逸事来编造充任，因之亦有人将其划入英雄传奇。另外，中国讲史的作品，叙述语气上因受世界观、人生观的规约，经常有转换的情况，这有时会影响到风格的整一性。《水浒传》前七十回，描写了梁山农民革命节节胜利、所向披靡，呈现出一片生机蓬勃的景象，其气势是贯穿如一的；后五十回描绘了梁山农民革命的失败及官军的节节胜利，并美化了宋代最高统治阶级，因而作者笔底又是另一番景象、别一种气势，同前七十回大相径庭。

其他的像神魔小说如《西游记》、侠义小说如《三侠五义》等，都是对过去的历史题材的演绎重构，也可以列入讲史风格的范畴。只是在这些幻想性的作品里，无论是在人物塑造方面，还是在场景描写上，都继承了古代神话故事传说、志怪志人小说的特点，更多的是对现实事物进行超乎想象的夸张、虚构。《西游记》中的玄奘取经有其历史根据，但实际的文本与历史真实相距甚远，历史事件在此只不过是个切入口；而且文本的风格形态要瑰丽绚烂得多，甚至还洋溢着讽喻性的喜剧氛围。

（2）世情

有关世情小说的兴起，借用鲁迅的看法，当神魔小说盛行的时候，相应记人事的作品也开始突起，其初期取材犹宋市人小说之“银字儿”，“大率为离合悲欢及发迹变态之事，间杂因果报应，而不甚言灵怪，又缘描摹世态，见其炎凉”，所以亦可称之为“世情书”。在古代的世情小说里面，《金瓶梅》颇为有名。不少现代学者把它看成第一部真正的中国小说和一部深邃的自然主义作品，这是有根据的。起码就题材而言，《金瓶梅》虽取材自《水浒传》里的故事，却摆脱了历史和传奇的影响，独立创造了一个属于自己的艺术世界，里边的人物均为无英雄气概和崇高品质的世俗男女。其后出现的一些关于家道兴衰、夫妻离合与亲朋关系的小说，都可以归入“世情”一类。只是这些名目繁多的作品，质量参差不齐，它们往往图解了传统的儒家道德规范，如子女孝顺、兄弟情义、夫妻忠贞以及无私的友谊。像《三孝廉让产立高名》就是一篇关于兄弟情义的小说，《蒋兴哥重会珍珠衫》是既写婚外恋爱也写夫妻聚散的家庭小说。写世情最为著名的要数《红楼梦》了。“在中国文学中，《红楼梦》不仅是一部最能体现悲剧经验的作品，同时也是一部重要的心理现实主义的作品。”尤为值得重视的是，它打破了一切传统的写法，小说通篇所叙写的都是由家庭生活细节组成的日常场景，描写也更加口语化、更加详赡，更加注重深入地开掘个人的生活经历。

在世情小说里，通常以家庭为纽带，需要描绘各种各样的社会关系。这就需要细节的真实、语言的个性化，进而突出主要及次要的艺术形象。《红楼梦》里描写了一个无与伦比的活生生的世界，许多有血有肉的人物，除了贾府家族及其亲属和仆人，我们还可以看到皇亲国戚、高官显贵、太监、从吏、兵士、商人、和尚、尼姑、医生、戏子、强盗、妓女各色人等，全都被生动地表现出来。主要人物以及某些次要人物都极具个性，我们不仅看到他们的外表和行为，也看到了他们内在的感情和思想。《红楼梦》第四十回有这样一段生活场面的描写：

贾母这边说声“请”，刘姥姥便站起身来，高声说道：“老刘，老刘，食量大如牛：吃个老母猪，不抬头！”说完，却鼓着腮帮子，两眼直视，一声不语。众人先还发怔，后来一想，上上下下都一齐哈哈大笑起来。湘云撑不住，一口茶都喷出来。黛玉笑岔了气，伏着桌子只叫“嗳哟！”宝玉滚到贾母怀里，贾母笑的搂着叫“心肝”。王夫人笑的用手指着凤姐儿，却说不出话来。薛姨妈也撑不住，口里的茶喷了探春一裙子。探春的茶碗都合在迎春身上。惜春离了座位，拉着他奶母，叫“揉揉肠子”。地下无一个不弯腰屈背，也有躲出去蹲着笑去的，也有忍着笑上来替他姐妹换衣裳的。独有凤姐鸳鸯二人撑着，还只管让刘姥姥。

这里既通过人物的言语和动作描写来渲染宴席的喜庆气氛和“百笑图”的场面，同时又通过众多的描写手段来刻画众人的性格。作者写了湘云、黛玉、宝玉、贾母、王夫人、薛姨妈、探春、惜春八个人的笑，在他们各自笑的不同动作细节描写中反映了他们每个人的不同身份、性格及年龄、体质状况。对这八位主子的笑态描写均使用了经过锤炼的精当的动词，风格显得自然活泼又韵味无穷。

（3）讽刺

讽刺类型的作品古已有之，但至明清时最为兴盛。文言小说中有志怪形式的《聊斋志异》，借鬼狐花妖讽喻现实人生，嘲讽和抨击政治的黑暗、官绅的腐败、科举的弊端和婚姻制度的不合理以及其他种种社会丑恶现象。故鲁迅称它为“使花妖狐魅，多具人情”，“描写委曲，叙次井然，用传奇法，而以志怪”。纪昀的《阅微草堂笔记》意在劝惩，语寓讥讽，是笔记体小说。它们的共同特点是，借助生活或想象中的生活现象，以讽刺的笔触，批判当时社会的腐败和不公。

最有名的讽刺小说还属吴敬梓的《儒林外史》。在思想上，《儒林外史》是第一部真正的讽刺现实作品，它同人们的宗教信仰几乎完全背离。当时流行的佛教一贯宣扬因果报应的伦理观念，但它只能用通俗的方式阐释现实世界以抚慰人心，结果导致不仅一般的说书人，甚至还包括《金瓶梅》《醒世姻缘传》等文人创作的具有讽刺意味的作品里，始终因袭着善有善报、恶有恶报的观念。吴敬梓却厌弃世俗迷信和佛教的道德观念，利用切身的经历和体验，以纯净和富于表现力的语言，描绘当时社会各阶层的多维生活图景，尤其是功名利禄引诱下知识分子的状貌。鲁迅在评价《儒林外史》的艺术风格时使用“蹙而能谐，婉而多讽”八个字，作了精当的概括。这可以通过第五、六回对严致和之死的描写来印证：

中秋以后，严监生一连三天不能说话，医家都不下药了。晚上桌上点了一盏灯。监生喉咙里的痰响得一进一出，却又总不断气，还把手从被单里拿出伸着两指头。家人询问了诸如两个亲人、两笔银子、两位舅爷，监生都一概摇头。只有赵氏走上前说：“你是为那灯盏里点的是两茎灯草，不放心，恐费了油。我如今挑掉一茎就是了。”严监生才点一点头，把手垂下，顿时没了气。

这个故事是一幅守财奴的绝妙漫画，作者没有在行文过程中作任何主观的表白，效果却极佳，以生动的喜剧场景完成了讽刺主旨的传达。

在《儒林外史》的影响下，清末民初出现了为数众多的讽刺风格的小说，其中以鲁迅命名的“谴责小说”最盛。虽然它们的旨趣亦在匡世济生、揭发伏藏，只是艺术技巧方面却差了很大一截。“整体风格上的情感丰富，讽刺强烈，色彩对比鲜明，但只可远观，不宜近察。”格调上失去了《儒林外史》“蹙、婉”的品位，“辞气浮露，笔无藏锋，甚且过甚其辞，以合时人嗜好”。不过，里面也有一些好的作品，像《梼杌萃编》也多有冷嘲热讽，却甚少激烈的谩骂化倾向；还有部分作品，作家描写平淡自然，不假雕饰，极少夸张做作，显示了平易晓畅的风格特色。

三、风格的文化形态

（一）风格文化形态的划分

风格的审美形态是从审美主客体出发对风格所作的划分，它主要是指作家的创作风格和作品的文体风格；风格的文化形态则是从文化因素影响并形成文学风貌的角度对风格进行的划分。

关于文学风格与社会文化的内在联系，美学家鲍列夫作过精辟论述："风格是某种特定文化的特征，这一特征使该种文化区别于任何其他文化。风格是表征一种文化的构成原则。"今天，无论是艺术学、文艺学还是美学，在理解风格的含义方面都大大借助于它的宽广的文化学内涵。风格的文化学意义，使它超越了艺术文本的阈限，进入更为广泛的社会文化领域。如果说作家风格是创作个性和艺术思维在创作中的持续体现，作品风格是作品内容和形式的有机融合中呈现出的风貌，那么文化风格则是在地域、民族和时代的特定文化因素影响下，文学创作所呈现出来的独特的文化风貌。

对于文化视野下的风格形态，从共时和历时的不同角度，可以划分为两种不同的风格系列：从横向的共时性的层面，风格体现为流派风格、地域风格、民族风格；从纵向的历时性的层面，还有时代风格等诸多不同的文化形态。这些风格，在历代文学家的作品中都有印证；而且，它们以合力的形式渗入具体的作品中。

（二）文学流派与流派风格

1. 文学流派

在中外文学发展过程中，曾出现过许多大小不同、面貌各异的文学流派，它们对整个文学进程起着非常重要的推动作用。如果说文学风格的概括侧重于作家个人的创作特色，那么，文学的流派或派别则主要着眼于一定社会历史时期作家群体的创作倾向。文学风格常是作家追求的目标，因为它意味着一个作家独特的创造能力，是衡量作家艺术成就的重要标尺；而文学流派则是特定时代的文学创作走向繁荣的征候，因为不同文学流派的涌现，能为文学的健康发展提供良性的循环，使得一个时期的文学创作达到超越前代的新的高度。正因为如此，文学流派的研究，已成为文学史、文学理论和比较文学所共同关注的课题。

"文学流派"是个复杂的概念。所谓"派"，就是指思想上一致、组织上一体、艺术上近似的群体。它和风格、创作原则、审美理想、文学思潮是紧密地联系在一起的，实际情况却要复杂得多。如华兹华斯和拜伦虽然都是浪漫主义诗人，但前者思想保守，是贵族的辩护人；后者思想进步，是民主主义者。尽管两人都富于幻想，热衷于理想境界的追求，喜欢运用想象、夸张等手法，但一个缅怀中世纪田园生活，一个追求自由平等的资产阶级共和国，因而他们在思想上、组织上、艺术上就不能结为一体，所以，他们不属于一派。华兹华斯只有和与他思想艺术上一致的柯勒律治、骚塞才可结成湖畔派；而拜伦只有和与他志同道合、风格一致的雪莱，才可成为英国文学史上积极浪漫主义的“双璧”。那到底什么是文学流派呢？我们认为，文学史上，一些思想倾向、艺术见解和创作方法等相同或相近的作家自觉或不自觉地集中在一起所形成的文学群体即“流派”。如我国“五四”时期的“文学研究会”和“创造社”，就可列入其中。

历史上出现的文学流派，从内在性质和结合方式两方面看，大体上可以划分为三种不同的类型：

第一，自觉组合的文学流派。

他们有着共同的思想倾向、艺术见解和创作特色，有宗旨、有纲领、有组织、有名称，常常以文学社团、报刊和出版社为主要阵地，发表作品和宣传自己的文学主张。这是有纲领、有组织、有创作实践的自觉的流派，如上文提及的“五四”时期的“文学研究会”和“创造社”。“文学研究会”采用现实主义的创作原则，主张“为人生而艺术”；“创造社”采用浪漫主义的创作原则，主张“为艺术而艺术”。在我国的新文学运动中，它们都发挥了重要的作用。

第二，半自觉的文学流派。

没有共同的理论纲领和固定的组织，而是由一个或几个有代表性的作家及他们的直接或间接追随者所形成的流派。这类文学流派往往以一个或几个作家的创作与理论为楷模，辗转传播，形成文艺思潮，最终形成文学流派。如我国宋代的“江西诗派”，其名称来自南宋诗人吕本中所作的《江西诗社宗派图》，其中开列了黄庭坚等 25 人，又将其诗歌辑录刊行为《江西宗派诗集》。它不是有组织的文学团体，也没发表过共同的理论纲领，但都以黄庭坚的创作和理论为共同的规范。黄庭坚反对柔弱、华靡的西昆诗风，提出作诗要学习杜甫，但他忽视了杜诗丰富的社会内容和现实主义的艺术成就，偏重于字句形式的考究，并追求拗句、险韵，要求通过“夺胎换骨”“点铁成金”的途径，使创作翻意出新，以致形成了奇拗硬涩的风格。类似的还有现代美国作家组成的文化团体“逃亡者派”，它以诗人兰塞姆为中心，提倡维护南方传统的文学地方主义。

第三，不自觉的文学流派。

他们既没有共同的创作理论，也没有一定的组织形式，但在创作上却显示出某种共同的特点，如共同的生活经历和创作题材、相近的艺术风格和表现手法、相同的地域和地域特色等。这是较松散的作家群体，它之所以被称为“流派”，完全是由后来的评论家、文学史家们所追加的。如我国唐代的岑高诗派，他们在题材上表现的都是塞外奇丽风光和将士征战生涯的边塞诗。元白诗派及现代文学史上的鸳鸯蝴蝶派等都是这样。而“迷惘的一代”源出侨居巴黎的美国女作家特鲁德·斯泰因，她有一次指着海明威等人说：“你们都是迷惘的一代。”海明威把这句话作为小说《太阳照常升起》题词，于是成了文学流派名称。

2. 流派风格

流派的形成，有着深刻的社会和历史原因，无论是自觉的还是自发的，都与一定时期的政治、经济、文化状况联系在一起。里面既有所属阶层的利益诉求，又有审美趣味的差异。这种流派竞争的氛围，更有利于多样化风格的酝酿、生成和发展，因为风格是流派形成的基础和先决条件，没有风格就没有流派。换言之，离开风格，流派就仿佛是无源之水、无本之木，就不能形成流派。因此，风格是流派的核心。同一流派中的不同作家的作品，所表现出来的相同或相近的特点，就是流派风格。这种共同特点或近似性和一致性，主要表现在以下几个方面：

第一，语言风格的近似与一致。

语言是传递信息的符号系统，文学语言是经过艺术加工的日常用语，具有准确、鲜明、生动和富于形象性、音乐性、感染力等特点。同一流派的作家作品，其风格特点总是有某种近似、一致之处。例如，就南朝宋元嘉时的元嘉体而论，著名的作家有颜延之、谢灵运、谢惠连、鲍照、何承天、汤惠休等人。他们虽各具文采，但具有共同的语言风格，这就是绮丽华彩、刻意雕琢。再就南朝齐时的永明体而论，著名的作家有谢朓、沈约、王融、任昉、陆倕、范云、萧琛、萧衍，号称“竟陵八友”。他们共同的语言风格是清新俊逸、铿锵和谐，而无元嘉体的铺锦列秀、雕绘满眼之弊。

第二，题材上的近似与一致。

同一流派的作家作品，在题材的种类、范围、性质上，必然有这样或那样的近似、一致。历史上婉约派词作家作品的题材，一般都以男女之恋、母子之情、朋友之谊、离别之愁、羁旅之苦为主；而豪放派的词作家的作品中虽然也不乏这些题材，但大多以描写国家命运、民族前途、个人抱负、美好理想为主。英国古典湖畔诗派以描写田园牧歌式的农村题材为主，中国现代湖畔诗社以描写南方水乡泽国中知识分子的情趣为主。

第三，体裁样式的近似。

体裁是作品重要的构成形式。同一流派的作家作品，固然不乏多种多样的体裁，但他们往往喜欢采用相同、相近的体裁，作为他们表达思想感情的样式。中国古代如花间词派的词、江西诗派的诗、桐城派的文。“黑色幽默”作为一种美学形式，属于带有悲剧色彩的变态的喜剧范畴，体裁多为小说。然而，体裁相近只是构成特定流派的一个因素，而不是主要因素，因为不同的流派中采取相同体裁的作品，也是常见的。

第四，形象塑造方式和描绘手段相似。

同一流派的作家作品，在塑造艺术形象时，其表现方式和描绘手段往往有许多共同之处。例如，浪漫派作家往往偏重于主观情感的抒发，执着于理想化境界的追求，故每每着力于心灵的刻画、灵魂的雕塑，而不拘泥于细节真实的描绘。在运笔时，善于大刀阔斧，有一股磅礴之气，其节奏往往是疾速的。沉郁派作家往往偏重于客观事物的摹化，热衷于观察现实生活，目光深邃，鞭辟入里，对社会人生的态度不是显示于主观情感的直接抒发中，而是渗透在艺术形象的描绘中。他们善于精雕细刻，而避免主观呼号。在塑造形象和描绘现实时，浪漫派主要是主观的，沉郁派主要是客观的。

第五，创作原则与审美趣味相同或相近。

同一流派的作家作品，固然可以有多种多样的创作原则，但由于他们是同一流派，故往往表现为创作原则的一致性。例如，豪放派喜欢浪漫主义，如李白、辛弃疾；沉郁派喜欢现实主义，如杜甫。而大多数受此两大流派影响的作家，则既喜欢浪漫主义，又喜欢现实主义，如散文家、诗人韩愈。当然，由于流派的千姿百态，其创作原则也是多种多样的。如西方现代的意识流派、象征派，其创作原则往往采用超现实主义、象征主义、唯美主义等。

文学流派中因包含多位作家，每个作家的创作个性同其他人都有一定的区别，他们的每一部作品都是在特定的环境下创作的，所以，即便是同一流派风格的作品，也存在明显差异。上述列出的只是大致的“风格共性”，在具体作品中，各因素是水乳交融在一起的。同时，对作家作品之归属于某一流派风格的判定，正如杨万里所言“以味不以形”（《江西宗派诗序》）。

（三）地域文化与地域风格

人类赖以生存的地理环境，是客观现实世界的组成部分。无论什么民族，必然要生活在特定的地域之中。地理环境是历史文化之母。土壤、气候等自然环境，不仅影响着这一民族的生存，而且还规约着民族的风俗习惯和审美情趣等人文环境，形成独特的地域文化。文学来源于社会现实，当然要表现作为客观现实世界一部分的自然环境，表现特定的民族和身处其中的地理环境之间的利害关系，表现特定的民族对周围环境的审美态度。反过来，这种独特的地域性质，除了被投射到文学作品中外，还限制着结构出来的艺术世界的格调和风貌。云南大理白族自治州，山清水秀，景色醉人，几乎一山一水、一草一木都有自己的传说和诗篇。如白族文学作品《鸟吊山》《美人石》《茈碧湖的传说》《望夫云》《蝴蝶泉的故事》等，所描写的山、石、泉、泽、湖、海、云、花，都富于浓厚的地方色彩和天然美，它使白族文学风格显得更加瑰丽、神奇。《徐霞客游记》中曾对苍山洱海赞叹不已：“积雪皑皑，光艳夺目，松阴塔影，隐现于雪痕月色之间。”用疏密结合的语词，极真切地写出了当地的自然奇观。所谓“地域风格”，就是指因直接受制于地理环境和民俗风情而为某一地域文学创作所特有的风格特色。正如刘勰《文心雕龙•物色》所言：“若乃山林皋壤，实文思之奥府……然则屈平所以能洞监《风》《骚》之情者，抑亦江山之助乎！”

中国文学史上，地域风格呈现泛化特征，最明显地集中在南北文风的不同。江淹在《杂体诗序》中就说：“河外江南，颇为异法”，说明当时的人们已经明确地意识到南北文风的差异。魏徵《隋书•文学传序》云“江左宫商发越，贵于清绮；河朔词义贞刚，重乎气质”，也是侧重于南北对举讨论文学风格的。这种南北对举的风格讨论波及画论和书论中的南宗、北宗。近代刘师培、梁启超等人，均从南北两个方面讨论文学风格，正是继承了这一传统。古代的文学风格之所以分为南北，而不分东西，是从自然地貌和气候等多方面因素考虑的。俞樾《九九消夏录》云：“凡事皆言南北，不言东西，何也？……南北之分，实江河大势使然，风尚因之异也。”这是地貌原因。古时由于黄河、长江、淮河等天堑阻隔，舟楫交通毕竟艰难，不能随意沟通，由此而形成和发展起来的民俗、情趣及审美风尚等，势必有很大的差异。与此相关的气候及受其影响的劳作等生活内容，也存在明显不同。南方气候偏暖，草木茂盛，鲜花盛开时，色彩斑斓艳丽，势必影响到作品的瑰丽。北方气候偏寒，广袤的草原辽阔苍凉，势必影响到作品的粗犷豪迈。这些因素，无疑会影响到文学作品的风格。更何况自秦汉统一中国以后，人们已开始自觉地注意到南北文学的差异，并且有意识地发挥自己的优点，由此形成传统并影响到各种文体的研究乃至其他艺术种类。直到况周颐《蕙风词话》卷三论词时还说："南人得江山之秀，北人以冰霜为清。"

从创作实践来看，这种风格的差异更加源远流长。《诗经》里的《国风》主要是先秦时代北方各地的民歌，以四言为主，句式简短，重在写实，喜欢迭咏，被称作"中原风格"。而"江山之助，出楚人之多才"（宋祁《江上宴集序》），以屈原为代表的"楚辞体"南方作品，则采用另一形式的民歌体，句式长短相间，多用神话隐喻，具有浪漫特色，被称作"楚骚风格"。《诗经》和"楚辞"，可以说显示了早期南北文学的不同艺术风貌。南北朝民歌的差异也极为明显。北朝各族民歌是北方劳动人民的创作，数量虽然不多，但题材内容广泛，反映了北方各族人民的生活状况、精神面貌以及北方美丽雄壮的自然风光，感情直率、语言朴素，风格雄健豪放。如：

新买五尺刀，悬著中梁柱。一日三摩挲，剧于十五女。（《琅琊王歌辞》）

男儿可怜虫，出门怀死忧。尸丧狭谷中，白骨无人收。（《企喻歌》）

东晋和宋齐时代的南朝乐府，多产生于城市和商业发达的地区，内容以男女相思离别为主，题材比较狭窄，也反映了当时社会生活的一个方面。形式上除少数作品外，多五言四句的小诗，风格清新活泼、柔丽委婉。如《西洲曲》：

忆梅下西洲，折梅寄江北。单衫杏子红，双鬓鸦雏色。
西洲在何处？两桨桥头渡。日暮伯劳飞，风吹乌臼树。
树下即门前，门中露翠钿。开门郎不至，出门采红莲。
采莲南塘秋，莲花过人头。低头弄莲子，莲子清如水。
置莲怀袖中，莲心彻底红。忆郎郎不至，仰首望飞鸿。
鸿飞满西洲，望郎上西楼。楼高望不见，尽日栏杆头。
栏杆十二曲，垂手明如玉。卷帘天自高，海水摇空绿。
海水梦悠悠，君愁我亦愁。南风知我意，吹梦到西洲。

这首南朝民歌，可能经过了文人的加工润色，诗中音节谐美，使用了顶针、复叠、比拟等多种修辞格，就像沈德潜所说："续续相生，连跗接萼，摇曳无穷，情味愈出。"（《古诗源》卷十二）读起来绮丽、缠绵、顺畅，同北朝民歌风味迥然不同。

地域特征不仅影响到异地文学的总体风格，还体现在同一作家辗转迁徙于不同地域时的创作中。庾信就是一个典型的例证。他早年出入梁宫廷，与徐陵同时写了许多绮丽轻靡的宫体诗，时称"徐庾体"。后入西魏，历仕西魏、北周，官至骠骑大将军、开府仪同三司。在异国他乡出仕的羞愧，使得他的诗风发生了很大的转变，作品主要抒写自己的身世遭遇，感慨家国沦亡，表现自己的"乡关之思"，风格苍凉萧瑟。譬如组诗《拟咏怀》二十七首，诗的内容大多是追怀故国，感叹身世，抒发对家乡的思恋和羁留敌国的苦闷。其二十六写道："萧条亭障远，凄惨风尘多。关门临白狄，城影入黄河。秋风别苏武，寒水送荆轲。谁言气盖世，晨起帐中歌。"借咏古人古事来表达自己屈身异地的内心痛苦，格调质实苍劲。

文学因地域不同出现文学风格的差异，在文学史上的表现非常明显。但随着交通的发达、社会环境的整体变化以及各地区间文学交流的日益频繁，地域文学的差异又出现不断消融的现象。从发展趋势看，上古文学地域依赖性强，地域风格呈现多样化，如《诗经》的十五国风就是十五个不同的地方风格。近代以来文学的地域依赖日渐减弱，地域风格不断趋同，所谓南方文学和北方文学之分，就是地域风格趋同化的结果。在如今的大众传媒时代，风格的地域性近乎不闻。

（四）民族文化与民族风格

不同的民族有不同的文化传统。这种文化传统既是一定民族的社会生活、风俗习惯、审美情趣的写照，同时又影响着这一民族生活的各个方面。每个作家都有其特定的民族归属，所以他们在从事精神性的文学创造活动时，必然摆脱不了本民族文化传统的规约，从而在作品状貌上留下深深的民族烙印。别林斯基说得好："在任何意义上，文学都是民族意识、民族精神生活的花朵和果实。"所谓"民族风格"，就是在民族生活、民族精神和民族风俗习惯的影响下所形成的独特的文学风格。

对文学风格与民族性之间的关系，伏尔泰有过一段经典的表述："从写作的风格来认出一个意大利人、一个法国人、一个英国人或一个西班牙人，就像从他面孔的轮廓、他的发音和他的行动举止来认出他的国籍一样容易。"这说明特定的民族在文学风格上所体现出来的独特性即民族风格，是客观存在的。民族风格的形成受到本民族多方面因素的影响。

首先是民族语言。文学是语言的艺术，民族语言是民族风格的第一要素。不同民族都有各自的语言表达方式，各自的语法、词汇、语音、文字，以及不同的语气、语态、语感，因而也就必然有各自民族的语言风格。例如，同一意义的格言，不同民族具有不同的表达方式。列夫·托尔斯泰很喜欢俄国这句谚语："每一天都等于是一个世纪。"而我国的汉族人则说："一寸光阴一寸金。"同一对象，在不同民族的语言中，语感也不一致。乌鸦这个形象，在汉族中被认为是不祥之物，而在我国纳西族古代文学作品《鲁摆鲁饶》中，则把乌鸦写成好心肠的鸟儿。在公元前748年写成的白族文学作品《创世纪》中，在描写男女结婚时，把乌鸦说成能挑水、爱劳动的鸟。在司各特的小说《艾凡赫》中有这样的记载：马耳他的犹太人，把乌鸦看成专传噩耗的鸟。但中世纪的英国骑士，则把乌鸦当成勇猛的象征。有的骑士的盾牌上的标志，就是一只飞腾着的利爪上攫着头颅骨的大乌鸦，并写着"提防此鸦"的警语。此外，不同民族的语言，其表达方式也不完全一样。就拿唐诗来说，有律诗、有绝句，格律严格，这是汉民族所特有的。

其次是民族生活。生活是文学的源泉，民族生活的源泉不仅哺育着特定民族的文学，也滋养了民族的风格花朵。各民族生活内容的不同，使得各民族的文学所叙写、描绘的题材、人物迥然有别。中国历代都有反抗外族侵略、保家卫国的传统，以此为写作对象的文学作品也相应地大量涌现，唐朝的边塞诗题材盛极一时，并成为文学史上一个极其重要的流派，后来像《杨家将》《说岳全传》等反映的都是这种题材。大自然中的生物，一旦被写入作品中，因被赋予情感的不同，也拟喻成相异的歌咏形象。在纳西族文学中，往往把蜂、花、鱼、水，比喻为青年男女；在壮族文学中，则常把斑鸠、画眉、蝴蝶、牡丹喻为情侣；在英国文学和纳西族文学中，对温顺驯良的鹿，都有特殊的深厚感情。这些生物形象，必然为本民族文学增添了绮丽的色彩和缠绵的情调。即便是同一故事题材，在不同的文学作品中，其艺术风格也各有所长。以描写梁祝爱情为题材的作品为例，汉族、壮族、白族都是非常喜爱的，但它却被打上了三枚不同的民族生活的印章，具有不同的风格。壮族民间叙事长诗《梁山伯与祝英台》，长七百余行。祝英台是个爱劳动的壮族少女，而不像汉族文学中所描写的是个手不能提的闺阁小姐；她和梁山伯相会于清水粼粼的河边（当时她正在洗衣服），而不是汉族文学中所描写的赴杭州途中的“柳荫亭”；他们上学读书，肩挑行李而无丫鬟、书童相伴。表现男女爱情的“十八相送”，在壮族歌曲中爽朗大胆，直陈其事，绝不隐晦。在汉族文学中，则缠绵悱恻，含蓄委婉。壮族青年男女爱情的象征是槟榔树，所以祝英台在途中、家里，都用槟榔来款待梁山伯，祝英台家门口也长着“八角树丛绿荫荫”的槟榔树。这种把槟榔比为爱情的描写，在汉族文学中是没有的。在白族诗歌中，梁祝结拜地点是在松树下，而不是汉族文学中的柳荫树下。他们同游过云南白族聚居的点苍山，他们用青天作棋盘、星星作棋子、大地作琵琶、道路作琴弦，并用“山伯不会下”“山伯不会弹”来比喻山伯未领悟英台对他所表示的爱情。祝英台祭梁山伯后，大哭三声，怨气直上云霄，冲入南天门，玉帝大惊，急令地脉龙神勿与英台作对。这时忽听轰然一声，山伯墓开，英台跃入墓合，而无汉族文学中双双化蝶的情节。从上面的对比中可以看出，同是描写梁祝故事，在汉族作品中表现得婉约哀怨，在壮族文学中表现得爽朗大胆，而在白族文学中则表现得豪放粗犷。风格各不相同，是和他们的民族生活及其理想的表达方式密切相关的。

最后是民族精神。其实，影响民族风格最为深层的因素还是民族精神。果戈理在谈到普希金的作品时说过：“真正的民族性不在于描写农妇的无袖长衣，而在于具有民族的精神。诗人甚至在描写异邦的世界时，也可能有民族性，只要他是以自己民族气质的眼睛、以全民族的眼睛去观察它，只要他的感觉和他所说的话使他的同胞们觉得，仿佛正是他们自己这么感觉和这么说似的。”这说明具有民族风格的作家总是以民族的意识和灵魂去感知生活、表现人性，所以在他们的作品中，总是显现着民族性格和民族精神。英国的莎士比亚和我国的汤显祖都是卓越的剧作家，他们是不同国度、素昧平生的同时代人，都擅长描写男女之间纯真的爱情。但由于民族精神不同，作品的风格也就不同。汤显祖生活在中国明代，当时的统治阶级拼命鼓吹程朱理学，皇帝皇后带头提倡封建道德，表彰孝女烈妇。汤显祖对这种摧残妇女精神的封建道德极为不满，并把这种不满情绪形象地表现在《牡丹亭》中。作者塑造了杜丽娘和柳梦梅这对青年男女的典型形象，通过对惊梦、寻梦、写真、拾画、魂游、闹宴等场面的刻画，描写了杜丽娘相思生病、忧郁而死、死而复生的爱情经历，并对封建礼教的卫道者杜宝、陈最良进行了抨击。全剧具有浓厚的浪漫主义色彩。但由于杜丽娘出生于名门宦族，长期接受封建伦理观念的熏陶，这就使她形成了大家闺秀的贤淑、温柔、羞怯、稳重等性格特点。在婚姻问题上，她还没有完全摆脱“父母之命，媒妁之言”的束缚。两千多年漫长的中国封建社会对妇女的摧残，造成了她们性格上的低眉顺眼、少言寡语、温柔贤淑，不仅名门闺秀如此，即使是劳动妇女也一样。她们在表达爱情时，往往显得羞涩、矜持、含蓄而深沉。

（五）时代风貌与时代风格

作家的创作个性和具体的话语建构，总是在一定时代的社会生活和文化氛围的制约和影响下生成的。因而在文学史上，不可避免地出现过这样的情况：尽管同一时代的不同作家在创作上各具特色，但由于他们同处于一个时代，感受着这一时代特有的精神风貌、审美要求和文艺风尚，故而使得他们在多种多样的个人风格中又往往显示着某种共同的特性，体现着相同或相似的时代风格。正如诗人雪莱所说：“在任何时代，同时代的作家总难免有一种近似之处，这种情形并不取决于他们的主观愿望。他们都少不了受到当时时代条件的总和所造成的某种共同影响，虽然在一定程度上说，每个人之所以周身渗透着这种影响，毕竟是他自己造成的。”所以，时代风格就是指同处某一特定时代的作家，受当时主导审美趣味和审美理想的影响而在创作上形成的共同的风貌和格调。

风格的时代性，在文学发展过程中，是普遍存在的。如我国文学史上所谓的“汉魏风骨”，就是对建安时代文学风格的概括。汉魏之际，战争频繁，社会动荡，人心哀怨，风气衰颓，动乱的社会现实引起了作家们的深切忧虑；新的政治形势又给他们提供了施展才能的机会，加上他们又受到汉乐府现实主义传统的影响，这些因素促使作家们敢于正视现实，并力求真实地反映那个动乱的时代，以吐露他们“建功立业”的雄心，这才形成了建安时代“慷慨悲凉”的文学风格。所以刘勰在《文心雕龙•时序》中评其曰：“观其时文，雅好慷慨，良由世积乱离，风衰俗怨，并志深而笔长，故梗概而多气也。”再如五代是一个军阀混战的时代，在六十多年中五次改朝换代。连年的战争给广大人民特别是中原人民带来了深重的灾难，而苟安于西蜀及江南一隅的皇帝大臣、豪门贵族却歌舞升平，过着穷奢极欲的生活。为适应这一生活的要求，一些作家竞相追求以浓艳的色彩、华丽的辞藻去描写风花雪月、醇酒美人，从而形成了“花间词派”“香而软”的风格。

时代风格的变异、消长，不只根源于生活内容的变迁，也根源于文学风格自身的发展规律。作品的任何一种风格，有盛就必有衰，同时，衰中又常包含着新的兴盛的因子。新的兴盛因子遇到特定的机会便会全面开花，最终形成特定风格创作的高峰，随后再走向衰败。苏轼《书吴道子画后》曾说：“诗至于杜子美，文至于韩退之，书至于颜真卿，画至于吴道子，而古今之变，天下之能事毕矣。”一种风格发展到不可企及的高峰，后人便很难逾越，该种风格遂趋于式微。作品风格是在不断矫正前人风格弊端的基础上发展的，又必为后来者所矫正。从作者的角度看，一种风格的作品无论多么好，一旦过多，势必显得单调，让人生厌，作家就一定会在写作过程中，有意识地创造新的风格形态，使作品充满活力，焕发生机。钱锺书在《宋诗选注序》中分析唐诗、宋诗以及明诗的优劣时说："瞧不起宋诗的明人说它学唐诗而不像唐诗，这句话并不错，只是他们不懂这一点不像之处恰恰就是宋诗的创造性和价值所在。明人学唐诗是学得来惟肖而不惟妙，像唐诗而又不是唐诗，缺乏个性，没有新意，因此博得'瞎盛唐''赝古''优孟衣冠'等等绰号。"虽然宋人没有在诗歌上取得像唐人那样大的成就，但在风格上还是有所创造的，形成了自己的特色。

总之，在优秀的文学作品中，时代的烙印是十分明显的：或者因政治的兴亡，或者因时代的变迁，或者因作品风格自身发展的规律，或者因读者趣味的需要。换一个角度说，只有体现这几种因素的作品才是代表时代精神、体现风格发展规律、符合读者审美趣味的作品。它们不仅为人们所喜闻乐见，而且在文学史上也独树一帜。

参考文献

[1] 中国作家协会理论批评委员会．中国文学理论批评文选（2013）[M]．北京：文化艺术出版社，2014.

[2] 庄锡华．文化传统与中国文学理论的现代历程 [M]．上海：上海三联书店，2013.

[3] 李衍柱．文学理论：思辨与对话 [M]．上海：复旦大学出版社，2016.

[4] 汪文学．文学的多重视域与理论构建 [M]．北京：中央编译出版社，2015.

[5] 王韬．西方思潮与中国近代文学 [M]．上海：复旦大学出版社，2015.

[6] 杨再喜，赵洪涛．传统文学理论的多维拓展 [M]．长沙：中南大学出版社，2013.

[7] 罗庆春．双语人生的诗化创造：中国多民族文学理论与实践 [M]．北京：民族出版社，2015.

[8] 谢昭新．中国现代文学的文化阐释 [M]．芜湖：安徽师范大学出版社，2015.

[9] 阎平．科技与艺术 [M]．武汉：湖北人民出版社，2013.